悲劇の元凶となる最強外道ラスボス女王は民の為に尽くします。8

天壱

illustration 鈴ノ助

CONTENTS

ICHIJINSHA IRIS NEO

Charcters

プライド

フリージア王国の第一王女。
八歳で前世でプレイした乙女ゲーム
『キミヒカ』のラスボス女王に
生まれ変わっていたことに気づいた。
攻略対象者の悲劇を未然に防ぎ、
国や民の為に尽くすことを決意する。
頭脳と戦闘力はチート。
予知の特殊能力者。

ステイル

プライドの義弟で第一王子。
攻略対象者の一人。
瞬間移動の特殊能力者。
プライドとは従属の契約を
交わしている。

アーサー

フリージア王国の
騎士団八番隊副騎士隊長。
攻略対象者の一人。
万物の病を癒す特殊能力者。
プライドの近衛騎士。

ティアラ

プライドの妹で第二王女。
乙女ゲーム『キミヒカ』の主人公。
可憐な美少女。

ローザ

プライドの母親。
フリージア王国の女王。
予知の特殊能力者。

アルバート

プライドの父親。
フリージア王国の王配。

ヴェスト

女王の義弟でプライドの叔父。
フリージア王国の摂政。

ジルベール
フリージア王国の宰相。
攻略対象者の一人。
年齢操作の特殊能力者。

ロデリック
フリージア王国の騎士団団長。
アーサーの父親。
斬撃無効化の特殊能力者。

クラーク
フリージア王国の騎士団副団長。
ロデリックとは友人関係。

アラン
フリージア王国の一番隊騎士隊長。
プライドの近衛騎士。

エリック
フリージア王国の
一番隊副騎士隊長。
プライドの近衛騎士。

カラム
フリージア王国の三番隊騎士隊長。
プライドの近衛騎士。

ハリソン
フリージア王国の
八番隊の騎士隊長。

ヴァル
プライドと隷属の契約を交わした
元盗賊の罪人。配達人の任を
務めている。土壁の特殊能力者。

ケメト
元孤児。能力増強の特殊能力者。
セフェクの弟。

セフェク
元孤児。水を出す特殊能力者。
ケメトの姉。

アネモネ王国

レオン
アネモネ王国の第一王子。
プライドの元婚約者。
攻略対象者の一人。

ラジヤ帝国

アダム
侵略で領土を広げた
ラジヤ帝国の皇太子。

ハナズオ連合王国

セドリック
サーシス王国の王弟。
攻略対象者の一人。
フリージア王国に
同盟を持ち掛けた人物。

ランス
サーシス王国の国王。
セドリックの兄。
ヨアンとは友人関係。

ヨアン
チャイネンシス王国の
信心深い国王。
ランスとは友人関係。

用語

✴フリージア王国　予知の特殊能力者である女王が治める大国。
世界で唯一特殊能力者が産まれる国。

✴アネモネ王国　フリージア王国の隣国。世界有数の貿易大手国。

✴ハナズオ連合王国　金脈の地サーシス王国と、鉱物で有名なチャイネンシス王国が
統合された国。

✴ラジヤ帝国　奴隷生産国として一番の大国。奴隷生産と侵略で領土を広げた。

✴『君と一筋の光を』　プライドが前世でプレイした乙女ゲーム。
シリーズ化もされた大人気作。通称『キミヒカ』。

この作品はフィクションです。
実際の人物・団体・事件などには関係ありません。

悲劇の元凶となる最強外道ラスボス女王は民の為に尽くします。 8

第一章　疎《うと》まれ王女と誕生祭

「姉君、行きましょう」

「お姉様っ！　皆様が待っていますよ！」

丸一日掛けた身嗜《みだしな》みと豪奢《ごうしゃ》なドレスに身を包み歩き出す。視線の先にはウェーブがかった金色の髪と瞳《ひとみ》をした可愛《かわい》い妹のティアラと可愛い義理の弟ステイルが待ってくれている。この前の祝会もすごく楽しかったけれど、今回のパーティーは規模が段違いだ。来賓も既に大勢が城に集まってくれている。母上や父上だって、皆が私を待ってくれている。だって今日は……

「ええ！」


私の、十八歳の誕生祭なのだから。


「御誕生日おめでとうございます、プライド第一王女殿下」

ありがとうございます、と。来賓一人ひとりへ同じ挨拶《あいさつ》の後に言葉も交わし合う。

プライド・ロイヤル・アイビー。ウェーブがかった深紅《しんく》の髪に吊《つ》り上がった紫色の瞳を持つフリージア王国の第一王女、それが私だ。……そして乙女《おとめ》ゲーム〝君と一筋の光を〟の第一作目に出てくる最低最悪外道ラスボス女王だと前世の記憶を思い出したのが、八歳の頃《ころ》。気がつけば、もう十八歳になっていた。

真紅を基調としたドレスは、今回は刺繍《ししゅう》も更に増して鮮やかだ。二年前には残念に空いていた胸元も今やちゃんとそれなりにボリュームがあるから女性らしいドレスも大分着慣れてきた。それに我が国が誇る予定の学校制度も実施がもうすぐそこまで来ているから、気持ち的にも胸が張れる。

「姉君。……御体調は大丈夫ですか？」

こそっ、とステイルがまた私の傍《そば》まで来て耳打ちをしてくれた。漆黒の髪と瞳、黒縁眼鏡《めがね》を掛けた第一王子のステイルは一個下の義弟だ。ええ、ありがとうと御礼を言うとステイルからにっこりと笑みが返ってきた。

二年前の誕生祭から、ステイルはこういう公式の大きなパーティー中は頻繁に私の様子や体調を確認しに来てくれる。「今度こそちゃんと、姉君の変化にすぐ気づきたいので」らしい。二年前、レオンの初登場に私がすごく動揺した上その後も色々心配をかけたことをまだ気にしてくれている。来賓と和《なご》やかに会話を済ませながら、細かく私の様子まで確認しに来てくれるステイルは本当に流石《さすが》だ。ステイルだって、次期摂政として国内外かかわらず人気もすごく高くて引っ張りダコの筈《はず》なのに。

ステイルは「何かあったらいつでも呼んで下さい」と言うと再び優雅な足取りで来賓の方へ去っていった。堂々と歩むその姿はまさに第一王子そのものだ。

そう思っている間にも、また新しい来賓が私に挨拶をと歩み寄ってきてくれた。御誕生日おめでとうございます、と言われて私からも笑顔を返す。

「ところでプライド殿下は……今、御交流のある御人などは……？」

また、聞き慣れた問いが投げかけられる。正直、聞かれる度にぐうの音《ね》も出ない。今、目の前のベロニカ王国の第二王子も悪気がないのはわかっている。その証拠に今までも何回か社交界で会ったことがあるのに未《いま》だに私を前にすると緊張で赤らんでいる。そこまで緊張する相手に嫌味を言うような人にはとても見えないし、きっと単に話題の一つか私の行く先を心配してくれているのだろう。

苦笑いしながら私が「ごめんなさい、その件はお話しできませんの」と返すと、話題を間違ったと思ったのか俄《にわ》かに肩を落とし、挨拶と共に去ってしまった。……本当に申し訳ない。

挨拶が始まってから、こんな感じで肩を落としていく男性が続出している。でも、私もティアラもその話題に関しては母上達から口止めされているし本当に言えないから仕方がない。彼らも第一王女との話題探しに苦労しているのはわかるのだけれど。……あれ？　いま、来賓と話していたステイルがこっちを見て少し笑ったような。もしかして私の話下手《べた》に呆《あき》れちゃったのだろうか。いやでもちょっと悪い笑みにも見えたような気がする。

「プライド。御誕生日、おめでとう」

は、と。聞き慣れた声に振り返るとレオンだった。蒼《あお》い髪に翡翠《ひすい》の瞳。中性的な顔立ちをした彼は、隣国であるアネモネ王国の第一王子で私の盟友だ。ワイングラスを片手に笑いかけてくれたレオンは今まで話した来賓よりもずっと気心の知れた相手で、私はほっと少し力が抜けてしまう。ありがとうと言葉を返すと「ワイン、美味《おい》しいよ」とグラスを掲げてくれた。来賓との挨拶ばかりで私が自分のワインすら飲めない状況を気に掛けてくれたらしい。御礼を言いながら手に持っていた自分のグラスで喉《のど》を潤すと、レオンもそれに倣《なら》ってくれる。

「流石の人気だね、プライド。誰《だれ》か目にとまるような良い相手はいたかい？」

ワインを傾けてから滑らかに笑いかけてくれるレオンに、私はまた苦笑する。今までと同じように「ごめんなさい、その件はお話しできないの」と返すと少し驚いたように目を丸くさせ、そしてすぐにまた笑んでくれた。

「そうか、君も忙しいんだね。今日は身体《からだ》に無理とかはしていないかい？」

さらりと労《ねぎら》いと共に会話を流してくれるレオン、本当に完璧過ぎる。心の中で感謝しながら私も彼に「大丈夫よ」と言葉を返した。

「もう大体の来賓とは話し終えたかな？」

「ええ、大体は。もう暫《しばら》くしたら母上からのお話があると思うわ」

今日は私の誕生祭ということで、同盟国の殆《ほとん》どが参加してくれている。母上からも、今回の誕生祭で大事な御報告がありますので是非にと招待状が送られたこともある。お陰で例年よりも来賓が多かった。そこでふと、レオンが思い出したように周囲を見回し出した。

「そういえば……ハナズオ連合王国の彼らとはもう話したかい？」

ハナズオ連合王国。サーシス王国とチャイネンシス王国が一つとなった我が国の同盟国だ。

レオンの言葉に私は首を横に振ってから答えた。私に挨拶待ちの列ができてしまっていたこともそうだけど、ハナズオ連合王国にもすごく人垣ができていた。レオンと一緒に同じ方向へ顔を向ければ、ハナズオ連合王国の周りに人が集まり過ぎてここからでは彼らの姿すら見えない。うっすらと時々ランス国王の髪らしき金髪がチラつくけれど、それ以外は完全に埋もれている。

彼らが同盟を結んでいるのは我が国だけだけれど、もともとハナズオ連合王国の金脈や鉱物の取引をと望む声は世界中で多い。これを機会に是非我が国とも！　と今も声が聞こえてきた。

「レオンは話せた？」

「僕もまだだな。先にプライドと話したかったし、……既に交易を交わしている僕がハナズオ連合王国と関わりを持ちたい彼らの交渉に割り込むのは悪いから」

聞くと、レオンのアネモネ王国も奴隷制度撤廃後はすぐにでも同盟を結ぼうとランス国王達と話を進めているらしい。未だ奴隷容認国であるアネモネ王国だけれど、防衛戦で第一王子直々《じきじき》に民を大勢救助して回ったことがすごく評判になったらしい。中には既にレオンを慕う民も多いとか。……確か、レオンの救助にはヴァルも一緒にいた筈なのだけれど。残念ながら、レオンと違い彼のファンがいるという話は全く聞かない。

　レオンはこの一年……いやもう殆ど二年か。この二年間で、交易だけでなく国外の社交界へも頻繁に出るようになったお陰で、かなりの人気が出ていた。レオンの人柄と貿易や政治の手腕を慕って各国の王侯貴族、女性は当然のことながら男性にも大絶賛を受けている。お陰で、それまで国外の社交界にレオンが出てこなかったことも単に出し惜しみされていただけだと思われている。今も私とレオンが話しているのを遠目から多くの令嬢が眺めては頬《ほお》を染めていた。各国の王女や令嬢にも望まれることが続いているらしい。レオンは過去にアネモネ王国国内でそういうモテモテ生活に慣れてしまったせいか、全くものともしていないけれど。以前に聞いた話だと、レオンは少なくとも国王になるまでは婚約者を探すつもりもないらしい。更に言えば「プライドより先に婚約するつもりはないよ」とまで言われてしまった。……正直、すごくすごく胃が重い。婚約解消した相手である私とフリージア王国を気遣ってくれるのは嬉《うれ》しいし、現アネモネ王国国王もそれに関しては同意らしいけれど。婚約解消ってなると、一般的に女性の方が傷が残るから当然といえば当然でもある。

「でも、話したいとは思うよ。ランス国王には勿論《もちろん》、ヨアン国王にも挨拶をしたいし、……セドリック王子とも改めて話してみたいからね」

　一瞬、レオンの瞳が妖《あや》しく光った。そういえばレオンは私がセドリックに何か失礼なことをされたことだけは知っているんだった。この前の料理とクッキーの件といい、セドリックの知らないところで敵を増やしてて申し訳ない。……まぁ、身から出た錆《さび》なのだけれど。

「さて、……僕はそろそろ他《ほか》の人とも挨拶をしてくるよ」

元婚約者があまり長い間独占したらお互い不要な噂《うわさ》も広がるからね、と。レオンはその場から一歩引いた。私も一言答えると、レオンは「ああ、あと」と思い出したように呟《つぶや》き、そして笑った。

「今日のドレスも、すごく似合ってる。この会場で誰よりも美しいよ。……心臓に悪いくらいだ」

滑らかな笑みに妖艶《ようえん》さが差して、思わず心臓が高鳴った。私の顔が熱くなると同時にレオンの白い肌が紅潮した。今のお世辞は流石のレオンも照れたのか、でもその途端に色気まで出てきて一瞬私がワインを落としかけた。傾いただけで済んだけれど、中身が減っていて本当に良かったと思う。

レオンは目で周囲を見回すと、そっと一歩離れたままの位置から上半身だけ私へ傾け囁《ささや》いた。

「あまりそんな可愛い顔を他の令息や王子に見せちゃ駄目だよ？　……皆が虜《とりこ》になってしまうから」

ッまたそんな台詞《セリフ》を‼　お世辞に照れたと思ったらまた甘い言葉を囁かれて今度こそ顔が火照《ほて》りきる。醸《かも》し出される色気に全身が痺《しび》れて動けなくなってしまう。なのにレオンはもう火照りが冷《さ》めた顔で滑らかに笑うと「じゃあまた」と軽く礼をして去ってしまった。それを言うなら不意打ちの妖艶さをレオンも控えないと‼　……といっても、最近ではレオンが他の女性の前でそれを出しているのは見たことがない。やはり気心が知れた相手だとうっかり出てしまうのか。

思わずパタパタと手で顔を扇《あお》ぎながら息をついてワインを傾ける。次を待ってくれていた来賓であるクレマチス王国の大公と挨拶をと、私は気を取り直した。

「いや〜、プライド様。今回もお綺麗《きれい》だったなぁ」

アラン隊長が暑そうに団服の胸元を手でパタパタとしながら呟いた。俺《おれ》もエリック副隊長もそれに頷《うなず》きながらワインを飲み込む。もうプライド様と最初に挨拶してから大分経《た》ってのに、未だに遠目から視界に入るだけで身体が熱くなる。

アーサー・ベレスフォード。父上譲りの蒼の目と、銀髪を頭の上で括《くく》った俺はプライド様の近衛《このえ》騎士として今回の誕生祭に招待されていた。茶色がかった金色の短髪にオレンジ色の瞳を持つアラン隊長は一番隊の騎士隊長、そして栗色の髪と瞳を持つエリック副隊長は副騎士隊長。お二人とも、八番隊の騎士隊長になった俺と同じ、プライド第一王女の近衛騎士だ。

「去年のプライド様の誕生祭でも同じことを言っていなかったか？　アラン。去年はそんなに緊張してなかっただろう」

可笑《おか》しそうに笑いながら副団長のクラークがアラン隊長を見た。その少し離れた先では騎士団長である父上が他の来賓と今も忙しそうに挨拶を交わしている。……こういう時、騎士団長ってのは大変なんだなと思う。父上、騎士団でもクラーク以外の奴《やつ》と談笑ってあんましねぇのに。

クラークからの言葉に「まぁ色々ありましたから」と笑いながら返すアラン隊長は、そのまま「お前もそう思ったよな？」とカラム隊長に視線を投げた。瞳と同じ赤茶に赤毛混じりの髪をしたカラム隊長は三番隊の騎士隊長で、この人も同じ近衛騎士だ。アラン隊長に言われて「まぁ……」と呟くカラム隊長は、前髪を指で払いながらまたプライド様に視線をやった。

「もう数度目になりますが、……本当にいつも信じられません。自分が、こんな公的な場に御招き頂くなんて」

エリック副隊長の言葉に俺も何度も頷く。俺もプライド様の近衛として何度も招待はされるけれど、未だにこの空間は慣れないし落ち着かない。分不相応過ぎて、すげぇ肩身狭い。

「お前達はプライド様の近衛騎士なんだ、胸を張れば良い」

そう、クラークがエリック副隊長にだけでなく俺にも笑みを向けながら言ってくる。ンなこと言われると今度はあの人の近衛なのがもう既に分不相応な気がする。……実際そうなんだけど。それでもあの人の傍にいてぇンだから仕方ない。

プライド様の人気は未だにとどまるところを知らない。俺達が挨拶をする前も、終えた後も今もプライド様に挨拶をする各国の王侯貴族が後を絶たない。なんでか今日は皆すぐにプライド様と話して去っていっちまうけど。

二年前の婚約解消から、プライド様から婚約とか交際みたいな話は全く聞かない。社交の場としてパーティーや式典には招かれるけど、特定の相手はいねぇみたいだし手紙だって未だに貰《もら》うばっかで返信も……、……………。…………………………手紙。

『何があっても絶対に』

「~~っっ……」

駄目だ、急に別のことを思い出して一気に熱が上がる。急いで皆から顔を背けて俯《うつむ》くと、カラム隊長が「どうかしたか？」と心配してくれた。大丈夫ですと返しながらグラスの中身をがぶ飲みして誤《ご》魔化《まか》す。深呼吸を何回かして、顔の火照りを酒のせいにする。そのままカラム隊長の視線の先へ目を向けると、ちょうどプライド様が目に入った。……すげぇきらきらしてて、笑顔が遠目でも眩《まぶ》しい。

　どんな来賓にも笑顔を向けて時々口元を隠して笑うその姿が綺麗過ぎて、今でもあの人の傍にいられている現実が時々信じられなくなる。真っ赤なドレスが整えられた髪と合わさって、同じ人間だってことすら忘れちまうぐらいに。

「見惚《みと》れてしまうよね」

　っっ?!!　……突然、横から声を掛けられて思わず慄《おのの》いた。続けて「隣の彼は確かヤブラン王国のアクロイド卿だったかな」と説明してくれる。声だけは抑えたけど、残り少ないワインが軽く跳ねて数滴零《こぼ》れた。俺の反応に少しだけ目を大きくしたその人は「驚かせてごめん」と滑らかに笑うと、近くにいた給仕に新しいワインを頼んでくれた。俺は取り乱したのがすげぇ恥ずかしくて、姿勢を正しながら改めて挨拶をする。やばい、ぼーっとし過ぎた。

「レオン第一王子殿下、……失礼致しました」

　レオン王子。さっきプライド様と挨拶をしてたのを見たけれど、俺達のところにも挨拶に来てくれたらしい。俺の団服を上から下まで目で確認すると「よかった、服には零れてないようで」とほっとしたように息を吐いてくれた。

　少し驚くクラークやエリック副隊長達にも挨拶を交わすと、また俺の方に身体ごと向く。

「ロデリック騎士団長殿とは今お話ししたから。……君とも話したかったんだ」

　滑らかにまた笑って、代わりのワインを持ってきた給仕にそれを俺へと手で示してくれた。ワインを受け取り、お礼を返してからまたレオン王子を見返す。

「自分と、ですか……」

「ああ、アーサー騎士隊長殿。……貴方《あなた》とです」

にこっ、と笑い掛けてくれるレオン王子に少し緊張する。二年前には色々あったけど、本当に良い王子だなと今は思う。薄気味悪さの欠片《かけら》もない笑みを見るとほっとする。

この前の俺の昇進祝いで、プライド様が作ってくれた料理の食材もこの人が提供してくれたらしい。レオン王子のフリージア王国訪問と俺の近衛騎士の任が被《かぶ》った時、御礼を言ったら「上手《うま》くいったんだね。……良かった」と笑って、改めて騎士隊長昇進のお祝いまで言ってくれた。防衛戦でも、アネモネ王国として武器の補給とか国門の防衛とか救助とかいろいろやってくれたらしい。

「にしても、本当にすごいなぁ。初めて会ってから二年足らずで副隊長、更に今は騎士隊長だなんて」

「ありがとうございます。自分などまだまだですが、レオン第一王子殿下にそう言って頂けて恐縮です」

頭を下げる俺に、レオン王子が微笑《ほほえ》んだ。俺の一個下のレオン王子はそうとは思えないくらい、むしろ俺よりずっと大人《おとな》びてる。流石アネモネ王国の第一王位継承者だなと思う反面、……こんな人でも追い詰められてたことがあるのも知っている。

プライド様の婚約者の話も、レオン王子の婚約話も聞かない中、まさか二人が復縁すんじゃねぇかって噂も聞いた。……プライド様もレオン王子も絶対無いって笑ってたけど。でも、さっきレオン王子がプライド様と話してた時なんてすげぇ絵になったし、何より男女関係なく二人の姿は大勢の来賓から注目を浴びていた。

「君はすごく優秀な騎士だと、プライドもステイル王子もティアラも皆自慢していたから。……君のいないところで、他の近衛騎士も自慢していたよ」

最後は小さく声を潜めて言ってくれるレオン王子の言葉に、すげぇ照れる。どうみても社交辞令って感じの笑い方じゃねぇし、本当だと思うと嬉しくて思わず目を伏せちまう。

「アーサーは、やはり昔から騎士を志して？」

「あ、……いえ。なりたい、とは思ってましたが本格的に志したのは十三の時です。…………お恥ずかしい話ですが」

社交の場で、今までも何度か聞かれた話だ。それこそ単なる話題だし、誤魔化しても良いかとも思うけれど……やっぱり隠したくない気持ちの方が強かった。レオン王子は俺の答えに少し意外そうに目を見開くと「へぇ……」とまるで感心したみてぇに呟いた。

「……なら、君の努力は並大抵のものではなかったのだろうね。…………心から尊敬するよ」

滑らかな笑みが段々と柔らかく緩んだ。本当に最初会った時とは別人みてぇな温かい笑みに思わず口が開く。今まで「すごい才能」とか褒められたり誤魔化されたことはあったけど、……そういう風に言われたことはあんまりなかった。

ありがとうございます、と返すと「本当のことだから」と言ってくれたレオン王子はグラスを俺に傾けてくれた。恐るおそる俺からもグラスをレオン王子に掲げると、カラァンと自分のと当てて鳴らしてくれた。第一王子となんて畏《おそ》れ多いなと思ったら、そういやァステイルも第一王子だったと思い出す。…………なんでこんなすげぇ人達とばっか話してンだ俺。

レオン王子はグラスの中身を一口含んで飲んだ後「ああ、そういえば」と思い出したように俺へまた笑いかけた。

「ここだけの話。……アーサーは、プライドの誕生日を祝うのはこれで何度目だい？」

「誕生祭に御招き頂くようになったのは近衛騎士に就任してからなので……」

いや、そうではなく。と、途中で言葉を切られた。何か間違えたのかなと思ったら可笑しそうにレオン王子が肩を竦《すく》めた。その後、周りを見回しながら「ごめん、質問を間違えたね」と笑うとそっと俺の耳元に顔を近づける。

「……やっぱり、プライドに毎年誕生日プレゼントとかも贈ってるのかい？」

「ッな?!　に、言っ……!!!!」

一気に今度こそ顔が赤くなる。急に何言ってンだこの人!!!!　思わず身体を反らすと、予想外にレオン王子の目が驚いたように丸くなった。

「……贈ってないのかい??」

信じられない、といった表情に逆に俺が戸惑う。王子相手に嘘《うそ》をつける気もしなくて「何故《なぜ》、そのようなことを聞かれるのでしょうか」と尋ねたら、照れたように笑われた。

「僕は、こういう立場だから結局一度も誕生日に個人的な贈り物をプライドにしたことがなくて。……実は、少し考えてる物があってね。それでヴァルに相談したら、そういう話はステイル王子かアーサーとしろと言われて」

元凶はアイツか!!!!　一気に頭へ血が上る。二年前からレオン王子と交流してるって話は知ってるけどよりにもよって俺とステイルに投げやがった!!　っつーかなんで俺らになンだ!?　俺だって女性への贈り物なんざ慣れてねぇし社交に慣れてるステイルならまだしもなんで俺がっ……!!

絶対今度会ったら文句言ってやる、と思いながら息を吐く。……大体、レオン王子も贈り物の相談をなんでヴァルにしたのか。その時点で少し謎《なぞ》だ。

「申し訳ありませんが、自分もそういうことは疎くて……」

答えになってない俺に「そっか」と少し残念そうに返すレオン王子に、なんか悪いことしたみたいな気分になる。せめてこれだけはと思って「ですが」と続けると、今度は小首を傾《かし》げられる。

「プライド様なら、……きっと喜んで下さると思います」

どんなものでも、と。そう付け足すとレオン王子は翡翠色の瞳を丸くした後、すぐに笑ってくれた。すげぇ投げやりな答えになっちまった気もして、思わずまた目を逸《そ》らす。……でも、プライド様なら本当にそうだと思えたから。

すると、突然肩に手を置かれた。驚いて顔を向けるとレオン王子が滑らかな笑みを俺に真《ま》っ直《す》ぐ向けてくれていた。「ありがとう」と言われ、その瞳が何故だか妖艶に光る。

「近々贈るよ。……………君にもね」

「えっ、いえ！　そんな、俺……自分にまではっ……」

なんで俺にまでと思いながら耐え切れず戸惑うと、肩に手を置いたまま「遅くなった昇進祝いだ」と告げられた。一体なにを贈るつもりなんだと聞こうとしたら、それより先に「いっそ皆の分も」と楽しそうに笑みを広げられる。なんだかさっきとは変わって子どもみてぇな笑い方に虚を突かれる。

「だって、君達もきっと喜んでくれる人達だと思うから」

……本当に、二年前とは別人だ。嬉しそうなレオン王子に俺まで胸が温かくなる。水を差すこともできなくなって、恐縮ですとだけ伝えた。

「ところで君の誕生日は？」

脈絡がないように思える投げかけに、よくわからねぇまま答えた。わかった、と短い言葉で笑まれて、なんだかすげぇ嫌な予感がする。続けて近くにいたアラン隊長、カラム隊長、エリック副隊長にまで誕生日を聞き出した。

「アーサーだけを、特別扱いするわけにもいきませんから」

突然の質問に驚く俺達に、そう言ってレオン王子は妖しく笑んだ。……悪いことを考えたステイルに、少しだけ似てた。

副団長のクラークとも軽く話し込んだ後。優雅な立ち振る舞いでレオン王子は去っていった。俺達から離れた途端嘘みてぇに多くの貴族や王族に再び囲まれ出すレオン王子を見て、本当にすげぇ人なんだなと、変にぼやけ出す頭で思った。

「どうも、ステイル王子。この度はプライド第一王女の御誕生日おめでとうございます」

レオン王子に声を掛けられ、俺も身体を向けた。全く彼が近づいていることに気づかず、どうやら来賓と話し過ぎて少し呆《ほう》けてしまっていたらしいと自覚する。先程までレオン王子も多くの来賓に囲まれていたが、それを受け流してまで俺のところへ挨拶に来てくれたらしい。挨拶を交わしながらグラスを互いに合わせる。

「早いものですね、プライドが十八歳とは」

「ええ。姉君の女王戴冠も遠いものではないでしょう」

流石ですね、と笑顔で相槌《あいづち》を打ってくれるレオン王子だが、彼こそアネモネ王国での戴冠は時間の問題だとヴェスト叔父様も話していた。近隣諸国でも彼の手腕と人柄は評判で、いまやアネモネ王国の顔と言っても過言ではないほどの人物だ。二年前まで社交界に殆ど出ていなかったことが出し惜しみだったと思われるのも頷ける。

「ステイル王子の御誕生日は来月でしたね。是非ともその折にはお祝いさせて頂けると嬉しいです」

「ありがとうございます、恐縮です。是非ともいらっしゃって下さい。レオン王子の御誕生日には素晴らしいパーティーに御招き頂きましたから」

二年前から、アネモネ王国ではレオン王子の誕生祭も大々的に行われるようになった。それまでも我が国の女王である母上はアネモネ王国の式典に招かれたことが何度もあったが、その度にレオン王子は〝具合が悪く〟欠席だったらしい。第一王子の彼に倣って当時の第二、第三王子も同様に大々的な誕生祭は行われず国内で祝うにとどまったらしい。当時蔓延《まんえん》していたレオン王子への悪意ある噂のせいだ。しかし、今やレオン王子が大々的な場に出る度、女性の黄色い悲鳴が絶えない。レオン王子目当てでアネモネ王国と親交や交易を深めたがる王族貴族も多いと聞く。……まぁ、それは当然プライドのいる我が国もだが。

「素晴らしい人気ですね、プライドは。僕も元婚約者として鼻が高いです」

なんて、と。小声で悪戯《いたずら》のように笑うレオン王子は、俺の考えたことを読んだように目でプライドを指し示す。何人もの男性がプライドに声を掛けては数度の挨拶で去っていく。今までの社交界では話し込むことが多いプライドだったが、今日はわりと上手く断っているようだった。背中を俄かに丸くして去っていく男性を見る度、気を抜くと口端が緩みそうになる。たかが数度顔を合わせた程度で彼女を得られるなどと考えるだけで論外だ。

「はい。僕も義弟として嬉しい限りです。プライド第一王女は僕にとっても我が国にとっても自慢の王女ですから」

　笑顔を作って返せば、レオン王子が滑らかな笑みのままに「羨《うらや》ましいな」と呟いた。翡翠色の瞳が微弱に揺れたが、それが第一王女としての人気に対してのものか、堂々とプライドを慕える王子や令息達へのものか、……〝弟〟に自慢と言われる姉としてのプライドへのものかはわからない。

「ああ、そういえばなのですが」

　俺の顔色を見てか、グラスの残りを飲みきるレオン王子は傍にいた給仕の侍女からワイングラスを替えた。ステイル王子も替えますかと聞かれたが、まだ一口残っているのでと断る。

　レオン王子はグラスを軽く掲げて笑み、敢《あ》えてだろう話を変えたまま口を開いた。

「ステイル王子はもうハナズオ連合王国の方々とはお話しされましたか」

　レオン王子の言葉で、ふと自然にプライドとは別方向にある人垣に目がいった。ハナズオ連合王国。公的な場に姿を現すことすら今回が初めてとなる彼らの注目度は高い。

　主役であるプライドの次、来賓としては不動の人気を誇るレオン王子以上に注目されているだろう。今まで閉ざされていた国である彼らがアネモネ王国との交易を皮切りに今度はフリージア王国と同盟を結び、さらには国を開く準備を着々と進めているのだから当然だ。是非交易をと直接交渉の機会を逃す者がいるわけがない。

　フリージア王国としても、更に同盟を広げたことで各国からの評判も上がった。ハナズオ連合王国の防衛成功とラジヤ帝国との和平も相まって大国としても名をさらに高めることもできた。

「いえ、残念ながら。……ですが、そろそろ姉君との挨拶を交わすようですし、その後に僕やティアラも話せるのではないかと期待しております」

話していればちょうど、目をやっていた人垣が動き出した。ヨアン国王が上手くその場を受け流し、一番背の高いランス国王がその間を抜けるようにして先陣を切っていく。さらに、セドリック王子が背後から話しかけてくる来賓一人ひとりに言葉を返しながら兄達の後へ続いていた。

セドリック・シルバ・ローウェル。第一王子であったランス国王の弟である、第二王子。最近では正式に〝王弟〟と冠した男だ。立派な体格のランス国王もそうだが、やはりセドリック王子はこうやって遠目で眺めても人目を引く。ランス国王と同じ赤い瞳に肩まである金色の髪を靡《なび》かせる姿が余計にそうさせるのだろう。何より、男性的に整った容姿だ。擦れ違う女性の誰もが必ず振り返り顔を紅潮させては目を奪われていた。以前のようにジャラジャラと装飾の音がしない分、アレでも前よりは目立ってない方だ。髪も比較的おとなしい。

共に眺めるレオン王子が「本当ですね」と相槌を打ち、また思い出したように声を漏らした。

「防衛戦の折には、……〝御協力〟ありがとうございました。ステイル王子とはこれからも良い関係であれればと心から思います」

含みを持たせた彼の言葉と共にその瞳が妖艶に光った。彼が言わんとしていることはわかる。俺からも同意を伝え、手を差し出した。レオン王子もすぐに握手を交わしてくれた。

彼はあくまで〝アネモネ王国の〟民。だが、味方としてならば俺にとっても心強い存在と最近では思えるようになった。俺やアーサーのようにプライドに救われた彼が、このまま自国で幸福に在り続けて欲しいと。……心から思うほどに。

「プライド第一王女殿下、御誕生日おめでとうございます」

多くの来賓を振り切って私の元に挨拶に来てくれたのは、つい最近我が国の同盟国になってくれたハナズオ連合王国のランス国王達だった。

ありがとうございます、とそれぞれ彼らに挨拶を返しながら握手を交わす。セドリックが手の甲に口づけをしてくれた途端、以前のことを思い出して肩に力が入ってしまう。でもセドリックは大分落ち着いた様子で今回はちゃんと目も合わせてくれた。

「すごい人気ですね、ハナズオ連合王国は。同盟国として私達も誇らしいです」

いえプライド様こそ、とヨアン国王が笑ってくれる。さらりとした白髪、金色の瞳に細縁眼鏡を掛けた、信仰深いチャイネンシス王国の国王だ。

我が国の同盟国は奴隷容認国ではない国が多いし、がっつり奴隷制の国は殆どない。ヨアン国王のチャイネンシス王国とも仲良くなれる国があれば良いなと思う。

「フリージア王国のお陰で我が国も国を開く準備が進みつつあります。ヴェスト摂政殿下のお力添えも感謝しております」

力強いランス国王の言葉で褒められて嬉しくなる。前髪ごと後ろに流す金色の髪に燃えるような赤い瞳を持つランス国王は、やっぱりサーシス王国の国王として風格があるなと思う。

百年近く国を閉じていた上、防衛戦で被害があったハナズオの為《ため》にと母上も協力を惜しまなかった。

右腕であるヴェスト叔父様に命じ、国を開くのに必要な準備などハナズオ連合王国への助言や援助をするように任せたらしい。陰ではヴェスト叔父様の補佐としてステイルも関わっているのだけれど、書状のやり取りばかりだったからきっとランス国王達は知らないだろう。素晴らしい援助だったことを細かに語ってくれるランス国王とヨアン国王に私も顔が綻《ほころ》んでしまう。

　いくらか会話をそのまま楽しんだ後、背後に控えて待っていたセドリックにランス国王が目をやった。誕生日のお祝いは言ってくれたけれど、その後は二人の傍で笑むだけだったセドリックがランス国王の許しを得て並ぶように一歩前に出る。

「……プライド。またこうして会えて嬉しい。これからもどうか兄共々宜《よろ》しく頼む」

　少し照れたように頬をうっすら染めたセドリックが頭を小さく下げた。落ち着いた笑みのまま言ってくれて、もう大分マナーが板についた証拠かなと思う。何より、またいつものように敬語敬称が取り払われていることにほっとする。

「ええ、私もよセドリック。前みたいに話してくれて嬉しいわ」

「その節はご迷惑をかけた。……だが、今でも貴方には前回のように接するべきだとも思う」

　お前、じゃなくて貴方と呼ばれるだけで少し可笑しくなる。フフッ、と笑いながら私はセドリックにグラスを傾けた。

「そんなことないわよ。貴方は〝王弟〟、私は〝第一王女〟。むしろ私が敬語を使うべきかしら？　セドリック王弟殿下」

「ッそんな、おやめ下さっ……いや、その…………やめてくれ。……それでは俺も同じ言葉で返さざるを得なくなる」

うっかり敬語が出たことに恥ずかしそうに目を逸らすセドリックに、今度はランス国王が肩を揺らして笑った。こうやって見ると本当に弟さんなんだなぁと思う。

わかったわと返しながらそこでふと、大事なことを思い出す。

「でも良かった。その調子ならティアラともちゃんと話せそうね」

ポンッ、と。…………見れば、セドリックの顔が真っ赤に染まっていた。あまりに一瞬で茹《ゆ》だった顔を急いで隠そうとセドリックは手のひらで口ごと覆って俯いた。

「…………セドリック？」

まさか、と。口元が引き攣《つ》りそうなのを抑えて顔を覗《のぞ》く。まだ耳まで真っ赤なセドリックは「すまない……!!」とくぐもった声で返してくれたけれど、赤みが引く様子は全くなかった。

その隣ではランス国王とヨアン国王が苦笑いしている。この様子を見ると二人はセドリックの恋については知っているようだ。私には普通に話せるみたいだけど、ティアラの話題だけでこんなんじゃ直接会ったらまた茹で蛸《だこ》で敬語必至だろう。以前ティアラから敬語を直せと言われたのに、これで会ったらまた怒られるのでは。……いや、それ以前にこの後母上からの発表を聞いたら……。

「どうかいたしましたか、姉君？」

突然、横からステイルの声が入ってきた。振り向けばまた私の様子を見に来てくれたらしい。にっこりと笑って私の隣に並んでくれている。

ステイル、と呼べば、先にランス国王達が挨拶をしてくれた。セドリックも急いで口から手を離すとまだ火照りが残った顔でなんとか礼を尽くしていた。ステイルからも三人へ挨拶が返され、そして再び尋ねるように私へ顔が向けられる。

「大丈夫よ、楽しくお話ししてただけだから」

「そうですか。一体どのようなお話を？」

どんな、と。ステイルからの切り返しに思わず言葉に詰まる。目でセドリックに尋ねると、赤い顔のまま燃える瞳がすごく訴えかけてきた。……うん、私も言わない方が良いと思う。ステイルにとってこの上なく大事で可愛いティアラに恋慕なんて。…………………………恋。

「…………〜〜っ」

まずい!!　なんか考えたら私まで顔が熱くなってきた！　前世も今世も恋とかそういうのに無縁で生きてダブル十八年。身近でこんなロマンス且《か》つ、よく考えればお相手は主人公以前に私の妹!!　リアル恋模様を目の当たりにしてると思ったら体温が上がってきた！

ステイルが「姉君??」と少し目を丸くして心配してくれるけれど、なんかもう考えれば考えるほど恥ずかしくなる。気づけば顔をパタパタ扇ぎながら何か話題をと視線を動かす。するとステイルの次に今度は大広間の端にいたアーサーとまで目が合ってしまった。ステイル以上に目をまん丸にしてこっちを見てる。手を振るべきか考えたところで、そんな場合じゃないと自分で自分を叱咤《しった》する。

「セドリックに、……前みたいに話してくれて嬉しいわって話したの。ほら、以前会った時はすごく畏《かしこ》まられちゃったから」

なんとか今度こそ言葉を紡《つむ》いでステイルに誤魔化す。実際その話をしていたのは嘘ではない。

「いえ、本来ならば私はプライド第一王女殿下にはこうあるべき立場でっ……」

「そんなことないわ。私がセドリックにはこう呼んで欲しいって思ってるんだもの。……貴方はそのままでずっと素敵よ」

慌てたせいかまた敬語に戻っているセドリックだけど、話を合わせてくれたお陰でやっと私は顔の熱さも引いてきた。

セドリックの方は「恐れ入ります……！」とまだ相も変わらず顔が……、……いや、むしろ悪化していた。一体どうしたのか。今この場にティアラはいないのに。

不思議に思い、セドリックを見ると完全に目を伏せてしまっていた。何から目を逸らしているのかと彼が向いていた筈の先を確認し、……………理解する。

「……どうかいたしましたか？　姉君、セドリック王弟殿下」

明らかに怪しいやり取りをしてしまった私達に、ステイルが笑顔のまま少し黒い覇気を放っていた。もしかしてティアラの話をしていると気づいてしまったのだろうか。そして、そのステイルの黒い笑顔を受けて、セドリックは赤くなってしまった。真っ青ならわかるけれど何故赤で?!　と一瞬思ったけれど、…………今は何となく察する。

ハナズオでは〝神子《かみこ》〟と呼ばれたほどに絶対的な記憶力を持つ彼だ。多分、以前の私への無礼でステイルが怒ってくれた時のことでも思い出したのだろう。……かなり鮮明に。セドリックがクッキーを食べたことで私が怒鳴った時はステイルが間に入って怒ってくれたし、その後私に謝ろうとしたセドリックにもステイルは毅然《きぜん》とした態度だった。恐らく今の彼の頭にはあの時の黒歴史が鮮明に巡っているのだろう。やはりまだセドリックも全部が全部克服したとはいかないらしい。

ステイルも公的な場だから笑顔でセドリックを覗いているけれど、誰の目もなかったら確実に怪訝《けげん》な顔をしていただろう。何故不敬をされた張本人である私ではなく、ステイルの方で思い出すのか。

……いや、私を見る度に羞恥で死にかけられても困るんだけど。

「っ……申し訳ありません……！　……ステイル第一王子殿下、……お見苦しいところをお見せ致しました……！」

　セドリックが意を決して顔を上げる。やっぱりステイルが視界に入った途端また少し赤くなったけれど、それでも堪《こら》えるように顔に力を入れてた。……本人なりに頑張ってるんだなぁ、といっそ微笑ましい気分になってしまう。

「いえ、とんでもありません」と返すステイルが三人と言葉を交わし合う。ステイルも目的である私の体調確認は終わったんだし戻っても良い筈なんだけど、王族三人のお相手の為か一向にその場を離れなかった。私が話し疲れてるのかと思って気を遣ってくれてるのかもしれない。

　最後にステイルは、ふと思い出したようにセドリック達へ話を投げかけた。

「ところで、姉君と僕とお話しして下さったということは、次はティアラの元へでしょうか？　流石に姉君だけと話せれば充分というわけでもありませんでしょうから」

　ティアラも我が国の誇る第二王女ですし、と。そう笑むステイルの言葉にセドリックがまた顔を紅潮させた。完全にティアラの単語に反応してしまってる。やっぱりステイルにも恋心がバレバレなのだろうか。

　セドリックの反応にステイルが笑みのまま「宜しければ僕が案内しましょうか」と尋ねたけれど、セドリックは今私と話していることを理由に丁重にお断りした。そんなことをしたら確実にステイルにティアラへの気持ちがバレてしまうと思ったからだろう。……いや、単に後でティアラと二人で話したいからなだけならば可愛いものなのだけれど。

　お心遣いありがとうございますと言いながら、死にかけたセドリックがワインを口に運ぶ。その間も無意識にか視線の先がティアラに向いていてまた顔が火照り出していた。

ティアラは、私達がこうしている間も多くの来賓との挨拶で忙しそうだった。それもその筈だ、ティアラは今年度、……つまり次の誕生日には十六歳になる。誰がどう見ても可愛く可憐《かれん》なティアラは男性からの人気が高い。パーティーの主役である私に挨拶を終えた多くの令息や王子がそのまま流れるようにティアラに吸い寄せられている。……まぁ、すぐに再び肩を丸くして去っていくのだけれど。たぶん、ティアラも私への問いと同じ答えを返しているのだろう。

ティアラが笑顔で話す相手が妙齢の男性になった途端、セドリックの赤みが一気に引き眉《まゆ》が微《かす》かに動いた。恋する乙女かとツッコミをいれたくて仕方がなくなる。相変わらず彼のこの焦《じ》れったさは変わらない。でも、話している相手である私とステイルへまたすぐに顔を向けてくれた。

「ティアラ第二王女殿下とも、後ほど是非兄共々ご挨拶したいと願っております」

落ち着いた様子で答えてくれた彼に、お兄様達と一緒なら大丈夫だと思う。けれど、もしまたティアラが怒って、この大勢の注目を浴びている中で顔を真っ赤にしてしまったら……どうなるか。

「……。……そうだわ、私もちょうどティアラと話したいことがありましたの。宜しければこのまま御一緒に」

今のところティアラとセドリックのことを把握しているのは私くらいだし、ここは何とかしないと。セドリックの二人きり希望を邪魔するのは悪いけれど、今の状態の彼ではまだ私が不安だ。

ステイルが少し驚いたように目を丸くすると「では僕も」と言ってくれた。セドリックは少し戸惑った様子だったけれどランス国王とヨアン国王は察したらしく、笑いながら同意してくれた。

「さぁ、行きましょうセドリック。早くしないと母上の話が始まってしまうわ」

既に緊張で足が動かせない様子のセドリックの背中に手を添え、軽く押す。私に押されたことで抵抗できずに足を動かしてくれるセドリックだけど、顔がまだがっつり赤い。まぁ、ティアラと話そうとして顔を赤らめる男性なんて珍しくもない。ティアラからならばまだしもセドリックからの好意がバレバレな分は正直大して気に留める人はいない。

周りに聞こえないようにセドリックが声を潜めて「プライド、待ってくれ」「心の準備が」とか呟くけれど、今じゃないと私がフォローに行くのが難しい。別にティアラが嫌うセドリックをこのまま無理矢理くっつけてセドリックルートを！　とか考えてはいないし、特別推したいわけでもない。けれど、セドリックがこの赤面癖を治すまでの誤解だけは防がないとならない。

私だってこんなお節介なお見合いおばさんみたいなことしたくないんだからね?!　と思いながら見た目は優雅に、そして実際は強制的にセドリックを連れていく。ランス国王やヨアン国王も並び、ステイルも続いてくれた。

「！　お姉様」

ティアラが気づき、こっちを向いてくれる。同時に、セドリックの姿を確認した途端眉が少し動いた。やはりまだ御立腹なのか。嫌いなセドリックを連れてきた私の方に怒ってたらどうしようとヒヤヒヤしながらティアラに目を向ける。彼女の話し相手も私の方へと振り返り、……笑みを向けてくれた。まさかちょうど二人が話している時になるとはと思いながら、ティアラと一緒に彼を呼ぶ。

「ティアラ、レオン。……ごめんなさい、お話し中にお邪魔してしまって。ランス国王方が是非ティアラにも挨拶をしたいと仰《おっしゃ》っていたから」

ちょうどレオンがティアラと話をしている時に割って入ってしまった。私の言葉にレオンもティアラも優しく返してくれながら、お互いが一歩引いた。それぞれセドリックやランス国王、ヨアン国王、そしてステイルと挨拶や握手を交わす。

今日のパーティーで注目を浴びている人ばかりが集中したせいで、軽く見回しただけでも殆どの来賓が私達に目を向けていた。ライラック王国を始めとする各国の王侯貴族……我が国の公爵を始めとした貴族達も身を乗り出すかのように見ている。

「僕もハナズオ連合王国の方々と挨拶をしたいと思っていました。ですが、今はフリージア王国とハナズオ連合王国でお話ししたいところでしょう。是非、また後ほど」

「いえっ！　れ、レオン王子も是非ご一緒に……！　皆さんでお話しした方が楽しいですし」

私達に気を遣って自ら引こうとしてくれるレオンをティアラが慌てたように引き止める。ティアラとしても人数は多い方が助かるのだろう。皆で挨拶した時はまだ怒ってないようだったけれど、これからセドリックがまたティアラの苦手な敬語喋《しゃべ》りをしたら怒るかもしれない。

レオンも「皆さんが宜しければ」と言ってくれ、暫くはそのまま皆でわいわいと語り合えた。特にレオンとヨアン国王は今まで接点が殆どなかったらしく、ランス国王の紹介で結構しっかりと話し込んでいた。仮にも未だ奴隷容認国のアネモネと信仰深いチャイネンシスとの会合だったけれど、すごく穏やかに話が進んだ。私から見れば二人とも少し似てる雰囲気だし、気が合ったようで何よりだ。

……そして、肝心のセドリックとティアラは見事に会話ができていなかった。挨拶以外は、見事に何も。ティアラが避けるのはまぁ若干わかるけれど、セドリックまでもだ。

どうせ何を話せば良いかわからないとかだろうし、私もそこまで余計なことをするわけにもいかないので黙っていた。セドリックも流石にここまで来て兄達と会話するのは違うと考えたのだろう。レオンやステイルと積極的に話し、レオンがヨアン国王と話し始めてからはステイルと会話を進めていた。ステイルが黒い気配を出さなくなってからは、彼も敬語であれば普通に会話できている。ステイルも今は大分穏やかな様子でほっとする。セドリックからフリージア王国についての質問を投げかけられては、全部見事に答えてくれていた。……こうしていればセドリックも今や立派な王族なのに。何故ティアラが関わるとあんなになってしまうのか。視界に入るだけで赤面した時と比べると大分マシだけれど。

そう思いながら私はティアラと少し話し、その後はヨアン国王、ランス国王、レオンとのやり取りを一緒に聞いていた。国の在り方や方針、他国との関わりや貿易などすごく参考になる話が多くて私もティアラもなかなか興味深く参加することができた。

それからなだらかに話の区切りがついた頃、そろそろ他の来賓と話すべきかとお互いに目配せし合う。するとそれを受け、セドリックが意を決するようにレオンへ口を開きかけた、……その時。

母上からの話が、始まった。

「この度は我が愛《いと》しき娘、プライドの誕生祭にお越し頂き、心から感謝致します」

母上の話を聞きながら、第一王子である俺は頭の中で別のことを考える。目だけを一瞬向ければ、隣に並ぶセドリック王子が真剣な表情で母上の話を聞いていた。

王族として彼が必ずプライドに挨拶へ来ることはわかっていた。ハナズオの王族三人でプライドと話を始めた時も随分と穏やかな様子だったと思う。……突然セドリック王子が顔を火照らせるまでは。珍しいことなどではない。プライドと語らって顔を赤らめる男性など、今この城中にいる妙齢の男性は殆どがそうだ。プライドはそれほど魅力的な女性なのだから。

だがどうにも二人の様子が引っ掛かり、速攻でプライドの傍に駆けつけた。……別に、話してみてもプライドに変わりはなかった。挨拶の場面でもランス国王、ヨアン国王と共にセドリック王子も礼を尽くしてくれた。……未だプライドへの赤みを帯びた顔色を残したまま。

「楽しく話していた」という言葉に念の為どのような会話かを探れば、今度は何故かプライドが酷《ひど》く言い澱《よど》み、顔を火照らせた。わからない、何故プライドが??

だが、どう見ても何か不敬をしたようにも見えない、そんなことをすればランス国王とヨアン国王がセドリック王子を叱咤してくれるだろうとも思えた。ならば、何故プライドが顔を赤らめるのか。

『セドリックに、……前みたいに話してくれて嬉しいわって話したの。ほら、以前会った時はすごく畏まられちゃったから』

まさか、あのプライドがセドリック王子に話し方を戻されただけで肌を紅潮させたとでも言うのか。いや、あの時は以前のセドリック王子からの敬語口調を思い出してと考える方が正しいか。どちらにせよ、プライドがそんなことで照れるなど考えられない。

ならば、何かを誤魔化しているということか。セドリック王子は畏れ多そうに接していたが、……どうにも怪しい。やはりプライドと彼ら三人で何かを隠しているのか。どう見てもセドリック王子の緊張した様子は尋常ではなかった。その上、言葉だけでプライドまで赤面させるなど一体どのような甘い言葉を囁いたのか。いや、だが過ぎた言葉であれば国王二人は必ず止めてくれた筈だ。彼らはセドリック王子の不敬を目の当たりにした時はちゃんと叱責《しっせき》してくれる常識ある人間だった。だがそれならば何故……！

気づけば高速で回転する頭で苛々《いらいら》と虫の居所が悪くなってきた。自分でも何故ここまでモヤモヤしているのかわからない。だが、更にセドリック王子は俺の沸点を無意識についてきた。

『そんなことないわ。私がセドリックにはこう呼んで欲しいって思ってるんだもの。……貴方はそのままでずっと素敵よ』

プライドにそう言われてから、次第に彼は顔を火照らせた。敢えて笑みと共に剥《む》き出しにした俺の苛立《いらだ》ちを感じ取ったのか、こちらの顔を見た途端目を逸らし赤面し出した。それとも、プライドへの好意が筒抜けだと俺に勘付かれたことを恐れて逸らしたか。俺でなくともその赤みを帯びた顔を見れば誰でもわかるというのに。

別に、彼がプライドに好意を持つこと自体は何とも思わない。……筈だ。プライドに好意を抱く者など星の数ほどいるし、それこそ今更だ。彼女が多くの人に愛され、その器と人柄の素晴らしさを正しく知られ認められることこそが俺の願いでもある。セドリック王子だって今や立派な王弟であり、国王二人と同じようにプライドを慕ってくれるのは俺としても望むところだ。……なのに。

王弟、且つ我が国の同盟国の王子。優秀な頭脳と人格を併せ持ち、プライドと同年で今や彼女からも悪くは見られていない彼がプライドへ好意を持つということに何故か、どうしても、不思議なことに、自分でもどうしようもないほどに、モヤモヤと苛立ちが胸に募る。正直、自分でもこれほどまでの苛立ちは理解できない。

頭では単にセドリック王子の過去の不敬を俺が許していないだけだと。彼とプライドにもしものことがあれば王配となる彼を俺は敬わねばならないのかということに不満があるだけだと。そう思ってはいるが、……正直、その程度でこんなに苛立つ理由もわからない。

二年前のレオン王子の時はまだしも、他の男性がプライドに好意を持とうとこんなにも苛立ったことなど無かった。単に彼が自分を救ったプライドに好意を持ち、単に彼がプライドの隣に立つ者としての条件を多く兼ね備え、単に彼が過去にプライドへ不敬を犯していた。と、いう事実が……

どうにもこうにも腹に据え兼ねる。

彼からプライドを離すべく、次のティアラとの挨拶を勧め敢えて「流石に姉君だけと話せれば充分というわけでもありませんでしょうから」と言ってみれば、また顔を紅潮させた。その上、今はプライドと話しているのを優先したいと言う。本当にわかりやすい男だ。……妹のティアラを軽んじられたことについては腹が立つが。その上、何故かプライド自らセドリック王子との同行を望んだ。

『……。……そうだわ、私もちょうどティアラと話したいことがありましたの。宜しければこのまま御一緒に』

彼女がセドリック王子の背に手を添えれば彼は再び紅潮し、促されるまま足を動かした。

ティアラそしてレオン王子と挨拶を交わした後、彼は俺との雑談を選んだ。話してみれば意欲的に我が国についての話を望み、好意的に知ろうとしてくれた。文化や歴史、在り方や法律、国の将来的な展望や方針と政策、政治、貿易。……まるで、当時プライドの婚約者として訪れたレオン王子のように。何故プライドではなく俺に尋ねたのかは分からない。だが、とても真摯《しんし》に話を聞いてくれた彼はやはり好感の持てる人物だった。……なのに、何故こんなにも苛立ちが収まらないのか。

確かに、プライド手製のクッキーや不敬の件は許していない。だが、今の彼は真摯に我が国を知ろうとまでしてくれている。過去の過ちさえなければ、レオン王子にも匹敵する好感の持てる王子とも言える。なのに何故こうも……。駄目だ、どうしても最後は同じ疑問に帰結してしまう。何故さっきから何度も繰り返してしまうのか、何故ここまで考えても結論が導き出せないのか……。

「そしてこの度。我が国の王女への婚約者選定に関して改めましたことをここで発表致します」

⁉　母上からの驚愕《きょうがく》の言葉に微かに声が漏れた。何度も瞬《まばた》きを繰り返し母上へ視線を注ぐ。俺だけではない、突然の婚約者選定の話に大広間中がざわりと大きく波打った。

ふと視線を感じ振り向けば、アーサーが強く見開いた目で俺を見ていた。知っていたのか、と言いたげな表情に俺は反射的にその場で短く首を横へと振った。知るわけがない。そんな重要事項、知っていたら俺はアーサーに話したか、そうでなくてもアーサー相手に隠せるわけもない。

大広間の騒《ざわ》めきに、プライドとティアラが一気に緊張した面持ちで下唇を小さく噛《か》んだ。思わず目を向けてしまう俺やセドリック王子に構わずしっかりと母上の話へと姿勢を正し目を向けていた。来賓や俺達が戸惑っている間も母上の話は変わらず続いた。両脇にいる摂政のヴェスト叔父様そして父上は知っていたらしく、母上に控えながら真っ直ぐとした視線で佇《たたず》んでいた。

「我が国では、王女は齢《よわい》十六になった際に婚約者を女王が選定するという決まりでした。が、それを改め王女は齢十六になったら……」

ごくり、と思わず口の中を飲み込んだ。大広間も完全に母上の次の言葉を待ち、水を打ったかのような静けさが全《すべ》ての音を奪い去っていた。

「〝婚約者候補〟を三名、本人の意思により選定させます」

大広間中が唸《うな》りを上げ、騒めきが広がった。〝婚約者候補〟……?!　婚約者、ではなく候補者?!

更には三名だと?!

戸惑う俺達を置き母上が合図をすると同時にプライドとティアラがその場から動き、母上の傍へと並び始めた。俺もプライドの補佐として冷静を取り繕いながらその傍《かたわ》らに並ぶ。だが、正直俺も内心は戸惑いしかない。

母上の説明を継ぐようにして今度はヴェスト叔父様が選定方法の詳細を説明し始めた。

まず、婚約者候補は基本的にはこれまで婚約者を選定していた時と同じように女王、王配、摂政により複数選定される。齢十六になる前に王女はその中からいくらか選定し、そして十六の誕生日までには候補者を三名に〝確定〟させる。

確定された三名は極秘とされるが、候補者となった者の家には伝えられる。……ただし、他の候補者に関しては同じく秘匿。妨害や無用な争いを避ける為だ。そして十六の誕生日後、王位継承者は戴冠までに、そうでない王女は一年の選定期間内に三人の中から一人を選定する。

ヴェスト叔父様の説明を聞きながら、俺はやっと平静を取り戻した。なるほど、それならば必要条件を兼ね備えた人物から王女の望む相手を選ぶことができる。期間もある程度設けたことで今回のように婚約解消という事態を防ぐことも可能となる。プライドもティアラも自身の意思で、ある程度望む相手と結ばれることができる。

「そして、今日で十八となる第一王位継承者のプライドには三名の婚約者候補を定める為の選定期間として今日から二年。更に次で十六になるティアラには十七になるまでの選定期間を設けました」

ヴェスト叔父様から、再び母上が言葉を紡ぐ。……今日この制度が制定されるということは、プライドとティアラだけは以降の王女よりも選定期間が短くなる。だからこその猶予を与える為の特別措置だ。確かに、そうでもしなければプライドは制定後すぐに、ティアラは一年も待たずに婚約候補者を三名確定しなければならなくなる。二人の為にも必要な措置だろう。

心の中で大きく頷く俺は遠目に見えるアーサーへ視線を向けた。アーサーだけではない。近衛騎士や騎士団長達も真剣な表情でヴェスト叔父様と母上、そしてプライドを見比べていた。

「……しかし」

ふと、母上が言葉を切る。何かと思えば優雅な笑みを一度作り、再び蕾《つぼみ》のような唇を動かした。

「プライド、そしてティアラは、既に本人達の意思で婚約者候補三名を確定させせました」

おおおおおおおおおおおお……！　そう、大広間が再びどよめいた。

「勿論、事前の規定通りにプライドは二年間、ティアラは十七までの制定期間は変わりません」

俺自身、来賓前で表情を変えないようにするだけで精一杯だった。つまりはもしもの為にもその三名を見定める為の期間も考え直す猶予をも残したということだ。……一体誰なのか。頭の中で俺が知る限りの候補者になり得る者の名が次々と駆け巡る。

「そして現段階での候補者各三名。名を言うことはできませんが、これだけは宣言します」

堂々と言い放つ母上の言葉に、澄ました顔で前を向くプライドの、そしてティアラの顔が俄かに火照った。彼女達は既にここで何を発表されるかも母上と共有済みなのだろう。……俺も、恐らくは宰相のジルベールも知らないうちに。

「……今、この会場内にその六名全員がおられることを」

溜《た》めるようにして口を開いた母上の宣言に、これまで以上に大きな騒めきと歓声が上がる。

「近々、こちらからご挨拶と相談に伺うことになるでしょう」

その折には是非前向きに宜しく御願い致します、と。母上の言葉を掻《か》き消すほどの騒めきが大広間でいつまでも、いつまでも膨らみ、…………溢れ、続けた。


大広間が沸き上がる中、アネモネ王国の第一王子である僕は一人静かに思案する。

フリージア王国の婚約者選定方法。今までと異なり、大分王女に配慮されたものになったなと思う。これなら僕とプライドの時のような間違いが起こっても婚約解消には至らず、他の候補者へ改められる。三名いれば、一人が駄目でも問題なく婚約者確定には間に合う。……にしても。

「思い切ったな……」

誰にも聞かれないように口の中だけで呟きながら、僕は思う。プライドだけでなく、ティアラまでもがもう婚約者候補を確定させてしまった。期間内ならば何かあれば変更もできるのだろうけれど、それでも確定させたのはきっと二人が王女としてここにいる来賓に示しをつける為なのだろう。これ以上、婚約までの時期を延ばすわけにはいかないと。……僕のせいでプライドが婚約時期を逃した、その王族としての傷を埋める為に。

「…………」

改めて考えて胸が痛んだ。僕のせいでプライドだけでなく、妹のティアラまでもがというその事実に。だけど、感傷に浸れば許されるというわけでもない。誰もがフリージア王国の女王からの宣言に騒然とする中、いま僕ができることといえば。

一度だけ深呼吸をして、気持ちと息を整える。女王の話が終わり、再び語らいの時を許された大広間で僕は〝彼〟に目を向け、茫然《ぼうぜん》とした状態のその耳元にそっと語りかけた。

「貴方は、一体誰だと思いますか？　……セドリック王弟殿下」

「っ?!　……、……レオン第一王子、殿下」

僕の囁きにビクリと肩を揺らした彼は勢いよく振り返り、丸くした目で見返してきた。何やら顔色が芳《かんば》しくない彼はゴクッと一度喉を鳴らすと、ゆっくりと呼吸を整えた。同時に顔色にも若干血色が戻っていく。

「プライド第一王女と、……ティアラ第二王女の婚約者候補について、でしょうか」

少し戸惑い気味に僕に返す彼は、泳ぎそうな視線を必死に僕へとどめながら一度口を結んだ。再び開かれれば「私には、……全く見当がつきません」と言葉を返される。少し暗く沈んだ声に、少なくとも今の彼はそこまで傲《おご》るような人間ではないらしいと理解する。……そして、僕は敢えて少し引っ掛ける。

「……プライドと〝懇意に〟はなれなかったのかい？」

ンッ、とセドリック王子が突然喉を詰まらせた。次の瞬間にはゴホゴホと咳《せ》き込み、顔を塗ったように真っ赤にしてしまった。咳《せき》が治まり、やっと僕に向けてくれた顔が咳き込んだせいか若干涙目になっていた。そして彼は震わせた唇で「その、……件なのですが」と話し始める。その件、ということは彼もどうやら自分の発言を覚えてはいるらしい。

『特にプライド第一王女殿下と懇意になりたいと私は望んでおります』

当時、彼が僕に十一日後にフリージア王国へ訪問するという言付けを託した時の言葉だ。知らないとはいえ元婚約者の僕に対してなかなか挑戦的な台詞だなとは思ったけれど、それよりも第一王子である僕に言付けを頼むという行動の方が突飛過ぎてあまり気にはならなかった。

セドリック王子は声を潜めながら「本来ならば場所を変えて正しい謝罪をしたかったのですが」と、国王の陰や柱に隠れて見えないように人目を気にしながら小さく僕へ頭を下げた。

「その節は、まことにっ……アネモネ王国の第一王子殿下に対し大変な失礼を致しました……！　申し訳ありませんでした……‼」

第一王位継承者であるレオン王子殿下に言付けを頼むなど……‼　と心から恥じているようにそう語る彼は、耳まで真っ赤だった。……正直、彼はもう防衛戦の忙しさでその事を忘れてしまっていても当然だと思っていたから驚いた。僕自身、覚えてはいても根に持つほどではない。むしろ根に持つというのならば僕のことよりもプライドの……、……。

そこまで考え、一度思考を止める。今は、過去のことにもかかわらず目の前で心から謝罪してくれた彼に僕からも礼を尽くさなければ。そうしている間にも彼から再び潜ませた声が続いていく。

「実を言いますと、レオン第一王子殿下にお手を煩わせて頂いたにもかかわらずプライド第一王女殿下にもその後に多大な御迷惑と不敬をっ……」

既にプライドに謝罪したことも含め、早口で彼は説明をしてくれた。声量と早口も、きっと人目を気にしてくれてだろう。今は婚約者候補のことで騒然としているから気づかれないけれど、仮にもハナズオ連合王国の王弟がアネモネ王国に謝罪なんて、噂が立てば互いに火の粉が掛かってしまう。自身の恥というよりも、国王二人と僕への迷惑を考えての配慮だった。

彼に頭を上げるように願い、もう過去のことだと断る。別にもともと謝って欲しかったわけじゃない。彼がその間違いに気づいて、プライドに二度と危害を加えなければそれで良い。

顔を上げてくれた後も礼を尽くしてくれる彼に笑みで返しながら、僕は改めて話題を投げかける。

「それよりも、……君は婚約者候補についてはどう思う？」

「どう、と申されましても。きっと相応《ふさわ》しき者が選定されたのでしょう。……とても、羨ましく思います」

僕からの問いに彼の燃える瞳がどこか憂いを帯びたように陰った。僕から逸らさず真っ直ぐに向けられたのが不思議なくらいだ。

「……君は？　第二王子ならばどちらも可能だと思うけれど。自分が候補者に入れたら……もしくは今からでも入りたいとは思わないのかい？」

もし、今の候補者に入っていなくてもまだ可能性はある。検討期間まではやり直しだってきくだろう。……本人の強い希望など、その事情さえ変われば。恐らくこの場にも自分が候補に入っていようといまいとまだ望みはあると考えている者も少なくない。

僕の囁きに彼は全くそこまで考えが及んでいなかったのか、ポカンとしたようにその頬を紅潮させた。どうやら、望みは抱いているらしい。

「ないわけではないようだね」と僕が返すと、彼は少し慌てたように片手で口を覆った。失礼致しました、と慌てて返してくれる彼に笑みを向けながら、僕は一番大事な疑問を直接ぶつけてみる。

「どちらだい？　ティアラかな。それともプラ……、　………………あれ??」

言葉が、思わず途中で止まる。……続けるまでもなかった。僕が「ティアラ」の一言を告げた途端、彼の顔色が明らかに真っ赤に変わってしまった。そのままとうとう目が合わせられないように小さく俯き、口を結んでしまう。周りに気づかれないように声を潜めたまま、そっと僕は確認をする。

「プライド、ではなく。…………ティアラ、なのかい？」

ボンっ、とやはりティアラの名前を出した途端わかりやすく彼の顔が更に茹だった。プライドの名前が出た時は少し不思議そうに目を僕に向けてくれた彼が、ティアラの名前を出した途端にだ。

僕の反応に、気づかれたことを確信した彼はとうとう腕ごと使って口を隠し、僕から背けながらまた謝罪を零した。「どうか、どうか……願わくば御内密に……」と呟く彼が、なんだか可愛らしく思えてしまう。

「大丈夫、誰にも言わないよ。……うん、ティアラも可愛いよね」

ふふっ、と思わず笑いながらそう言葉を掛ければ、見開かれた目で彼は僕を真っ直ぐに見返した。あまりにもはっきりとした反応が楽しくてさらに言葉を重ねてみる。

「僕はまだ二年程度の付き合いだけれど、彼女はとても良い王女だと思う。女性らしくて優しいし、それにとても姉兄想いの王女だ。博識だし、あんな素敵な人が婚約者だったらきっと幸せだろうね」

ティアラの良いところも僕はたくさん知っている。共感の意味を込めて彼にそれを告げれば、…………何故か今度は顔が青くなった。

一体どうしたのだろうか。パクパクと微かに口を開いては閉じる彼に、兄であるランス国王とヨアン国王が異変に気づき肩や背中に手を置いた。

「どうした、セドリック。そんなに婚約者候補の話がショックだったか」

「セドリック。まだ確定したわけじゃないから」

国王二人に続き僕からも声を掛けたけれど、セドリック王子は「いえっ……なんでも、ありません……」と僕の顔を不安げに真っ直ぐ見つめるばかりだった。それでも気になり、小さく首を傾げ無言で尋ねると、「お伺いしてもよろしいでしょうか……？」と覇気のない声で尋ねられる。

どうぞと返せば、彼は躊躇《ためら》いがちにその口を開いた。国王二人も興味深そうに僕達へ耳を傾ける。

「無礼でしたら大変申し訳ありません。……レオン第一王子殿下は、もし、仮に可能性があるとすればどちらの王女殿下と……？」

「僕は、……〝可能性があるなら〟第二王女のティアラということになるかな。彼女ならアネモネ王国でも素晴らしい王妃になるだろうね」

僕が再びアネモネ王国王子として婚約することになるとしたら、第一王女で元婚約者のプライドではなく我が国に嫁げる第二王女のティアラということになるだろう。……まぁ、彼女の姉であるプライドと婚約解消した僕には絶対にあり得ない話だろうけれど。

そう思って言えば、何故か余計にセドリック王子の表情が曇った。「そう……ですか」と呟きながら明らかに狼狽《うろた》えている。どうしたのだろう、自分の好きな人が周囲から高評価だったら嬉しいものじゃないのだろうか。今度、またヴァルに聞いてみよう。

婚約者候補は誰なのか。

若干の不穏も混ざる中、こうしてプライドの誕生祭は幕を閉じた。

「うあー……ああああ……プライド様が婚約かよぉ……!!」

ドン、と力強くジョッキをテーブルに叩《たた》きつけながらアランが嘆く。酔いとは別に顔を真っ赤にして零すアランに、カラムが「もう三つ目だ。これ以上は硝子《ガラス》の破片を始末してやらないぞ」と窘《たしな》めた。既に部屋の隅にはジョッキだった物体の破片が布袋の中に収められている。

「いやぁ……まぁ、でもプライド様が選ばれた方ですし、きっと良い御方ですよ」

「当然だろ!!　これで悪いヤツだったら俺達はどうすりゃあ良いんだよ?!」

エリックの言葉に食ってかかるアランに、カラムが溜息《ためいき》をつく。「俺〝達〟と、私達を巻き込むな」と呟くが、ふとグラスの中身へ落とす視線は陰りを抱いていた。そしてエリックも、アランの言葉に苦笑しながらもいつもより多く酒を呷《あお》る。

「ほんっっとに誰だよその幸せ者……!!　あの大広間にいたってことは俺達も挨拶を交わしたかもしれねぇってことだよな??」

なぁ?!　とアランが今度は向かいの席に座っていたアーサーに投げかける。彼もまた、ヤケ気味のアランに自室へ連れ込まれた一人だった。アランからの言葉に「そ、そうっすね……」と返しながらアーサーもまた酒を一口飲み込んだ。

「ステイル様も知らねぇみたいでしたし、……全く見当もつきませんけど」

「!　ステイル様もご存知なかったのか、流石徹底しているな」

アーサーの言葉にカラムが目を丸くする。第一王子すら知り得ないのならば、本当に一握りの者しか婚約者候補については知らないということになる。

カラムへ「恐らく間違いないと思います」と返すアーサーは、そのままぐったりと額をテーブルに打ちつけた。

「…………すげぇ気になります……」

呻《うめ》くように情けない声を漏らすアーサーにカラムとエリックが背中を叩く。まだ許容量は超えていない筈だがそれでも酔い潰れたかのように項垂《うなだ》れる彼に、アランは別のグラスに水を注ぎ差し出した。アーサーの潰れっぷりを見て少し落ち着きを取り戻し、頬杖《ほおづえ》をついて向かい席にいる三人の顔を眺める。

「ティアラ様は恐らく国外の王族に嫁ぐんだろうけど、……プライド様は国内かもしくはレオン王子の時みたいに王位継承権を外れた王子ってところか」

「…………」

アランの言葉で、アーサーはティアラに想いを巡らせた。ステイルやプライドと同じ時に知り合った彼女はアーサーにとっても馴染《なじ》みの深い存在だ。第二王女であるティアラがいつかは国を出て行くことはアーサーも当然わかっていた。だが、婚約者候補のことでティアラが嫁ぐ年月は実質的に一年延びた。それに少し安堵《あんど》しつつ、……同時に寂しいと思う自分もいた。プライドと相棒のステイルの妹であるティアラは、アーサーにとっても大事な妹のような存在だ。

……できりゃア、あんま遠くの国じゃねぇと良いンだけど。

嫁げば気軽に会えなくなる。それでも近ければ手紙のやり取りはできる。ステイルの瞬間移動で会うことも可能だが、公式には難しい。婚約者候補発表からティアラの笑顔に違和感を覚えることが増えていたことを思い出せば、不安にもなる。相手はティアラ自身が選んだのだから最悪な相手ではないだろうが、ティアラも色々思うところがあるのだろうとアーサーは思う。

……そォいうとこ、やっぱプライド様とステイルの妹だよな。

一人で背負い、笑顔で隠してしまう。力になりたいと思うが、こればかりはどうにもならない。王位継承権を確実に〝失う〟為にティアラが他国の王族に嫁ぐのが必須事項であることはアーサーもよくわかっていた。だからこそ、なるべくフリージア王国と交流の多い……そして近い国にせめて嫁ぐことになれば良いと思う。自分以上に、絶対に寂しがり別れを悲しがる姉兄が二人もティアラにはいるのだから。……自分も相当寂しい、と自覚しながらそう思う。

そこまで考えて、アーサーは顔を小さく上げる。自分と同じく、カラムとエリックもアランの言葉にそれぞれ思考を巡らした様子だった。プライドのことを考えているのだろうと、すぐに察する。

近衛騎士としてプライドの傍に仕えている彼らは、国内の式典だけでなく国外でプライドが招かれた式典やパーティーに同席することも多い。プライドに好意を抱く者は多い、だがしかし。

「プライド様が好意を抱いてそうな男性なんて、特にこれといっては思いつかねぇけどなぁ」

「ですねぇ。自分もそう思います。プライド様は誰にでも分け隔て無……、アーサー？　どうした??」

アランに相槌を打とうとするエリックの言葉が途中で止まる。隣に座るアーサーが突然自ら額をテーブルに思い切り打ちつけ直したからだ。先程の頭が落ちるような振動ではなく、自ら額で攻撃するかのような衝撃がテーブルを通して彼らのジョッキを波立たせた。

「〜〜〜っ……いえ、ちょっと酔いを冷まそうと……」

すみませんと謝るアーサーの顔は見事に真っ赤だった。考え過ぎて酒が回ったのかと、カラムがアーサーにグラスの水を飲むように促した。

〝好意〟……その言葉に、アーサーは誕生祭中のプライドとセドリックのやり取りを思い出す。

会話までは聞こえなかったが楽しそうに笑うプライドや、ステイルが間に入った後セドリックに向けてプライドが顔を真っ赤に火照らした瞬間を確かに目にした。その上、以前にもセドリックはプライドから最高の笑顔を引き出している。

そして今夜も、大広間で仲良く歩く二人の姿はどう見てもお似合いだった。

アーサーがぐるぐると頭を茹で上げている間も、騎士三人の話は続く。一体プライドの婚約者候補は誰かと、とうとう酔いに任せてカラムまでもが具体的に可能性のある者を並べ出した。

「敢えて親交が比較的多かった令息や王子といえば、ヤブラン王国のアクロイド家、ベロニカ王国の第二王子、ライラック王国の第一王子、ネペンテス卿の……」

「二番隊のブレアのことか？」

「違う、我が国の公爵家の方だ」

「その家名ならアネモネ王国の騎士団にもいましたよ。自分が合同演習の時にお世話になりました」

「アネモネ王国はねぇだろ～？　元婚約者の王子差し置いて結婚なんてしたら角が立つしよ」

だから違うと言っているだろう！　と若干カラムが声を荒らげ気味に二人を叱る。すみませんと謝るエリックに反し、アランは満面の笑みで返した。よくある名前だとわかった上でふざけたのだと、その反応を見てカラムはすぐに確信する。

アネモネ王国にプライドの婚約者候補がいる可能性は極めて低い。ならば、もっと遠方の地の王族か貴族。もしくはフリージア王国内の者ということになる。今回の誕生祭ではどちらの人間も多く参列していた。

「あとは、最近ならばハナズオ連合王国の第二王子……セドリック王子だが」

ガチャァンッ!!

今度は、ジョッキが割れる音が響いた。アランではない、アーサーが項垂れたまま手の中のジョッキを腕の力だけでテーブルに叩きつけていた。

本人自身も割ってしまったことに驚き、割れたと気づいた瞬間その場から飛び起きた。「すっすみません!!」と叫び、三人に怪我《けが》はなかったかと確認する。幸いにもすぐに身体を反らした騎士三人は当然のことながら、アーサー本人にも怪我はなかった。ただ、項垂れてテーブルに頭を付けたままだった為、起き上がったアーサーの長い髪にところどころ硝子の破片が飛んでいた。銀色の長い髪に絡まり、キラキラと反射している。

髪の硝子を指摘したカラムと、そして隣にいたエリックが一緒にアーサーの髪に絡まった硝子の破片を手袋を嵌《は》めた手で取り去っていく。アランが席を立ち「派手にやったな～」と笑いながら床に散らばった硝子を隅の布袋の方へと掃いた。

「そんなにセドリック王子が嫌いかアーサー？」

軽い口調で直球に語るアランにアーサーの肩が上下した。「えっ、いや！　その!!」と狼狽えるアーサーに、まだ硝子を取り去り終えてないから動くなとカラムが止める。

「アラン、口を慎め。アーサーが不敬罪になったらどうする」

「まぁ、アーサーは特に色々ありましたからね」

料理とかプライド様への不敬とか暴力とか、とエリックが落ち着いた声でカラムに注意される上官をフォローする。途端にアーサーの強張《こわば》った肩の力がしゅんと抜けた。謝るアーサーに、エリックが可笑しそうに彼の背中を叩いた。アーサーだけではない、表に出さないだけで先輩騎士三人もセドリックが犯した不敬も、更には彼のせいで自分達に焼かれる筈だったクッキーが当時駄目になったことも未だに怒ってはいる。だが、それよりも騎士として恨みを残すべきではないという意識も強かった。セドリックを殴りたくないかと聞かれた場合、否定すれば全員嘘になるだけだ。

「その、まだ料理のこと腹立ってンのも勿論あるンすけど、それよりなんか、…………………一番……ありそうだなと……思って」

ぼそ、と最後は本当にくぐもった小声を発したアーサーに、全員が聞き返す。なんだ？　なんて言った？　どうした、と。それぞれが尋ねた。

しかしアーサーは硝子を取り去られた後の髪を一度解《ほど》き硝子を払い、三人への返事両方を兼ねて首を横に振った。バサバサと長い銀色の髪が揺れ、彼の顔を隠した。

……プライド様があんなにたくさん笑ったり真っ赤になったりする相手、今までの王侯貴族じゃレオン王子くらいしかいなかったもんな……。

しかもレオンの場合も赤面することはあっても、心からの笑みが向けられるようになったのは婚約解消してからだ。つまりあれほど完璧な王子であるレオンよりも、セドリックはプライドの心をその手にしたということになる。

……あんだけ無礼して、泣かせて、料理まで食って、なのにあの人の心も奪っちまうとか。

「ずりぃ……」

髪を結わないままに再びテーブルに突っぷし、椅子《いす》に座ったまま無意味に足を交互に揺らして呻く。

あー……や、うー……という呻きを漏らしたところで、エリックに背中をポンポンと優しく叩かれた。頭ではセドリックが以前とは違うことも、彼の良いところも、何よりプライドに望む相手ができたことは嬉しいことだとわかっても、どうしても納得できずに胸がざわついた。いっそレオンとの婚約復活の方がここまでアーサーもモヤつきを残さずに済んだ。

「そういえば、セドリック王子も今夜は王居に一泊しているんですよね」

ふと思い出したようにエリックが言うと、アーサーの肩がピクリと揺れた。ああ、そうだなとカラムとアランが言葉を返すとアーサーはゆっくりと肘《ひじ》をついた手で髪を掻き上げる。顔を上げ、酷く不安そうな表情でエリックを見つめた。すると、アーサーの顔色に気がついたエリックが少し笑いながら「大丈夫大丈夫」とその肩に腕を回し、叩いた。

「今回は同盟交渉じゃなく単なる来賓だ。同じ王居でも泊まる宮殿が違う」

王居内には複数の宮殿が存在している。女王や王配、玉座の間や謁見の間、執務室などの王室以外にも摂政や宰相の仕事部屋である執務室や私室などを持つ宮殿である王宮。王宮に回廊で繋《つな》がり隣接され、王女や王子、そして同盟や交渉相手などの重要人物のみが一時泊などを許される宮殿。そしてそれとは別に存在する複数の宮殿。婚約者と王族が本格的に共に住む為の宮殿、王侯貴族の為の宮殿、遠方からの来賓をもてなす為の宮殿や館、施設などが点在している。それを纏《まと》めてこその、王族が住まう〝王居〟だ。

そして、セドリックを含むハナズオ連合王国が一夜を過ごすのは遠方からの来賓用の宮殿だ。プライド達の住む宮殿とは別にあり、距離もそれなりに離れている。王居外にも城内には国の上層部や極一部の貴族のみが住むことを許された館があり、それと比べれば近い方だが全く別の場所だ。

その事実に、アーサーは正直にほっと胸を撫《な》で下ろした。そうっすか……と呟くと、アランが可笑しそうにアーサーの肩に腕を回した。

「気にし過ぎだって！　別にセドリック王子がプライド様を狙《ねら》ってるかもわかんねぇだろ？」

肩ごと身体を揺らされながら、アーサーは呻く。たしかにそうっすけど……と呟きながらもセドリックの心情を考えた。プライドに救われてフリージア王国との同盟も叶《かな》い、大事なハナズオ連合王国を守り切れた王子のその心情を。

………プライド様に好意を抱かねぇ理由が見つかんねぇし。

考えれば逆に落ち込んでしまう。もし、セドリックもプライドに好意を抱いていた場合、二人は相思相愛となる。それはつまり……

「……やっぱずりぃ」

顔を火照らせながら再び呟かれたアーサーのぼやきが、今度は騎士三人の耳に届いた。アーサーが何故そこまでセドリックだけを敵対ならまだしも特別視するのか、三人にもわからない。ただ、少なからずアーサーの中では確定してしまっているそれに今はただ背や肩を叩いた。……ただし。

「……セドリック王子、ね」

「………まぁ」

アランが小さな呟きと共にカラムへ目を向ける。カラムもまたそれに視線で返した。項垂れるアーサーを宥《なだ》めながらエリックも二人の目配せには気づいたが、二人が俄かに笑ってジョッキの中身を口へ傾けた為、そのまま首だけ捻《ひね》って終わらせた。

アランとカラムは考える。言葉を交わさずとも、お互い考えたことは大体察しもついていた。

――セドリック王子が狙ってんの、……絶対ティアラ様だよなぁ……。

――どう見てもセドリック王子はティアラ様へ恋心を抱いているように見えたが。

そんな言葉を酒ごと飲み込んだ。部下や仲間への察しに鋭いカラムは当然のこと、人付き合いの多いアランにもセドリックのあからさまな恋心は筒抜けだった。

「俺はやっぱプライド様の婚約者候補が気になるなぁ……」

「間違いなく世界一の幸福者だろう」

いや、ですから俺はその話をっ……！　とアーサーが呻く間もアランとカラムは返事をせずに酒を呷る。三人の顔を見比べながら、最後にエリックが苦笑するように「でも」と呟き、息を吐いた。

「結局〝我々にとって〟大事なのはお二人の気持ちですよね」

明るい穏やかなエリックのその言葉に、騎士三人は無言で深く頷いた。

政治的要因が絡んでも、笑顔で自国の王女が誰かの隣に立てるのなら。騎士として、そして彼女を慕う者として、……これ以上はないのだから。

第キミヒカ章　在りし筈《はず》の騎士と義弟による一幕

「…………噂《うわさ》？」

もう日付も越えた深夜、騎士達は語り合う。王居では豪奢《ごうしゃ》なパーティーが開かれる中、彼らには何もない。老朽も進みつつある演習場で、御馳走《ごちそう》の代わりに目の前に広げられているのは大量の包帯や消毒液、薬だけだった。誰《だれ》の顔からも疲労が見え、更には未《いま》だ癒《い》えない傷に包帯を巻くだけで誤魔化《ごまか》している騎士もいる。怪我《けが》治療の特殊能力者の数が足りず、応急処置すら医者や七番隊の手も間に合わないのが現状だった。

　任務を終えた騎士達が、まともな出迎えもないまま数も少ない小隊で騎士団演習場に戻ってきた。救護棟で重傷者は特殊能力者の治療を受け、軽傷者は一箇所に集まりながら互いに配給された包帯や薬でまかなっていく。

「ああ、あくまで噂だがな。……夜な夜な、王居の方から男の断末魔が聞こえるらしい。噂では女王は人を嬲《なぶ》るのが趣味らしい。その為《ため》に定期的に国の妙齢の男が拐《さら》われ、献上されると。

「俺《おれ》も聞いたことがあるぞ？　その男は一晩で使い切られてどこかに捨てられるという話だ」

「俺はひと月保《も》つと聞いた。……ひと月、ずっと女王の拷問を受け、最後は殺してくれと誰もが懇願すると」

「俺が聞いたのは嬲られているのは拐われた男ではなく――……」

「その辺りにしておけ。王族の悪き噂など聞かれでもしたら不敬罪では済まないぞ。……騎士団長の耳に入れれば大変なことになる」

広がり出す噂話を、一人の騎士が止めた。自身もまた女王への敵意を露《あら》わにしながらの重々しい言葉と、更には彼の風貌に一部の騎士は自然と口を噤《つぐ》んだ。「失礼しました」「早く明日に備えて寝よう」と互いに言葉を交わしながら、包帯を巻き終えた騎士からその場を去っていく。

話を止めた騎士の肩に、去り際他《ほか》の騎士が手を置いた。先輩騎士からの労《ねぎら》いに頭を下げて返すと、彼は包帯を巻き終えた身体《からだ》に鎧《よろい》を着直した。

それを眺めていたまた別の騎士は、在りし日の別人を思い出しながらその口を動かした。

「……お前は常に厳しく、そして正しいなアーサー」

「騎士の先輩方に出過ぎた真似《まね》とは思いましたが。……父に、似たのでしょう」

申し訳ありませんでしたと再び頭を下げたアーサーに、騎士は「あの場では副隊長のお前が一番上だった」と返すと肩を叩《たた》いた。それを受けた後、アーサーは手早く鎧の上から団服を着直した。赤い染みが所々に残ったそれを羽織り、立ち上がる。

「以前、騎士団長からお聞きしました。前騎士団長と前副団長は女王に逆らい、処罰されたと」

短く刈り上げた銀髪を揺らしながら、落ち着いた表情でアーサーは見直す。その言葉に騎士は小さく俯《うつむ》いた。当時の彼にとって、その二人は同僚でもあった。

「ケネス副団長は、……騎士団長と同じく前騎士団長と前副団長をご存知なのでしょうか」

「ああ。……二人とも優秀な騎士だった。彼らに並ぶ騎士は今の騎士団には……いや、全盛期の騎士団でもなかなかいなかっただろう」

それほどの騎士だった。そう語る副団長にアーサーは少し思案する。当時新兵だった自分は殆《ほとん》ど関わりもなかった。だが、遠目からでも騎士としての威厳に満ちた二人の姿だけは覚えている。

……そのような立派な騎士でさえ、女王の在り方に疑問を抱いたのか。

前騎士団長、前副団長が処罰された時。多くの騎士がその事実を受け入れることもできず酷《ひど》く嘆いた。彼らが死んだ後も、二人を悪く語る騎士は一人もいなかった。その後すぐ新たに就任したのが現騎士団長と副団長だ。

そして次に謀叛《むほん》を許せば相応の罰が騎士団に待っていると、女王は告げた。

「……勿論《もちろん》、お前の父君もだ」

立派な騎士だったと。副団長の言葉にアーサーは胸が詰まった。ありがとうございますと返しながらも、記憶の中では当時の反発しかできなかった自身の愚かさばかりが引っ掛《か》かる。

「ところで」と話題を変えようとアーサーは自ら話を振った。今回の任務より、遥《はる》かに苦痛の役割を担ったであろう副団長を労うように。

「いかがでしたでしょうか。女王の誕生祭は」

深夜、騎士団長のハリソンと共にパーティーを終えた副団長のケネスは疲労の滲《にじ》むその足で任務帰りの彼らを労う為に救護棟を訪れていた。アーサーの言葉に苦笑するように曖昧《あいまい》な笑みを浮かべるケネスは、一言「きっとお前の想像通りだ」と語る。

現女王がフリージア王国を支配するようになってから、明らかに来賓の数は減っていた。

当然、女王の反感を買うことを恐れて必ず出席する者は多くいる。パーティーの規模や装飾は無駄に派手さを増すばかりだ。だがそれでも、前女王の頃《ころ》と比べれば来賓自体の数は減る一方だった。どれほど今の女王に人望がないのかは誰の目にも明らかだった。

その事実を知っているアーサーも、ケネスの言葉にすぐ察した。毎年変わらない、自国の上層部や貴族は女王の反感を買わないようにと怯《おび》え続け、他国の王侯貴族は薄く離れずの関係を望んでいる。

「……それに、今年もティアラ王女とレオン王子は参列されなかった」

そろそろこの部屋も閉めようとケネスが鍵を取る。アーサーはそれに応じながら〝レオン王子〟という言葉に一人思案した。

……レオン王子。女王の婚約者。未だに婚姻は結んでいないが、実質的には王配。二年前から王居に住んでいるアネモネ王国の元王子だ。

だが、婚約してフリージア王国へレオン王子が身を移してからその姿を見た者は殆どいない。確かな理由は不明だが、次期王配としての公務に携わろうともせず、ただひたすらに民の税を貪っている名ばかりの王子だと国中の民が囁《ささや》いていた。フリージア王国に移り住む予定の日には遅れ、やっと城に来たかと思えば次期王配としての責任すら果たそうとせず引きこもっているのだから当然だ。

噂では、生まれ持っての麗しさを生かして女王の慰みものとして扱われている、裏で女王を誑《たぶら》かし国の主導権を握っている、既に死んでいるのではないかという噂までもが出回っていた。

……いっそ本当に死んでくれてりゃァ良いのに。

その方がよっぽど国の為になると。アーサーは口に出さず、胸の中だけでその思いをとどめた。民の為に身を粉《こ》にして働き続ける騎士の一人として、王族の役目を何も果たそうとしないレオン王子という人物は侮蔑の対象でもある。

……ティアラ王女は、女王からのやっかみにより離れの塔に長く閉じ込められていると聞く。本人の意思に関係なく、外界から切り離された彼女には同情も抱く。だが、レオン王子は違う。

国民の税金で生活している王族が何もせずただ豊かな生活のみを享受しているなど。一人の民として言わせればあの女王に相応《ふさわ》しき愚王配だと、アーサーは心から思う。

七年前の騎士団奇襲事件。当時、新兵合同演習予定だったアネモネ王国が予定時間になってもフリージア王国に到着しなかった。その為、現場の確認と報告の為に騎士団長であるアーサーの父親は新兵を率い、そして帰ってこなかった。

だが、当時のアネモネ王国は自らの非を認めなかった。むしろフリージアへ向かったアネモネ王国騎士団の全滅すらフリージア王国の責任であると突っ撥《ぱ》ね、結果としてそれが無駄な争いまで引き起こした。新たに和平を結んだ後は、その証《あかし》として女王との婚約だ。

父親と多くの騎士を失い、騎士団衰退のきっかけをも生み出したアネモネ王国にアーサーは良い印象を抱けない。その第一王子であるレオンに対しても同様だ。更には忌むべき女王の伴侶となれば、侮蔑と嫌悪だけが泥のように身の内にへばりついている。それは、一生消えることもない。

「…………」

最後に鍵を閉め、保管場所にそれを戻したアーサーは救護棟の前でケネスに挨拶《あいさつ》をした。副団長室に戻るケネスと違い、アーサーはこのまま一度実家に帰る予定だった。一人、小料理屋を続ける母を手伝う為に。「お疲れ様でした」とアーサーが顔を上げると、ケネスは言葉より先に彼の肩に手を置いた。そして人目を気にしながらアーサーの耳元に顔をそっと近づけ、囁いた。

「……気を抜くな。国中のどこで誰が聞き耳を立てているかもわからない。お前は、お前だけは…………カラムやアランのようにはならないでくれ」

御父君の為にも、と。極限まで潜めた声でそう告げたケネスは顔を離すと、目を丸くするアーサーに複雑な表情だけで返した。それ以上は何も言わず、アーサーの背中を押すようにして演習場の門へと見送った。

「…………やはり、副団長も父上のことを気にされているのか」

道すがら、思ったことがアーサーの口から小さく零《こぼ》れた。本隊に入隊した当初から、時折こうして目を掛けてくれる騎士やこっそり助言をして気を遣ってくれる騎士の先輩は何人もいた。殉職した騎士団長の息子である自分を想って、……そしてあの時父親を救えなかった懺悔《ざんげ》だろうと、アーサー自身も理解していた。

「騎士団に責などない。……私とて、理解しているというのに」

……所詮、どこまでいこうと私は亡き元騎士団長の息子でしかないのか。

どれほど功績を積もうと、腕を上げようとも変わらない。〝元騎士団長子息〟という経歴を持つ自分を、騎士の誰もが遠い目で見る。「アーサー」とその名を呼びながら取り繕った笑みばかりを自分に向ける。もう見慣れ過ぎて麻痺《まひ》してしまったが、その眼差《まなざ》しが当然のように〝騎士〟ではなく〝遺族〟へのものだと彼はわかっていた。

そこまで考え、アーサーは一人首を振る。全《すべ》て自身が望んだことだろうと己を叱咤《しった》する。

……短髪も言葉遣いも身振りも全て、自ら望んで父を真似た。

それまでの弱いだけの己では到底騎士になどなれるわけがないと理解していた。そして努力の甲斐《かい》があって騎士になることができた。当時の父と同じ一番隊に所属し、人員が減りつつある騎士団で副隊長を任されるまでに至った。

「……あと、少しだ」

本隊入隊試験では惜しくも首席を逃してしまった、残された方法はもう数少ない。叙任式や祝会では他の騎士の目が……特に騎士団長であるハリソンの目が常に自分へと注がれ、最初の挨拶以外女王へ容易に近づくことも許されなかった。

　しかし副騎士隊長の次は騎士隊長だ。隊長格の中で最《もっと》も優れた功績を残せば騎士団長、副団長と共に王族の式典への参列も許される。

「父の、……無念を。あの日の真意を、必ず」

……わかっている。騎士として私怨を抱き続けるべきではないと。父の死と影に取り憑《つ》かれている時点で私は騎士失格だと。だがそれでも、私は。

「…………奴《やつ》を」

「あ〜あ、……つまらないパーティーだったわぁ」

　女性が歩く。波立つ深紅《しんく》の髪を指で弄《いじ》り、心からつまらなそうにそうぼやいた。

　豪奢な装飾に色とりどりの花、高級な酒と料理。城下の民の生活からは考えられないほど贅沢《ぜいたく》の限りを尽くした大広間のパーティー。それは全て、今回の主役でもある彼女の要望通りのものだった。

　だが、彼女も馬鹿《ばか》ではない。来賓数が年々減っていることも、大広間内に浮き立つものが全くなく静けきっていたことも理解していた。パーティー中も王座に座しながら、少しの料理とワインしか口を付けずつまらなそうに足を組むばかりだった。彼女自身、来賓に礼を尽くすつもりも楽しませるつもりも全くなかった。

「ああ、もうついてこなくて良いわよステイル」

背後に控え続ける摂政を指先だけで払いながら、彼女は振り返ることなく靴を鳴らし歩いた。自分の私室とは別方向に歩む女王に、初めて彼は口を開く。

「……どちらへ、行かれるのでしょうか。女王陛下」

低く、抑揚のない声が無表情のまま放たれる。眼鏡《めがね》の奥にある漆黒の瞳《ひとみ》が濁り、更には人形のように顔の筋肉が口以外は全く動かない。

彼の言葉に女王はピタリと足を止めた。前を真《ま》っ直《す》ぐ向いたままだった彼女が一拍の間の後、ゆっくりと彼へその身体を向けた。……引き攣《つ》ったように醜い笑みと共に。

「決まっているじゃない。愛《いと》しい愛しい婚約者に会いに行ってあげるの」

ニタァア……と歪《ゆが》んだ笑みを広げ、口端を引き上げながら笑う女王にステイルは怖《お》じけることなく見返した。全く感情も感じられないその瞳で「失礼致しました」と短く答えると、女王は思い出したように笑い声を上げその場から去っていく。先程と打って変わり小さくステップを踏みながらご機嫌で歩く彼女の姿にすらステイルは顔色ひとつ変えなかった。

……またレオン王子で憂さ晴らしか。

頭を上げ、女王の背中が見えなくなるまでその場に佇《たたず》みながらステイルは小さく息を吐く。婚約したレオンが変貌し部屋に引きこもるようになってから、女王が時折こうして彼の部屋へ自ら訪ねていることをステイルはよく知っていた。……そこで、何が行われているのかも。

女王がアネモネ王国の民を城の拷問部屋で嬲り殺しにしたことも知っている。当時まで使われていなかったその部屋の手配も、更には女王の望むままにレオンを〝誑かした〟民全員をその部屋に収容させたのも自分の仕事だった。

レオンがその日を境に心を病み、使い物にならなくなったことも、そして女王が暇を見つけてはそんな彼の傷口を抉《えぐ》り続けていることも知っている。…………だが。

……まぁ、ティアラに奴の注意が向かないのならばそれで良い。

ステイルにとっては、どうでも良いことだった。心配なのは、女王の矛先が義妹であるティアラに向いてしまわないかだけ。だからこそ今さっきも女王がティアラに何かしに行くつもりなのではないかと案じ、自ら問い掛けた。そして女王の目的がティアラでないと確認が取れた時点でステイルの興味は消えていた。

……不憫《ふびん》だとは思う。彼もまた死よりも辛《つら》い生き地獄を味わっていることも理解している。

そう、胸の内では思う。夜な夜なレオンの悲鳴が部屋から零れる度に、王居内でそれを聞いた者達からは余計に女王の恐ろしい噂が囁かれるようになった。更には女王がレオンの部屋に入った途端に響き渡るその悲鳴に、彼がその美しい見目を買われて女王に愛玩の如《ごと》く飼われているのか、鬱憤《うっぷん》を晴らす為の生き人形と化しているのか、……それともいっそ悲鳴というのもただの噂で、実際は女王との慰みごとによる喘《あえ》ぎ声かと。王宮内の衛兵や侍女達の間では様々な憶測と噂が行き交っていた。

だが、それでもステイルはその噂を正そうとも、彼の本当の扱いを広めようとも思わなかった。それどころか彼の身の回りの世話をする侍女達にも厳しく口止めをし、女王の意思のもと真実が漏れ出ないようにと手を打っていた。

長い廊下で女王の姿が完全に消えたところで、ステイルも足を動かした。踵《きびす》を返し、女王とは反対方向へと進み、思う。……だが所詮は女誑《たら》しの報いだと。

女王の不興を買ったきっかけともなった事件。第一王子であるレオンはフリージア王国へ訪れる前夜に城下で民と酒に溺れていた。もともと女誑しの王子だという噂は知っていた。女王との婚姻前に最後の自由を味わいたかったのか、それとも単に後先考えずに快楽を求め続けた結果か。ステイルも、それ以上自ら知ろうとはしなかった。

無駄とも言えたアネモネ王国との諍《いさか》いと戦争。その橋渡しの為に必要な婚姻。女誑しの屑《くず》王子と悪魔の如き外道女王ならばお似合いだと心底思う。アネモネ王国としても厄介払いができ、フリージア王国としても悪魔の情欲の生贄《いけにえ》ができて両国とも円満な婚姻となる筈だった。

……それを、あの屑が。

レオンが余計な道楽に走ったせいで、折角纏《まと》まりかけていた両国間に再び亀裂が入るところだった。女王がアネモネ王国の民を嬲り殺す〝だけ〟で満足したから良かったものの、下手《へた》をすれば自国の民まで再び戦に巻き込むところだった。

王族としての特権ばかりを振り翳《かざ》し、己が欲求のみを優先させた王族の面汚し。その欲のままに多くの女性を泣かせ続けた報いが来たのだと思えば、ステイルにとってはこれも当然の結果だった。

自室に戻り、扉の鍵を締める。閉められたカーテンと窓を確認し、灯りを消した。暗闇に包まれてやっと、落ち着いたようにステイルは大きく息を吐いた。眼鏡の黒縁を指で押さえ、先程まで道すがら考えていたことを思い出す。……すると、タイミングを計ったかのように聞き慣れた悲鳴がどこからともなく漏れてきた。

「あああぁぁぁぁあっ……!!　いやだッいやだぁああ!!!!　もう人は人は人はっ……!!　ああああああああああああああああ!!」

最初は嫌気がさしたその叫喚も、今は耳障りな雑音でしかない。同じ王宮内のせいか窓越しにそれは漏れ聞こえ、時折女王の笑い声が聞こえてくることもあった。最初の頃は数度、本当に拷問でもされているのかと興味本位に瞬間移動で覗《のぞ》きに行ったことも、女王の付き添いで同行したこともある。だが全て女王がその手を下すことなく言葉のみでなじり続けているだけだった。むしろ、己が手を汚さずに言葉のみで踠《もが》き苦しませることに悦楽を味わっているようにもステイルには見えた。

「……今は聞き心地も悪くない」

声を潜め、口端を吊《つ》り上げて彼は笑う。黒いその笑みが闇に溶けた。少なくともレオンの悲鳴が響いている間は、彼の大事な存在が女王の手にかかっていない。

最後に一度だけ深呼吸をしたステイルは、そこで瞬間移動をした。視界が切り替わり、暗闇の中から灯りのついた空間へと変わる。視界にその姿を捉えるより先に彼は口を開く。女王に対しては決して出ない、穏やかな声色で。

「まったく……また本を読んで夜更かしをしていたのか？　ティアラ」

ソファーに腰掛けた女性が立ち上がる。「兄様っ！」と声を弾ませ、嬉《うれ》しそうに彼のもとへと駆け寄った。ステイルにとって、唯一無二の存在。彼に残されたたった一人の家族だ。

「ちゃんと良い子にしていたか？　今日は会いに来るのが遅れてすまなかったな」

穏やかに笑い、ティアラの頭を撫《な》でる。柔らかな彼女の金色の髪を指がすり抜ける度にステイルは身体の余計な力が抜けていくのを感じた。

「そんなことないわ、毎日兄様が会いに来てくれて嬉しい」

鈴の音のような彼女の声に、先程までの醜い叫喚の跡が綺麗《きれい》に洗い流される。

「兄様こそ疲れていない？　今日はプライド様の誕生祭だったのでしょう。きっと忙しかった筈よ」

「大丈夫だ、ちゃんと無事に終わった。……お前に早く会いたかったよ」

　そう言って自分より背の低い彼女の顔を上から覗けば、柔らかな笑みが返ってきた。彼女の細い身体を抱き締めれば「毎日お仕事お疲れ様」と背に優しく腕を回された。

……俺の、唯一の光。

彼女の存在を腕の中で確かめながら、思う。ティアラだけは必ず守り抜いてみせると。

ティアラの十六の誕生日まで残り八ヶ月。そうすれば彼女は嫁ぎ、この国を出ることになる。

……女王の手の届かない、遠くの地に。

ティアラと離れることに酷くステイルの胸は痛む。隣国程度ならば嫁いだ後も瞬間移動で会いに行けるが、それより遠い地であれば許可無しに自身が女王から離れることができない。ティアラをこの手から失うことはこの上ない損失だった。だが、このまま女王のいるこの国にい続けることよりも遥かに安全だと思う。何より、そうすればティアラは離れの塔から解放されて自由になれるのだから。

彼女の幸せの為ならば、自分自身がどうなろうと構いはしない。

　ただ一つ憂いがあるとすれば、ティアラの婚約者を決める権利は女王が持っていることだ。こうしてティアラを離れの塔に閉じ込めている女王が、妹に良い相手を用意するとは思えない。どうにか自分がティアラを守ってやらなければと、ステイルは腕に力を強める。

　女王が適当に選んだ相手が運良く良い相手であれば良い。そうでなければ、どんな手を使ってでもその男を引き剥《は》がすと決めている。隷属に堕《お》とされた身でできる限りの全ての手で、必ずと。

「兄様……？」

強まった腕にティアラが尋ねるが、疲労を言い訳に暫《しばら》くそのままステイルは彼女を抱き締めた。必ず守り抜くという誓いと共に。

……名ばかりの王配、レオン・アドニス・コロナリア。…………女王の鬱憤の吐け口。

彼を飼い殺しにしてから、女王は今まで民で発散していた快楽を彼一人で済ますことが増えた。

もしこのままティアラへの興味を女王が無くせば、面倒な婚約者選びは摂政である自分に委《ゆだ》ねられるかもしれない。そうでなくとも、彼で遊んでいる間はきっとこのままティアラにまで女王の手は及ばない。離れの塔よりもずっと身近な場所で最高の玩具を得たのだから。

先のチャイネンシス王国侵略とサーシス王国の支配後からは女王の機嫌も上々だった。ヨアン元国王とセドリック王子という新たな玩具を手に入れた。

……どうかこのまま女王の犠牲と成り果ててくれ、レオン。お前の不幸こそがティアラの幸福へと繋《つな》がるのだから。

レオンが苦しめば苦しむほど、ティアラの平穏が約束される。民もまた女王の標的にされることが減っていく。己が欲求のままに快楽を貪り、女を泣かせ、王族としての規律を蔑《ないがし》ろにした報いだと。穢《けが》れた王子は清らかなティアラの為に朽ちていくことこそが相応しいと、そう思う。

そして欲を言うならばできる限り永く、いっそ女王が死ぬまで使い潰されることなく飽きさせることなく残留し続けて欲しい。王配として与えられた豪奢で広く恵まれたあの牢獄《ろうごく》で永遠に苦しみ踠き、あの女を悦《よろこ》ばせる為だけに生き長らえてくれと心の底からレオンに望む。

……全ては、我が国の民と俺の大事な大事なティアラの為に。

第二章　疎《うと》まれ王女と受諾

「お、おおおおぉぉお姉様っ！　大変です!!!!」

誕生祭の翌朝。ばたばたばたと珍しいティアラの慌てた声と足音が部屋の外から聞こえてきた。

今日届いた手紙を読み終わり、ちょうど大きく伸びをしようとした時だった。突然のティアラの声に私の背後に控えてくれていた近衛《このえ》騎士のアーサーとエリック副隊長も扉の方に振り返る。扉の前では近衛兵のジャックが驚いたように扉に手を掛けた。廊下からは衛兵の声で「どうかなさりましたでしょうか?!」「プライド様は今……」と慌てるティアラを心配するような言葉も聞こえてきた。

「おかえりなさい、ティアラ。どうしたの？」

入ってきても大丈夫よと声を掛けると、ゆっくりと扉が開かれた。ティアラが少し慌てた様子で「突然ごめんなさいっ」と謝りながら、今度こそ私のもとに駆け込んでくる。

最近ティアラは自分の誕生祭でも何か発表か催しをしたいと考えているらしく、ジルベール宰相や時々母上達とも話し合いをしていた。今もその話し合いから帰ってきたばかりなのだろう。

「そのっ……一度玄関に……！　兄様もおられるので！」

口をパクパクとさせながら「とにかくすごいんですっ！」と一生懸命訴えてくるティアラに首を傾《かし》げながら私は部屋の外に出た。その途端、何やら甘い香りが鼻をかすめる。

専属侍女のマリーとロッテを連れながら、アーサー達と一緒に部屋を出る。ティアラに手を引かれながら早歩きをすると、ティアラは自分を落ち着かせるように肩で息をしながら話してくれた。

話し合いが終わってから私の部屋へ向かおうとした途中、玄関の方から聞き慣れた声が聞こえてきた。それに引かれて見に行ってみれば、驚きの大荷物が届いていたらしい。

ティアラの話を聞きながら、大荷物ということはまた彼が行きずりの盗賊か人身売買集団でも直接我が城に連れてきたのだろうかと考える。そうして玄関まで辿《たど》り着き……

圧倒、させられた。

「！　姉君、お疲れ様です」

「アァ？　早かったじゃねぇか、主《あるじ》」

既にヴェスト叔父様と一緒に摂政業務に朝から携わっていたステイルと、鋭い眼光と凶悪な顔つき、焦げ茶色の髪と瞳《ひとみ》と褐色の肌を持つ男性がそこにいた。我が国の配達人、ヴァルだ。やはり配達人業務で訪れて待っていてくれたらしい。……大量の薔薇《ばら》に囲まれて。

「ステイル、ヴァル。…………ええと、これは」

思わずポカンと呆《ほう》けたまま棒立ちになってしまう。

隣でティアラが「すごいですよねっ！」と嬉《うれ》しそうに声を跳ねさせた。アーサーとエリック副隊長も私と同じように目を丸くして口も開いたままだった。

「アネモネ王国。……レオン王子からの贈り物らしいです。姉君の誕生日祝い、ではなく盟友として友好の証《あかし》だと」

ステイルがレオンからだろう書状とカードを手に私を見返してくれた。書状はまだ開かれていないから、恐らくカードに書いてあったのを読んだか、ヴァル達に聞いたのだろう。ヴァルが頭をガシガシと掻《か》きながら「タダ酒飲みに行ってみりゃあ朝からコレだ」と零《こぼ》した。

そういえば何故《なぜ》ステイルとヴァルが一緒にいるのだろう。あまりに薔薇の山が現実味なさすぎて、先にそっちの方を尋ねてしまう。

　ステイルによると、昨晩のパーティー後王居に泊まった遠方の王侯貴族をヴェスト叔父様と一緒に見送った帰り、ちょうど配達で我が城を訪れたヴァル達と鉢合わせたらしい。あまりに凄《すさ》まじい配達物に、ヴェスト叔父様からヴァル達との同行と指定時間まで私に付く許可をもらったらしい。

「流石《さすが》のヴェスト叔父様も驚いていらっしゃいました。……この、数ですから」

　ステイルの苦笑に、私もアハハ……と枯れた笑いを返してしまう。そうよねと言葉を返し、改めて見る。玄関から運び込まれた薔薇は広間を埋め尽くすほどの凄まじい量だった。もういっそ誰《だれ》かのお葬式かと思えるほど、いやむしろ室内薔薇園レベルだ。花束ではなく全《すべ》て根っこから土ごと纏《まと》められている。母上に庭園に薔薇を植える許可を貰《もら》わないとと今から考える。

　既に衛兵や侍女達がある程度運んで並べてくれたけれど、並べきれずに結局広間を薔薇の山で囲うようになってしまっている。

「広間中すげぇ香りっすね……」

　アーサーが思わずといった様子で呟《つぶや》くと、エリック副隊長も鼻を軽く擦《こす》った。ヴァルも舌打ち交じりに「掃き溜《だ》めの悪臭の方がマシだ」と呟いている。私には良い香りだけど、ステイル以外の男性陣にはちょっとキツいのかもしれない。

　寝ぐせ交じりの黒髪の少年ケメトが「僕は良い香りだと思います！」と笑うと、茶髪の少女セフェクが「私も」と薔薇に囲まれた広間を顔だけ動かしぐるぐる見回した。ヴァルと一緒に配達人業務に協力してくれている二人は、アネモネ王国から花を運んできた時もじっくり見た筈《はず》だけれど、こうして囲まれてみるとまた圧巻なのだろう。更にはただの薔薇の花じゃない。

全てが綺麗《きれい》な青色の薔薇だ。

前世でもなかなかお目にかかれない代物だ。……でも、なんかどこかで覚えがあるような。勿論《もちろん》、前世で本物の青い薔薇なんて見たことがない。地味な人生でそんな素敵なイベントがあったら絶対忘れないだろうし、だとすれば後は……。

「姉君、どうぞ」

ステイルが歩み寄り、書状とカードを手渡してくれた。ティアラが「何と書いてありますかっ?!」と隣にぴったりと並ぶ。ティアラにも見えるようにカードから開き、中身を読む。

〝友好の証に。プライド・ロイヤル・アイビー第一王女が盟友、レオン・アドニス・コロナリア〟

綺麗な直筆でそう記されていた。昨晩もアネモネ王国からは誕生祝いを貰ったばかりなのに、連日でなんか悪い気がする。次に書状を手に取り、封を開く。同じくレオン直筆の書状を読み、……ちょっと驚いた。誕生日の贈り物ができないのでその代わりにこれをというメッセージと、この薔薇についての色々な説明が書かれていた。……更には。

「私とアーサー。あともし宜《よろ》しければ皆にも是非どうぞ、ですって」

俺《おれ》っすか?! と、アーサーが思わずといった様子で自分を指しながら声を上げた。ステイルが私の隣に並びながら「何か覚えはあるか？」と尋ねる。アーサーは何とも言えないように額に手を当てて「ッ……い、……一応……」と絞り出した。

「そう言えば昨晩の誕生祭でレオン王子と何か話をしていたな」

エリック副隊長も思い出すように投げかけると、アーサーは無言でコクリコクリと二度頷《うなず》いた。

「なんか……皆、喜んでくれると思うからとか、……仰《おっしゃ》って下さってて……」

まさか本当にっ……!!　とアーサーはすごく戸惑った様子だった。まぁアネモネ王国の第一王子から薔薇のプレゼントなんて簡単に貰えるものじゃない。盟友の私ならともかく、他《ほか》の令嬢だったら確実に悲鳴を上げて喜ぶ品だろう。まるでサプライズのプロポーズのような贈り物だもの。

それにしてもと、私は改めて手紙に目を通す。さっき覚えがあると思ったのはそういうことかと、書かれている説明を皆にも聞かせる。

「アネモネ王国で原産の青い薔薇ですって。元々稀少《きしょう》なものだったらしいけれど大量栽培が成功して、これから各国にも輸出を進める予定の新商品らしいわ」

流石貿易最大手、早速商売に進めちゃうなんて。しかも確実にこれは大ヒットするだろう。

「逸話から、この薔薇の茎を折って運命の相手に渡せば薔薇が青から赤色に変わるとされているらしいわ」

ばっ!!　と、気づけば男性陣が私と薔薇を見比べていた。あまりに明らかな視線に私も笑ってしまう。昨日婚約者候補の発表をして、今日こんな品が届いたら色々考えてしまうのも当然だ。

ティアラが「とても素敵ですねっ！」と目をキラキラさせて言ってくれる。うん、ティアラは絶対好きだろう。私もそれに返しながら「どうぞ、ぜひ皆も貰って」と全員に声をかける。私の部屋に飾る分を早速土ごと分けてくれようとする専属侍女のマリーとロッテにも是非持って帰ってと言うと、すごく嬉しそうに目を輝かせてくれた。やっぱり、女性にはこういうのは嬉しいわよね。

私だってこうして逸話を読んだ後で薔薇を見ると、どうしてもワクワクとときめいてしまう。すごく良い香りで綺麗だし盟友であるレオンからの遠回しな誕生日祝いということもそうだけど、この薔薇の花は私にとってもすごく特別だ。

「おい、主。俺らも貰って良いんだな？」

不意にヴァルに声を掛けられる。振り返れば、ケメトとセフェクが既に〝皆〟に含まれていると理解して薔薇へと手を伸ばしていた。……棘《とげ》に触る前にヴァルに手で阻まれていたけれど。

私が「勿論です」と答えると、ヴァルはその場から目の動きで全員を見回した。私も釣られるように見回すと、誰もが手近な薔薇と私を無言で交互に見比べていた。折角土ごと運ばれた薔薇を折ってしまうのが勿体《もったい》ないのだろう。

確かにこんな綺麗に咲いていたら折るのが惜しい気持ちはよくわかる。根っこと十ごと持って帰ってくれても良いのだけれど、流石にそれでは運ぶのが大変だろう。ここはいっそ、庭師に頼んで皆の分は剪定《せんてい》してもらおうか。いやでもそれじゃあこの薔薇の見どころが……と、そう考えた時。アーサー達とステイルが私の方を向いたまま顔色を変えたのが目に入った。何かと思って彼らの視線のままに背後へ軽く振り返れば……

ヴァルが、折った薔薇を一輪私に差し出していた。

突然のことに驚きながらも受け取ってみれば、途端に薔薇が青から深紅《しんく》へと変わっていった。まるで魔法みたいに真っ赤に染まる姿に目が奪われる。すごい、本当に綺麗な赤色だ。

これなら絶対に人気が出るし、女性への贈り物としても最高の……と。そこまで思ってから、何故か皆から反応がないなと気がつく。折角薔薇の色が綺麗に変わったのに、感動しているのが私だけなんて一人子どもみたいで恥ずかしい。

でも、顔を上げて見ればエリック副隊長やティアラは顔が真っ赤だし、マリーやロッテは口元を押さえて目を丸くしているし、ジャックも瞼《まぶた》を無くしてこちらを凝視している。ちゃんと皆驚いてはいるようでほっとする。……何故かアーサーとステイルは顔面蒼白《そうはく》で固まっていたけれど。特殊能力の持ち主である二人が、まさか薔薇の色が変わるくらいでそんなにドン引くとは思わなかった。一番年齢が若いケメトとセフェクなんて平然と「綺麗ですね！」「ヴァル！　私にも頂戴《ちょうだい》！」と声を上げているのに。当のヴァルを最後に見上げれば、私と同じく周りの反応を見ていた。ニヤニヤと非常に悪い笑みを浮かべていて、何やらすごく楽しそうだ。

「でぇ？　主は誰にその薔薇を差し出すんだ？」

　こちらに顔を向けず、他の皆へニヤついた笑いで目を向けながら言うヴァルに首を捻《ひね》る。差し出すも何も今こうして皆に配っているのだけれど。まぁ、この場の皆以外というならば……

「あとは、アラン隊長やカラム隊長。活《い》けたら母上や父上、ヴェスト叔父様にも差し上げたいと思っています。騎士団にも可能ならまるごと一つは寄贈したいですし、ジルベール宰相にも土ごと纏めてお渡ししたいわ」

　絶対これは奥さんのマリアも喜ぶだろうし、娘のステラちゃんも目を輝かせるに違いない。むしろジルベール宰相がロマンチックにマリア達に薔薇を渡す瞬間が見たいくらいだ。騎士団長とそれに副団長も奥さんがいると聞いたし、こちらは土ごとプレゼントしようかしら。

「茎から切ったら全部赤色に変わっちゃうから本当なら根っこごと皆に贈りたいのだけれど……。流石に丸ごとは大き過ぎ……」

「ッそ、うなんですか!?」

　ふと、途中で言葉を切られる。見れば、アーサーが丸い目で私を見つめていた。エリック副隊長やステイルも聞き捨てならないと言わんばかりにこちらへ視線を注いでいる。やはり皆、珍しい青色の

状態で持って帰りたかったのだろう。

「ええ、人肌から離れたら赤色になっちゃうから」

「だ……〝誰から渡されても〟……ですか……⁈」

　今度はアーサーの代わりにステイルが尋ねてくる。目を見開いたままかなり真剣な表情だった。エリック副隊長も赤みが少し引いた顔色で私を凝視している。その、時。

「ヒャハハハハハハハハハハハハッ‼‼」

　……突然、ヴァルの高笑いが爆発した。驚いて振り返ればお腹《なか》を抱えてアーサー、ステイル、エリック副隊長を指差し笑っている。何がそんなに可笑《おか》しいのか、背中を丸め、堪《こら》えようがないように爆笑している。途中何度か息切れをして苦しそうにしたけれど、それでも笑いが止まらないようだった。ヒャハハハハハハハと笑い声が続く間、指を差された男性陣が顔を真っ赤にしてヴァルを睨《にら》みつけていた。まずい、温厚なエリック副隊長まで拳《こぶし》を震わせている‼

　ステイルが「お前は知ってたのか⁈」と怒鳴ったら、ヴァルもやっと笑いが収まってきたのかヒィヒィ言いながら馬鹿《ばか》にするようなニヤ笑いを浮かべて見せた。

「レオンから何度も耳が腐るぐれぇに聞いてたんでなぁ？　テメェらの間抜けヅラ見られただけでも、話に付き合ってやった甲斐《かい》があったぜ」

　ニヤニヤとまた相手に不快を与える笑い方をしながら、ヴァルが一人ひとりを舐《な》めるように見回した。見せつけるように薔薇の茎をまた続けて二本折ると、セフェクとケメトに手渡した。二人の手に渡った途端、青い薔薇が赤に変わっていく。セフェクもケメトも嬉しそうに声を上げた。

「俺にも命令権があるのを忘れてはいないだろうな……？」

ステイルが真っ赤な顔のまま地の底から響くような低い声を放った。更にはアーサーまでもが指をポキポキ鳴らしている。途端に殺気を感じ取ったセフェクがヴァルの隣に立って臨戦態勢を取り出して、ティアラが慌てて駆け寄って止めてくれた。ケメトもあわあわしてはいたけれど、その手はしっかりセフェクの手を握っていた。

「なんだ王子サマも俺から薔薇が欲しいのか？」

ヴァル一人、それでも挑発するようにステイルへ馬鹿にした笑みで返す。発言の直後にステイルの殺気が更に増した。

「お……お姉様は薔薇の色が変わる仕組みをご存知だったのですか??」

「ええ。レオンからの書状に、逸話から花自体の説明まで書いてあったから」

セフェクを宥《なだ》めながら投げかけてくれるティアラに、私はレオンからの書状を広げて見せる。全て音読するのは喉《のど》が疲れそうなぐらいに細かく、薔薇の逸話から実際の世話や繁殖方法に現段階でわかっている生態まで書き記されていた。なんでも、折られてから茎の部分に触れていた温度が一瞬でも変わると、赤く変色するらしい。

もしかして皆、色なんて変わるわけないと思っていたのだろうか。それなら突然色が変わったことに驚くのも仕方ない。そう思って、レオンが記してくれた薔薇の生態と逸話を私から全部早口で説明する。生態はさておき、逸話の方はなかなかのラブロマンスものだった。

簡単に語れば一人の女神に一目惚《ぼ》れした若者が青い薔薇を捧《ささ》げて「私の人生をどうか貴方《あなた》と共に」と告げたら女神の胸に灯《とも》った恋の炎と同じように薔薇の色も赤く染まったと。やっぱり、こういう花に関わる物語って恋愛ものが多いんだなと思う。

そこまで説明すると、ティアラも納得したように首をゆっくり縦に動かした。逸話の方を話した時にはアーサー達の顔が更に火照《ほて》っていた。私だって逸話とはいえ人様の恋愛話を口で語るのはなかなか恥ずかしいものがある。ちなみに、私はこの青い薔薇……

前世のゲームで知っていたりする。

どこかで見たかと思えば、前世のゲームの〝キミヒカ〟だった。確か第一作目のゲームでは、城の庭園に植えられていた稀少種の薔薇だった気がする。その逸話を知っているティアラにそっと薔薇を差し出す場面が必ず全員一回はあった。差し出された薔薇が赤く染まって顔を火照らせるティアラと、差し出す攻略対象者はゲームでもなかなか見どころだった……気が、する。

でもよくよく考えれば、全員で薔薇が赤色に変わる時点で〝運命の人〟もなにもない。レオンの説明と今のヴァルからの薔薇を見ても、単なる恋人向けの逸話だ。

ティアラは何か考えるような仕草をすると、自分の専属侍女に庭師から剪定用のハサミを借りてくるようにお願いしてくれた。既にマリーが取りに行ってくれていると聞くと「楽しみですっ」と声を弾ませた。その間にもヴァルがニヤニヤと笑いながらステイル達にまた投げ掛ける。

「どうした？　テメェのご主人サマに薔薇を贈るような野郎は他にいねぇのか??」

私はちゃんと後で庭師や城の使用人達が剪定して飾ってくれるから必要ないのに！

私に顎《あご》で使われるような扱いをされたのが頭にきたのか、三人とも薔薇と私を見比べては顔を真っ赤にして、最後はヴァルを睨んでいた。

「ヴァル！　僕ら何本まで持って帰って良いですか?!」

「ねぇ、もっと取ってよ！　こんなにたくさんあるんだから良いじゃない！」

ケメトとセフェクが一本だけじゃ物足りなかったのか、交互にヴァルを引っ張って訴える。ヴァルが煩《うるさ》そうに二人へ顔を顰《しか》めると「花なんざ持ち歩いてどうするんだ」と言い返した。邪魔になるだけだと言い張るヴァルに、セフェクが「どうせ能力で運ぶんだから良いじゃない！」と睨み返す。

そんな三人をステイル達は未《いま》だに睨んだままだ。あの怒りっぷりじゃ、セフェクとケメトがいなければステイルもアーサーも薔薇を土ごとヴァルに放り投げるくらいしたかもしれない。

すると、ちょうどマリーが庭師から借りた剪定用のハサミを片手に戻ってきた。庭師も後からすぐに来てくれるらしい。早速マリーが、何本か皆に配る用に薔薇を切ろうとしたその時。

「あっ、待ってマリー！」

突然ティアラが声を掛けた。どうしたのかと思えば、マリーからハサミを受け取り私の方に持ってきてくれた。……どこか既視感を覚える、満面の笑みで。

「せっかく素敵な薔薇なんですものっ！　どうせ赤くなっちゃうならお姉様からここにいる皆さんに贈って差し上げたら良いと思います！」

ティアラに差し出されたハサミを私は促されるままに受け取る。ヴァルから貰った薔薇を一度ロッテに預け、代わりにハサミを握る。確かにレオンからの贈り物とはいえ一応は私が受け取り主だし、代表として手渡してあげた方が良いかもしれない。レオンがせっかく最高の薔薇を贈ってくれたのだから私も最高の状態で皆に渡したい。……といっても、全員に花束レベルを切ったら先に私の手の方が悲鳴をあげちゃうから一人一本が限界だろうけれど。

ティアラに同意した私は早速、薔薇の植木に近づく。手近なのを一本触れようとしたら、エリック副隊長が「お待ち下さい!!」と慌てたように駆け寄ってきてくれた。

「こちらを。手に棘が刺さったら大変ですので……!!」

自分の手袋を外し、若干血の気の引いた顔で私に差し出してくれた。

このような物で申し訳ありませんが……!!　と申し訳なさそうに言ってくれるエリック副隊長は本当に私を心配してくれているようだった。

「ありがとうございます、エリック副隊長。ありがたく使わせて頂きます」

私から笑みを返し、早速嵌《は》めさせてもらう。自分の手袋を王族に手渡すのが畏《おそ》れ多かったらしく、口を引き結んだまま顔を緊張で少し火照らせたエリック副隊長は肩にすごく力が入っていた。少し……いや大分ぶかつくけれど、騎士用の丈夫な手袋はそれだけでかなり安心感がある。手比べなんてしたこともなかったけれど、このサイズがピッタリなんてやっぱり男の人ってすごい。というか私の手が貧弱過ぎるんだなと改めて思う。何となく手が大きい人って羨《うらや》ましい。

「申し訳ありません、大き過ぎましたでしょうか……?!」

心配そうに尋ねてくれるエリック副隊長に、そんなことないわと私は首を振る。

「エリック副隊長の手は大きくて素敵ねと思って。私と全然違うもの、格好良いわ！」

流石男の人と思える大きめの手袋を嵌めた両手を見せる。するとエリック副隊長の顔がみるみると紅潮していった。何かまずいことでも言っただろうか、それとも王族に褒められたことに恐縮しているのか。もしエリック副隊長が手が大きいのを気にしていたら申し訳ないことをした。

早速、薔薇を一輪ハサミでチョキンッと切る。私の手の中でまだ青いままの薔薇を確認し、目の前にいるエリック副隊長へと差し出した。

「はい、エリック副隊長」

ごくっ、とエリック副隊長が喉を鳴らす音が聞こえた。目の前で薔薇が赤く染まる瞬間に緊張しているらしい。やっぱりエリック副隊長でも、色が変わるのを見るのが楽しみなんだなと思うと笑ってしまう。ふふっと声を漏らしながら受け取ってもらえるのを待つ。

エリック副隊長は、恐るおそる薔薇を手に取ってくれた。私が手を離した途端、青い薔薇が赤色に変わっていく。……受け取ったエリック副隊長まで何故か顔がすごい赤色に染まったけれど。

「あ……ありがとうございます……!!」

一輪の薔薇を両手に握って頭を下げて、とても喜んでくれたことだけはちゃんとわかった。

そのままもう一輪切って、今度はティアラに渡す。棘があるから気をつけて、と声を掛けるとすごく恐るおそるだけど手に取ってくれた。目の前で色が変わった途端「魔法みたいですねっ！」と顔をほくほくと綻《ほころ》ばせて笑ってくれる。流石乙女《おとめ》ゲームのヒロイン、薔薇がすごく絵になる。

次に一輪ずつ切ってはケメト、セフェクに手渡した。すでにヴァルから貰ったのも含めて二輪目の薔薇を両手に、色が変わった瞬間また同じように喜んでくれた。「綺麗っ！」「ありがとうございます！」と言いながら嬉しそうに二輪合わせて握っていて、こちらまで嬉しくなってしまう。……少し握り方が棘に触りそうで危なっかしいけれど。

庭師が来たら花束にして送るわねと言ったら、ケメトもセフェクも花束よりも自分でも薔薇を切りたいと希望してきた。確かに渡されるだけじゃなく渡すのもしたい気持ちはわかるから、庭師と一緒にやるのならと条件付きで了承する。

「はい、ヴァル」

私はまた一輪切って差し出す。ヴァルは腕を固く組んだまま無表情にこちらを睨んで動かない。

「……要らない？」

首を傾げながら尋ねると、舌打ちを大きく鳴らして不服そうに受け取ってくれた。色が変わる瞬間すら顔を逸《そ》らして見なかったヴァルに、本当は薔薇が欲しくなかったのかなと思う。薔薇の香りも嫌そうだったし、ケメトとセフェクにも要らないだろ発言していたもの。心配になって「別に不要だったら――……」と声を掛けたけれど、受け取ってすぐ背中を向けたヴァルは返事代わりに手をヒラヒラさせた。そのまま広間の壁際まで移動してしまう。

ケメトとセフェクがついて行きたそうにしたけれど、ハサミの順番待ちでその場に留《とど》まった。前までは絶対にヴァルから離れたがらなかったのに、成長したなぁと思わず感慨にふけってしまう。

更に一輪、一輪、一輪と。マリーとロッテにジャック、折角なのでティアラの専属侍女にも渡すと皆とても喜んで素敵な反応をしてくれた。こんなに喜んでくれるのなら騎士団や城の人全員に手渡しまくりたいなと思ったけれど、……流石に手が疲れた。明日には筋肉痛になりそうだなと思いながら、私はもう一度ハサミを使う。

「はい、アーサー」

ステイルと並んだまま固まっているアーサーを呼んで、薔薇を手に腕を伸ばす。名指しされたことで一瞬ビクッと肩を揺らしたアーサーは、駆け足で目の前まで来てくれた。何故か既に緊張しているのか顔が少し赤い。さっきもそうだったけれど、そんなに薔薇が怖いのだろうか。

私の前に立った時もガチガチになってるアーサーに首を傾げる。前世だったらカメラに魂吸われるとか考えるタイプかなと思いながら、改めて薔薇を差し出した。恐るおそる手を震わせながら薔薇に手を近づけてくれるアーサーがなんだか可愛《かわい》くて、その手をそっと私から重ねて触れる。

「プッ、らいど様?!」

ビクッ!! と名指しした時よりも激しく肩を上下させたアーサーが上擦った声を上げる。そんなに驚かなくても花は噛《か》みつかないのにと思いながら、私から笑ってみせる。

「大丈夫、すごく綺麗に色が変わるわよ」

え、え、え?! としゃっくりのように繰り返し声を上擦らせるアーサーと、手を重ねながら一緒に薔薇をそっと摘《つま》む。薔薇にゆっくり近づくごとにピクピクしていたアーサーの手を添わせ、私が反対の手で薔薇を離す。触れていた部分の温度が変わったことで、青い薔薇が綺麗な赤色に変わった。

「ね? 綺麗でしょう??」

真っ赤に輝く薔薇を確認して、そっとアーサーから手を離し笑顔で見上げる。アーサーは……

薔薇より真っ赤に、染まっていた。

片手で口を掴《つか》むように押さえながら、真っ赤な顔で私と薔薇とを見つめていた。そんなに怖かったのか、それとも無理矢理薔薇に触れさせたのがいけなかったのか。アーサー? と呼んでみると、今度は全身をビクッと揺らして「はいッ?!」と応《こた》えてくれた。おっかなびっくりに摘んでいる薔薇が折れないか心配になるほど、身体に力が入っているのが見るだけでわかった。

「あっ……いや。その、……すげぇ綺麗で、……み、……見惚《みと》れ……、……ました……」

じわわわ……と顔の火照りが燃えるように強まっていくアーサーは、その声すら萎《しぼ》んでいった。最後は目を逸らす様子に、そこまで薔薇の変化が気に入ったんだなと思うとまた嬉しくなる。

「気に入ってくれたなら嬉しいわ」

ほっと笑みで返すと、アーサーは見開いた目で私に向き直った。唇を引き結んだまま無言で何度も頷いてくれた。そこまで気に入ったのなら植木ごと家に送らせようか提案したけれど「そんな王族直々《じきじき》に家に送られるなんて畏れ多いンで!!」と断られてしまう。

でもレオンからアーサー宛でもあるんだしと言ったら、最終的には騎士団演習場に戻る時に植木ごと持って帰ってくれることになった。「今夜にでも家に担《かつ》いで帰ります！」と勢い良く言ってくれたから私も笑いながら頷いた。流石騎士。これくらいの重さなら大丈夫なようだ。

ステイルが、どうせ騎士団演習場にも寄贈するのだから一緒に運ばせるぞとも言ったけれど「自分の分は自分で運ぶ」と豪語した。本当にアーサーらしいなと思う。

二人のやり取りに笑いながら私は最後にもう一本薔薇を切る。

「はい、ステイル」

私が薔薇を手にステイルへ差し伸ばすと、さっきまで普通にアーサーとやり取りしていたステイルがこちらへ一気に目を見開いた。

少し遠慮気味に歩み寄ってくれるステイルは、何故か若干肩が丸い。そういえばステイルもアーサーと同じで薔薇の色変化にすごくびっくりしていたことを思い出す。私が摘む薔薇に、ギギギと油の差していないロボットみたいな動きで手を伸ばしてくれる。待っていれば、ゆっくりではあるけれど薔薇を摘んでくれた。アーサーほど緊張はしていないけれど、目を見開いたまま口を結んで押し黙ったままのステイルが少し珍しい。しかも相手は植物だ。

思わずそのまま薔薇と一緒にステイルを眺めてしまう。私とステイルで一緒に摘んだままの薔薇は、まだ青いままだ。最初に摘んだままのところが離れたら赤になるということだったけれど、他のところが摘まれて温度が変わる分には赤くならないんだなと今更ながらに思う。結局は乙女ゲーム由来のアイテムだし、上手《うま》くそうなるようにできているんだろうと他人事《ひとごと》のように考え……

「……あ、……あの、姉君……？」

ぼーっとしていたら、すごく戸惑い気味のステイルの声が聞こえてきた。ん？　見上げれば、少し頬《ほお》が赤らんだステイルが眼鏡《めがね》の奥から漆黒の瞳を私に向けていた。

「その、どう……されましたか……？　ずっと手をお離しにならないので……」

どうやら、いつまで経《た》っても私が手を離さないことで薔薇の色が変わらず、焦《じ》らしてしまったらしい。ただでさえ薔薇相手に緊張気味のステイルに悪いことをしてしまった。ごめんなさい、と謝りながらそっと指を離せばその途端薔薇が真っ赤に染まった。

ずっと待っても薔薇が赤くならないか試してみたかったなんて子どもっぽいこと、とても言えない。なんだかステイル相手だと妹みたいになってしまう自分が恥ずかしくなる。これも姉の甘えなんだろうなと思いながら「少し……」と照れ笑いのまま口を動かす。

「なんだか、…………手放しがたくて」

ボワッ、と。突然、ステイルの顔が茹《ゆ》だった。一体どうしたのか風邪《かぜ》でも引いたかと思うほど、一瞬で薔薇よりも速く赤くなったステイルに思わず「ステイル?!」と声を上げてしまう。

「すっ……すみません。少し寝不足なだけです」

くらりと上体が揺れたステイルが、すぐ持ち直すように眼鏡の黒縁を押さえながら返してくれた。やはり昨晩の誕生祭で疲れているのだろうか。そういえば今朝も早くからヴェスト叔父様と来賓の見送りをしてくれていたんだと思い出す。

「大丈夫??　少し休んだ方が良いわ。もう来賓は皆帰ったのでしょう？　ならヴェスト叔父様にお話しして早めに休息を……」

「ッだ、大丈夫です!!　少し、本当に一瞬だけ偶然のことなので!!　それに、来賓もまだっ……！」

心配を掛けまいと薔薇を片手に一歩後退《あとずさ》るステイルを、私も一歩踏み出して追う。大丈夫と言いながら顔が更に赤い。熱ならアーサーに触れてもらわないと！　真っ赤な首に手を添わせて当てると、私の手が冷たかったのかステイルがすごい勢いで跳ね上がった。同時に言いかけた言葉も止まる。

やっぱり熱い。変に私の手を振り解《ほど》くまいとしてくれたのか、ロボットのようにステイルの動きが止まる。びっくりさせたのは悪いけれど、私の手が冷たいならこのまま冷やせればとステイルの首に手を押し当て続ける。なのに、口を一文字に結んだままのステイルの温度は全く下がる気配がない。

「ぷラっ……、ッあね……」

熱のあまりまた眩暈《めまい》がするのか、ステイルがもごもごと口を震わせる。更にこれ以上ないくらいに真っ赤になった直後、一度目を強く瞑《つむ》る。まさか急病じゃと思った瞬間。

「ばッ……薔薇が、潰《つぶ》れます……!!」

搾り出すようなステイルの声にハッとなる。首に添えた手ごと慌てて一歩離れ、ステイルの手の中の薔薇を見る。しまった、至近距離のまま全く薔薇のことを考えていなかった。

「ごめんなさい！」

謝りながら薔薇を確認すれば、少なくともパッと見は花弁一枚も崩れてなくてほっとする。ステイルは「いえ」と短く答えながら、すごい速さでまた三歩ほど私から引いてしまった。そんなに薔薇を死守したかったのか、肩で必死に息を整えながら手の甲で唇を押さえるステイルはまだ顔色が赤い。けどさっきよりは大分マシになったようだ。少し安心しつつ、もう一度「大丈夫？」と聞くと、頷いた後に「こちらこそ失礼致しました」と逆に謝ってくれた。

「……あとで、最後の来賓を見送り終えたら早速部屋に飾らせて頂きます。レオン王子にも今度お会いしたらお礼をお伝えしたいですね」

　持ち直したように息を一気に吐いてから言ってくれるステイルの言葉に、アーサーやエリック副隊長も激しく頷いた。ティアラが「次にお会いするのが楽しみですね！」と笑ってくれて、私も笑顔で答えた。

「お待たせ致しました！」

　ちょうど庭師達が庭園からやってきた。全員それぞれ剪定用や花束用の器具を両手に抱えている。早速薔薇を各場所に分けるように準備と、この場にいる皆のお土産《みやげ》用に花束を繕い始めてくれた。私が配った一輪だけの薔薇も他の薔薇と纏めて花束に……と庭師にお願いしようとしたら、何故か渡した全員に断られてしまった。赤くなったら同じ薔薇なんだし、別々にしなくてもとは思ったけれど、結局は十数本の薔薇の花束と別に私が渡した方も一輪用に侍女達に包んでもらうことになった。……なんだか、庭師にも侍女にも仕事を増やして申し訳ない。

「もう切って良いですか?!」

　ケメトとセフェクが声を上げる。二人とも薔薇を切る体験が待ち遠しいらしい。私から庭師の一人に付き添いとレクチャーをお願いする。セフェクは庭師に若干引き気味でケメトの肩へ掴まっていたけれど、それでもちゃんと上手に二人とも薔薇を切れた。

　取り敢《あ》えずあとは薔薇の方を母上達や騎士団演習場に届けるだけ……と思ったところで、ふと思い出したように疑問が湧《わ》く。「そういえば」と言いながら私はステイルに投げかける。

「さっき言っていた最後の来賓って？」

昨晩の誕生祭からもう大分経っている。通常ならもう全員帰っていても良い時間帯なのに。

私の疑問にティアラも不思議そうに首を傾げれば「ええ、……それが」とステイルは少し声のトーンを下げた。完全に顔色がいつも通りに戻り、それどころか若干黒い気配も感じて不穏だ。

ステイルが続きを言う前に、そこで玄関の扉がおもむろに開かれた。「失礼致します！」と入ってきた衛兵が、私達の姿に改めて挨拶《あいさつ》をし直した。

「ただいまハナズオ連合王国、王弟殿下がいらっしゃいまして……！　女王陛下には御許可を承っているとのことで、今こちらに御通しするところです！」

衛兵も、まさか呼びに行く前に私達全員が玄関にいるとは思わなかったのだろう。御通ししてもよろしいでしょうかとこちらの顔色を窺《うかが》う彼に私は頷いた。セドリックも既に馬車から降りているらしく、私の許可を得た衛兵は足早に呼びに出て行った。

「……実はハナズオ連合王国のみ、理由あって未だ停留されておりまして」

さっきの話の続きをするように話し始めたステイルが低い声を放つ。ステイルは、以前にクッキーのことが判明してから未だセドリックに怒っているらしい。アーサーとエリック副隊長も、マリーとロッテにそれぞれ薔薇を預けると私の背後にピッタリと控え直してくれた。

「主。客間使わねぇなら暫《しばら》く借りるぞ」

ヴァルがすごく嫌な顔で玄関を睨み、奥へ下がろうとする。……直後、何故かステイルが「待て」と一言掛けた。王族の命令に従い動きを止めるヴァルが途端に獣みたいに牙を向けたけれど、ステイルは動じない。

「喜べ、ハナズオ連合王国の第二王子に会わせてやる」

むしろすごく怖い笑みで言い放った。どうやらさっき馬鹿にされたことの仕返しらしい。

ふざけんな!!　と声を荒らげたヴァルがギリギリと歯を鳴らし、私に勢いよく振り返る。恐らく私に許可を求めようとしたのだろう。……けれど、扉が再び開かれる方が早かった。

「……突然の訪問、失礼致します。プライド……第一王女殿下、ステイル第一王子殿下、……………ティアラ、……第二王女殿下……」

薔薇の山より真っ先にティアラを視界に入れたセドリックが、扉から現れて早々に顔を真っ赤に染め上げる。…………そして。

「ッグァ……ガァアアアアアアアアアッ!!!!　テメッ……覚えておけクソ王子!!!!」

ヴァルが、平伏した。セドリックが現れた途端、ぐわりと顔を歪《ゆが》めるのと同時に床へ両手足をつけて固まってしまう。元罪人であるヴァルが刑罰として結んだ隷属の契約の効果だ。

隷属の契約自体は「主の命令に従う」というシンプルなものだけれど、そこから主の名の元に様々な誓約を命じている。「王族の命令には従え」「王族の前では敬意を示せ」とも命じる。……結果、今ヴァルは王族であるセドリックへ敬意の意思表示として強制的に平伏してしまう。

すごく抵抗しようと手足に力を入れているけれど、当然ながら本人の意志でどうにかなるものではない。ヴァルが肩に掛けていた荷袋が一緒に倒れ、中の砂がドサリと零れた。

「……プライド。彼は……？」

ティアラに視線を注いでいたセドリックだけど、突然のガン切れ土下座をするヴァルの怒号に気づき、表情を変えた。言動が一致していないヴァルに心から不思議そうな顔だ。

「彼はヴァル、我が国の配達人よ。まぁ、色々あって。セドリック、彼に不敬を許しても……」

「いえ姉君、それには及びませんよ。ヴァルもこうして誠心誠意セドリック王子殿下に敬意を尽くしてくれているのですから」

セドリックに不敬の了解を得ようとする私をステイルが笑顔で止める。久々に見るステイルの黒い笑顔がもう完璧にゲームの腹黒ステイルと被《かぶ》ってしまう。思わずヒッと肩が揺れた。隷属の契約は王族の命令は絶対だけれど、ヴァルの主である私の命令が最優先だ。私が許可すればステイルの命令もセドリックへの不敬も全部白紙にできる。だからこそそのステイルから私への制止だった。

アーサーとエリック副隊長もさっきの騒ぎでヴァルに怒っているからか止めようとしないけれど、あまりの状況に苦笑いもできずヴァルとステイルと見比べていた。アーサーもセドリックの前ではステイルを止めにくいのもあるだろう。ケメトとセフェクが床にへばりついてしまったヴァルに「どうしたんですか？」「何やってるの？」と駆け寄って首を傾げている。

「兄様ったら大人気《おとなげ》ないことしないの！」

「あいにく、コイツにとっては俺より年上のアーサーや姉君はまだガキらしいからな」

ティアラが怒ってくれたけれど、ステイルは言い放ったまま頑《かたく》なに腕を組む。ティアラが「お姉様っ！　兄様は無視して許可を」と私に声を掛けようとすれば、途中でステイルが背後からその口を覆ってしまう。「んむ?!」と大きく瞬《まばた》きをするティアラがステイルの腕を掴みながら怒る。むー！　むぅ～！　と手をバタバタしてステイルに攻撃するティアラはすごく可愛いらしい。……セドリックはそれを見て、何故か目を転がりそうなほど開いて固まっていたけれど。また可愛いティアラに見惚れていたのかと思ったけれど、むしろ赤みは引いてきていた。気になって「どうしたの」と腕を突《つつ》く。

「確か……ステイル王子殿下はティアラの義兄で……?!」

小声で尋ねるセドリックに、そうよと答える。すると今度は何やら「俺はまた……!!　とんでもない宣戦布告を……?!」と一人で頭を抱え出した。またやらかし時代の黒歴史でも思い出したのだろうか。途中でぼそぼそと「勝てる気がしない……!!」と嘆くような独《ひと》り言《ごと》まで聞こえてきた。……本当に忙しい人だ。すると、とうとうヴァルから凄まじい怒号が私にも放たれた。

「ッおい主!!」

「あの、ステイル……？　ヴァルも反省……はしてないと思うけれど、もう充分意趣返しになったと思うわ……？」

「プライド第一王女がそう仰るのであれば」

ヴァルの助けを求める怒号に私からも説得を試みれば、ステイルはにこっと笑顔で返してくれた。同時に塞《ふさ》いでいたティアラの口からも手を離す。そのまま、どうぞと言わんばかりにヴァルを手で示してくれる。……直後、ティアラが頬を膨らませたままステイルの耳をぎゅうぅと引っ張っていた。

私からセドリックに今度こそ確認を取り、ヴァルへ「セドリックへの不敬を許します」と声を掛ける。その直後には勢いよく立ち上がるヴァルが、殺気の篭った鋭い眼差《まなざ》しをステイルに向けた。牙のような歯を剥《む》き出しにして、本当にこのまま噛みつきそうな勢いだ。

「覚えとけクソガキ王子」

「なんだ、セドリック王子にお会いしてみたいと話していただろう？」

誰が王族なんざに!!!!　とセドリック御本人の前で声を荒らげるヴァルに、ケメトとセフェクが落ち着かせようと腕を一緒に掴んで引っ張った。セドリックがヴァルの豹変《ひょうへん》ぶりに圧《お》されるようにたじろいでしまう。「王族相手に……恐ろしい態度だな……」と呟くので、人のこと言えないでしょうと言いたい口をぎゅっと絞る。

ヴァルと両脇にいるセフェクとケメトを見つめたセドリックは、そこでハッと息を呑《の》んだ。

「もしや、話に聞いたレオン王子の付き人か!!」

付き人??　一体何の話だろうと聞いてみると、どうやらヴァル達が防衛戦で民を救助して回った時にレオンと一緒にいたことから民にそう判断されたらしい。確かに王子様の傍《そば》にいたら誰でもそう思うだろう。

民から聞いた風貌と子連れなのも完全に一致していると声を上げるセドリックに、ヴァルが「誰があんなヤツの付き人だ」と短く言い返す。セドリックはそのまま救助の御礼を言おうとしたけれど、ヴァルは身体ごと背けて拒絶した。多分レオンの時のように懐《なつ》かれたくないのだろう。

セドリックが歩み寄ろうとすると、ヴァルはセフェクとケメトの肩に両手を回して引き寄せた。荷袋の砂を操り、セドリックと自分の間に薄く広い壁まで作り出す。すると、初めて見る砂の壁へセドリックは嬉々《きき》として駆け寄った。拒絶も全く気にしていない。

「…………!　ハナズオの第二王子??」

少しの間を取って、壁の向こうからヴァルの呟きが聞こえてきた。パラララッ……と、突然砂の壁が崩壊して足元に散らばる。これにはセドリックも驚き、一歩下がった。

崩れる壁の向こうではヴァルが鋭い眼差しをセドリックに向けていた。ケメトとセフェクがヴァルにくっつきながら「ハナズオ??」「王子殿下って……」とぼそぼそ声を漏らす。

それを見るステイルは、また悪い笑みを浮かべていた。

「テメェが例の……」

ギラリと光ったヴァルの眼光にセドリックが更に数歩下がった。一度もヴァルに会ったことのないセドリックにはわけがわからないのだろう。絶対的な記憶力がある彼には確信を持って初対面だと言えるから尚更だ。完全に蛇に睨まれた蛙《かえる》のようになるセドリックが、それ以上動けないように背中を反らす。「プライド、彼は一体……」と私に投げ掛けた、瞬間。

砂が剣山のように尖《とが》り、剣先がセドリックへと一気に伸びた。

ブワッッとヴァル達の足元の砂が本当に瞬《また》く間のうちに鋭くなった。砂でできた剣山の棘、一つひとつがセドリックへと形成されていた。近衛騎士の二人は瞬時に身を乗り出したけれど、あまりに突然のことで私は口を開けたままになってしまった。他者に暴力を奮ってはならないという隷属の契約の効果で、棘全てセドリックの眼前でピタリと止まっている。

薔薇の棘よりも刺さったら遥《はる》かに大変なことになる物体に、セドリックが数秒後フラつくようにまた一歩剣山から下がった。……というか今、隷属の契約効果がなかったら確実にヴァルはセドリックを殺していたような。普通にこれ国際問題じゃ……??

一拍置いてそれに気づいた私は、慌てて「ヴァル!!」と怒鳴る。剣山が再びパラパラと崩れ、砂に戻っていく。舌打ちをしたヴァルは「馬鹿王子が」と呟くと、今度は砂の壁を作ることなく荷袋に砂を収納して床に座り込んだ。眼光だけが変わらずセドリックを突き刺したままだ。

「ごっ……ごめんなさいセドリック。今の不敬は謝ります。でも彼は私との契約で絶対に危害は加えられないから……!!」

　話が長くなるけれど！　と、完全に呆けたセドリックに駆け寄る。やっぱり不敬の許可を下ろすべきじゃなかっただろうか。その間も彼の視線はヴァルに向かったままだ。

「いや……怪我《けが》もない。……大丈夫だ……」

　声だけで答えるセドリックは流石にびっくりしたらしく、血の気は引いて蒼白だった。それでも状況を整理しようとするように言葉を続ける。

「彼は、俺に……それともハナズオ連合王国に何か恨みでも……？」

「摘み食いのクソガキ馬鹿王子が」

　ヴァル!!　と未だ苛々《いらいら》と殺意剥き出しのヴァルを私がまた叱りつける。何故そこで収まりかけた火に灯油を撒《ま》くのか!!　続く無礼発言に驚いたのかセドリックも「なっ……?!」と声を漏らして後は何も出ないようだった。

「ヴァル！　暫くはもう口を謹んで下さい!!!!」

　仕方なくヴァルの口止めをして、セドリックの腕を引く。取り敢えず彼をもっとヴァルから引き剥《は》がすべく「取り敢えず客間に……」と声を掛けると、…………妙に腕が熱いことに気づいた。

　ん？　と思い、腕を掴んだままセドリックの顔を見上げると、見事に真っ赤だった。口を手で覆ったまま俯《うつむ》いた顔が完全に茹だっている。まさかまたティアラを視界に入れたのかと思ったけど、ティアラはセドリックの視線とは別方向でステイルに並んでいる。どうしたのだろうと引っ張る手を一度緩め、顔を覗《のぞ》き直す。

「……も、……申し訳、ないっ……!!!!」

……あちゃぁ……。

セドリックの赤面の理由がわかり、思わず口だけ引き攣《つ》った笑いが零れる。また例の病気が出たらしい。突然の赤面謝罪に、ヴァルだけでなく場にいる全員が目を丸くした。

「セドリック？　取り敢えず立ち話もいけないし、客間に行きましょうか」

もうなんか慣れてしまい、彼を客間へと引きずるべく腕をぐいぐいと引っ張る。赤面したまま目を回したセドリックも足を動かしてくれるけれど、間違いなく自分のやらかしを脳内で無限再生してしまっている。

セドリックを引っ張り、アーサーとエリック副隊長、ジャックが続く。薔薇を侍女達と庭師に任せ、ティアラとステイルにも声を掛けた。ステイルはすごく不機嫌そうな気配を醸《かも》しながらも顔だけは笑顔で応じてくれた。ティアラはセドリックと並ぶ私には近づき辛《づら》いのか、今はステイルにくっついて歩いている。セドリックから隠れるようにステイルの背後に控えているのが可愛らしい。

「も、申し訳ありませんがプライド第一王女殿下、ヴァル殿と連れの彼らも同行させて頂けますでしょうか……」

辿々《たどたど》しく声を漏らすセドリックが、赤い顔を手で覆いながら私に望む。……気づけばまた敬語に戻っちゃってる。振り返ってみれば、ヴァルが口を不快そうに結んだまま私を睨んでいた。

「暫く」と言ったし、ほっといても話せるようにはなるとは思うけれど、セドリック本人の希望なら仕方ない。少し不安も覚えたけれど、ヴァル達にも一緒に来てもらうことにした。声を掛けた途端、その顔が「なんで俺まで、ふざけんな」と如実に物語っていた。まぁ、文句は全部客間で聞こう。ケメトとセフェクもそれぞれ片手に青いままの薔薇を一本、もう片手に赤い薔薇を四本持ってヴァルの後についてくる。棘で痛くないかなと心配したけれど、よく見ると青い方は手持ちする部分の棘を庭師が茎を切る前に全部取ってくれたようだった。

　ステイルとティアラ、マリー達に返されたアーサーとエリック副隊長も、綺麗に包まれた薔薇一輪を手に持ったり服やベルトに挟んだりしていて、少し面白い集団になっていた。

「ッその件に関して、まことに申し訳ありません……!!」

　客間の扉が閉じられた途端、セドリックが深々と私達へ頭を下げた。真っ赤に火照りきった顔での謝罪に、ヴァルは気味悪そうに眉《まゆ》を寄せている。契約でまだ言葉が出ないらしく、セフェクとケメトと並んだまま言葉の代わりに全身で拒絶を示していた。「これ以上近づくな」と言わんばかりに壁際まで引いて、荷袋から出した砂が自分とセドリックの間に線を引くように波打っていた。

「あの時の……に、関して、貴殿ら宛ての料理だったとはつゆ知らず……！　プライド第一王女殿下へも多大なご迷惑をお掛け致しました……！　王族として恥じるべき行動であったとは理解しております……!!」

　話しながらも、セドリックの瞳の焔《ほのお》がぐるぐると渦を巻いていた。息も荒いし大分死にそうになっている。エリック副隊長もセドリックのこの姿には眉を上げて上体を僅《わず》かに反らしていた。

　アーサーとステイルも当時の俺様セドリックと比べて結構驚くと思ったけれど、二人揃《そろ》って何とも言えない表情で口をぽかんと開ける程度で何故かそこまで驚いてはいなかった。

　ティアラはセドリックから離れた私の背後に移っていて、顔だけ振り返って見ればセドリックへ頬を膨らましたまま睨みつけていた。ティアラもやっぱりまだ怒っている。謝られたのと許したのは全く別問題だから仕方ない。

「ええと、セドリック。……取り敢えずもうこの際だから説明するわね」

人目のない客間に移動した途端、ヴァルにがっつり頭を下げたセドリックへ私も諦《あきら》めて声を掛ける。

私の方に顔を向けたところでティアラも視界に入ったセドリックは、更に顔を赤くした。

「まず、あの時の料理とクッキーだけど、アレ自体はヴァル宛てではなくて……」

「ッあ、姉君……！　…………その、取り敢えずヴァルが怒っている経緯の説明だけで宜しいのではないでしょうか。料理やクッキーが誰宛てだったかは、姉君のプライベートな話ですし」

慌てたように声を上げたステイルが笑顔で提案する。どうやらクッキーがステイル宛てだったことは言われたくないらしい。背後に控えるアーサーを小さく目だけ向けて見れば、力一杯唇を引き絞って小さくそして何度も頷いていた。どうやらアーサーも黙っておいて欲しいらしい。

二人が嫌なら仕方がない。掻《か》い摘《つま》んで、作るつもりだった菓子にヴァル達宛ても混ざっていたことについてだけセドリックに説明した。その情報だけでも、私の話を大人しく聞いていた彼の顔から血の気が引いて蒼白になっていった。こうなると確かにステイルとアーサーの話はしなくて良かったかもしれない。今の彼にそんなことを言ったら卒倒しそうだ。私と一緒にティアラが二人にクッキーや料理を作っていたなんて知ったら今度はヘコむかヤキモチを焼きそうだけれど。……そういえばさっきのセドリック、ステイルとティアラが義兄妹か確認したのは……

「重ね重ねっ……申し訳ありません……‼‼」

あぁぁああッ……と頭を痛そうに抱えながらセドリックが声を上げた。勢いよく謝罪するセドリックに何だか私まで苦笑いしてしまう。また彼の黒歴史項目が増えてしまったらしい。記憶能力が凄まじいのも苦労するなとしみじみ思う。

セフェクとケメトはもう怒ってないのか、それともセドリックへの興味が薄れたのか、ずっと無言のヴァルだけを見上げていた。そしてヴァルは。

「…………………………」

完全に不快この上ない顔をして、セドリックを睨んでいた。顔も引き攣っているし、王子相手にまるで未確認生物を発見したような表情を浮かべている。私の視線に気がついたのか、指で自分の口を指し、私に命令を解けと望んできた。またとんでもないことをしないか心配になったけれど、今はそれよりヴァルが何か言わないと話が進まなそうだ。

ヴァルに発言を許可すると、ッハァ……と息を吐き出したヴァルが短く「うぜぇ」と吐き捨てた。そのまま野良犬でも追い払うように手をセドリックに向けて払う。

「謝られたところで知ったこっちゃねぇんだ。俺に関わるな近寄るなテメェと縁なんざ微塵《みじん》もねぇ」

本当に嫌っっっそうにセドリックを見ながら言うヴァルの顔が不快いっぱいに歪んでいた。相当関わるのが嫌らしい。てっきり半殺しにさせろとか言うと思ったけれど、それより王族であるセドリックと関わること自体を避けたくなったらしい。ヴァルからの言葉に、セドリックは「……わかりました」と萎《しお》れた声で答えた。結構落ち込んでいるけれど、ヴァルはセドリックじゃなくても王族と騎士相手には大体こんな感じだと後で教えてあげるべきだろうか。

「……プライド。ところで、さっきの契約というのは」

許されないまでもちゃんと謝れたことで少し落ち着いたのか、セドリックが歩み寄り声を潜めて尋ねてきた。広間での私の発言が引っかかっているらしい。今はセフェクとケメトの目もあるし詳しくは言えないから、彼の耳元で簡単にヴァルが私との契約で人に絶対不敬も害も為《な》せないことを伝えた。隷属の契約のことまでは説明できてないから、少し目をパチクリさせてたけれど「しかし」とセドリックは口を開いた。

「我が国の民を救ってくれた彼が、プライドからの好意を台無しにした俺へあらたまる必要などないだろう。俺には無効にしてくれ」

なっ?!　と、私達より先にヴァルが声を上げた。顔を嫌そうに歪めながら「俺と関わるなって聞いてなかったのか馬鹿王子！」と声を荒らげる。確かに、関わらないなら無効にする必要もない。

「解かれたらこの場で殴ってくれても構わない」

セドリックが言い返した途端、ヴァルが一瞬抗議をやめた。すごい不吉だ。彼なら躊躇《ためら》いなく殴ると断言できる。しかもセドリックの発言に若干ステイルとアーサーまで目の色変えてる!!　まさか殴られるセドリックを期待しているのだろうか。そこまで物理に訴えなくても!!

「私は……良いと思いますっ。レオン王子に対してもある程度はお姉様も許可していますし」

まさかのさっきまで会話に参加してこなかったティアラまで加わってきた！　その声が聞こえた途端セドリックの肩が少し上下したけれど、顔を逸らしてなんとか赤面は堪えた。

最終的に考え抜いた結果、それでセドリックの気が済むのならばとヴァルにセドリックへの不敬及びに怪我させない程度の、まぁ例えるなら突き飛ばすとかタンコブできない程度に叩《たた》くとか胸ぐら掴む程度は許可することにした。流石に人前では問題になるので、私達以外の前ではやらないようにと条件付きで。……そんなレアな状況、なかなか限定されると思うけど。

「……おい、主。用が終わったんなら俺達は帰るぜ。今回の書状は良いんだな？」

大分げんなりしたヴァルの声に振り向けば、ケメトの頭に触れて荷袋の中に砂を収納していた。離した手で頭をガシガシと掻くと、もう帰ると言わんばかりに荷袋を持ち直す。ケメトとセフェクもヴァルに合わせるように立ち上がる。赤と青の薔薇五本をそれぞれ両手で握りながら「薔薇ありがとうございました！」「大事にします！」と声を掛けてくれた。なんだかんだ薔薇を届けに来てくれただけなのに長居させてしまった。少し悪かったなと思いながら私も扉への道を譲る。

「ええ、今回は大丈夫です。また次の配達の時にお願いします。ケメト、セフェクもまたね」

「ケメト？　セフェク⁇　…………そんな歳《とし》には見えないが」

バッ‼　と。セドリックの言葉に凄まじい勢いで振り向いたのはヴァルだった。驚愕《きょうがく》に目を見開いたまま、平然と首を捻るセドリックを凝視している。セフェクとケメトも驚いたらしく目を丸くしてセドリックとヴァルを見比べていた。

「……？　ああ、もしやヴァル殿はあちらの民か？　確かに容姿もよく当てはまる。俺もお会いするのは初めてだが、　……££££££££££££££？」

……何やら途中から謎《なぞ》の言語をセドリックがヴァルへ話し始めた。物凄《ものすご》く当然のような顔で話すから一瞬バグでも発生したのかと思った。私も聞いたことのない言語だ。ステイルもわからないらしく、眉を寄せている。ヴァルは、と思って見たけれどヴァルもわからないらしく顔を険しくしたままセドリックを睨みつけていた。ただ、その鋭い眼だけは驚愕に開いたままだ。

セドリックもヴァルの反応を逆に不思議そうに「発音が違ったか？」と聞きながら、今度は少し考えるように顎に指を添えて一度だけ眉間《みけん》に皺《しわ》を寄せた。私からセフェクもケメトも二人の名前だと驚きながら教えると、少し目を丸くした後に「失礼した」と二人に謝った。

「……なるほど数字の名か。意外だが良いな。きっと何か記念すべき、意味ある数字なのでは」

「だあああああああああああああッッ‼‼　黙れクソガキ‼‼」

ヴァルが突然絶叫したかと思えば、同時に荷袋の砂が蛇のように飛び出した。セドリックに向けて飛んだと思えば一瞬でセドリックの口を覆って塞いだ。ぜぇ、ぜぇとヴァルが凄まじく動揺したように息を切らしている。……気のせいか、褐色肌の顔が赤い気がする。口だけピンポイントに砂で覆われたセドリックは一応鼻で息はできるらしく、最初は目を大きくしたけれどその後は珍しそうに口元を指先で叩いた。早速、許可を下ろした権利をセドリックに振るっているヴァルに本当なら何か言うべきだったのだけれど、何も言えなかった。というか…………言葉が、出なかった。

目を疑ったまま、茫然《ぼうぜん》とヴァルを見る。アーサーもステイルも、私と同じように口をあんぐり開けたまま固まっていた。ティアラとエリック副隊長はむしろ私達の反応を不思議そうに見たけれど、この場で説明することはできなかった。

「ヴァル……」

何とか、開いたままの口を必死に意識して動かしヴァルを呼ぶ。アァ⁉　と機嫌最悪のヴァルが私の方を向き「関係ねぇから聞くんじゃねぇ‼」と声を荒らげたけれど、無関係なわけがないし聞かないわけにはいかない。私の顔を見たヴァルも異変に気付いたのか、片眉を上げて怪訝《けげん》そうに顔を顰めた。でも、何がおかしいのかまではわかっていないようだ。凝視してくるヴァルに、私は目線で一点を指し示す。ヴァルもそれを追いかけるようにして振り返り、……固まった。

薔薇を〝両手で握ったままの〟ケメトが、そこにいた。

ぽかんとセフェクと一緒にヴァルを見上げていた。やっと理解したであろうヴァルの心情を反映するように、特殊能力で操っていた砂がザララッと崩れ、セドリックの口を覆っていた砂も床に落ちた。……そう、ケメトに触れることなくケメトの〝特殊能力無しで〟自在に操っていた砂が。

「………取り敢えず、もう暫く御滞在してもらおうか。ヴァル」

気を取り直した様子のステイルが溜息《ためいき》交じりに呟いた。それを聞いたヴァルも理解し、ぐったりと唸《うな》り声を漏らしながらその場に座り込んだ。

「…………………………めんどくせぇ」

もうキャパオーバーかのように低い声を吐き出すヴァルが項垂《うなだ》れた。

ケメト無しで砂を操れたヴァルについて、取り敢えず現状を把握しないといけないということでステイルの提案でジルベール宰相を呼ぶことにする。当時ケメトの特殊能力に気づいたのはジルベール宰相だし、まずは意見を聞いた方が良いだろう。取り敢えずはセドリックが帰って、ジルベール宰相が来るまではヴァルにも待ってもらうことになった。

「それで、……本当に大丈夫なのかヴァル殿は」

「大丈夫よ、ここまで薔薇を大量に運んでくれたから少し疲れただけ。気にしないで良いわ」

俺がまた余計なことを言ったのではと、部屋の隅で項垂れるヴァルへ心配そうに目を向けるセドリックに私から返す。セドリックは少しまだ気になる様子ではあったけれど、取り敢えずは承知してくれた。そのままソファーを勧めれば素直に腰掛ける。

実際、嘘《うそ》ではない。ヴァルは荷物を運んでくれた後だし、レオンのところでタダ酒を飲んだということは恐らく夜更かしもしたのだろう。レオンも大体次期国王としての勉強とか貿易で毎回遅くなるって話していたし、それから飲んだのなら確実に二人が呑み終わったのは深夜か明け方だ。

「そう言えばあの薔薇は……？　青い薔薇など初めて見たが」

薔薇へと目をやったセドリックは「しかも色を変えるのか」と呟くと、すごく興味深そうに薔薇へ釘《くぎ》付《づ》けになった。確かゲームでもセドリックとアーサーだけは青い薔薇の逸話も何も知らなくてティアラに教えてもらっていた気がする。気に入ったなら何本かいる？　と聞くと、一気にその目が輝いた。「良いのか?!」と子どもみたいな笑顔で言ってくるのでつい笑ってしまう。

「アネモネ王国でこれから輸出する予定らしいわ。たくさん貰ったから、多めでも構わないわ」

流石に苗ごとは無理だけれどと思いながら伝えると、セドリックは「いや、それは」と首を横に振った。流石に馬車に積むにも邪魔だろうかと思えば意外な返しがきた。

「アネモネ王国で輸出する品ならばきっとこれからの資金源にもなりえる品だ。レオン王子殿下から直接頂けたら重宝するが、フリージア王国へ……プライドへの贈り物ならば我が国へ栽培可能の状態で持ち帰るつもりはない。その薔薇は同盟国であるフリージア王国だからこそレオン王子は贈ったのだから」

それくらいならば心得ている、と告げたセドリックの至極まともな返事に虚をつかれた。本当にそういうところはしっかりしたものだと感心してしまう。やはりマナー以外も色々勉強してきたようだ。ランス国王とヨアン国王もきっと嬉しい限りだろうとそこまで考え、ふと気づく。

「そういえばセドリック。今日は何故ここに？　国王陛下方は御一緒じゃないの？」

入ってきた途端ゴタゴタがあり過ぎて忘れていた。元はと言えば、何故ハナズオ連合王国だけまだ帰っていなかったのか。セドリックも今思い出したかのように「ああ！」と声を上げた。

「兄貴と兄さんならば、女王陛下と今後の貿易について会談中だ。やはり片道十日では遠すぎるからな、これからも暫くは訪れる度に話し合いの場を設けることになりそうだ」

なるほど。そしてその間一人暇になったから来たということだ。……いや、単に一目でもティアラに会いたかっただけか。セドリックが小さく眼差しをティアラに向ければその途端、ティアラが素早くステイルの背後に顔ごと隠れてしまった。その反応に、セドリックは落ち込んだように肩を落とす。……何だか不憫《ふびん》だ。

「……だが、俺としても丁度良かった。実は折り入ってプライド、お前に頼みがある」

改まったように私に言うセドリックは、真《ま》っ直《す》ぐ私を見た。迷いない瞳の焔が燃え、そこには強い意志を感じさせた。何だろうかと次の言葉を待つと、セドリックは一度ステイルとその背後のティアラへ目を向け少し顔を赤らめた。でもすぐに気を取り直すように、一人首を短く数度振る。

「お前と、書状のやり取りをさせて頂きたい」

……書状？　つまりは文通ということだろうか。少し驚いて言葉をオウム返しする私に、セドリックは深く頷いた。何故、ティアラではなく私に向けてなのだろう。ティアラとならば文通したいというのも納得なのだけれど。私が疑問に思う間もセドリックは言葉を続ける。

「第一王女であるお前への書状は日々星の数はあるだろうと理解もしている。だからこそやはり前もってお前に許しを請《こ》いたいと思った」

手紙を出すのに直接事前許可を取りにくるとは。本当に礼儀の初歩から勉強したらしい。

「別に構わないけれど……。　…………私で、良ければ」

ステイル達に見えないように身体の角度を変えながら、目でセドリックにティアラの方を指す。それでも何故かステイルやアーサーの方からは息を呑む音が聞こえた。セドリックには、貴方が文通したいのはあっちでしょう？　という意図が伝わったらしく、小さく俯いたその顔がまた赤くなった。

　それでも堪えるように一度喉を鳴らすと「ああ」と返事をくれる。

「プライド第一王女殿下。貴方だからこそ、だ。……ここで話すには少し憚《はばか》られる。書状できちんと俺の意志を伝え、相談したい」

　一体何だろう。客間には私達しかいないのに、それでも口では言えないことなんて。少しまた言葉が整ってきたセドリックに取り敢えず了承すると、ほっとしたように息を吐いた。

「感謝する。フリージア王国にとっても、悪くない話だと……俺は考えている。書状は帰国後に追って送る。どうか宜しく頼む。そして、ステイル第一王子殿下」

　ふいに話題が私からステイルに振られる。ステイルの方を向くと、突然話題を振られたことに驚いたのか眉が上がっていた。はい、と一言返事をするステイルは真っ直ぐにセドリックへ向く。

「次期摂政である貴方にも、……やはりご迷惑をお掛けすることになるかもしれません。ですが、……どうか書状を確認後は前向きに検討を願いたい」

　この通りです、と礼儀正しく頭を下げたセドリックにステイルは今度こそ完全に目を見開いた。一瞬何か怖い気配はしたけれど、その場のセドリックに笑みを向けると「わかりました」と答えた。……気になってアーサーの方に振り向くと、ステイルに向け若干肩が強張《こわば》っていた。

　そのまま流れるようにセドリックが「よ……宜しければ、ティアラ第二王女殿下」と勇気を振り絞って言ったけれど「結構です!!」と途中で叩き切られてしまった。そうですかとあっさり引いたセドリックだけど、すごく声が萎んでいた。気を取り直させようと私からも何とか話を続ける。

「ええと……、……！　そうだわ。書状のやり取りならヴァルにお願いしましょう。彼ならすぐに届けてくれるから」

　提案にヴァルが「アァ?!」と再び怒声を上げる。「俺はその馬鹿王子と関わるのだけは御免だ!!」と荒げるけれど、セドリックは全く気にしないようにむしろ嬉々としてヴァルに目を向ける。

「そういえば、先程〝配達人〟と話していたな。防衛戦でも凄まじい速さで救助や搬送を行っていたと聞いたが、……詳しく聞かせてもらえるか？」

　再び私に向けソファーに座り直すセドリックは、前のめりで完全に聞く体勢になってしまった。

……ゲームでも確か、博識なティアラに色々自分の知識外のことを教えてくれと望むシーンがあった。薔薇の逸話もそうだけど、今まで読んだ本の物語とか遠い国の話とか思い出話とか。

　確かに配達人は我が国特有の機関だし、気になるのは当然だろう。配達人について簡単に説明を始めると、ステイルが「宜しければ僕が詳細に説明を」と前に出てくれた。聞かれたのは私だし別に良いのに「昨日も関連したことをセドリック王子にお話ししましたから」と笑みをくれた。そういえば昨日もわりと話し込んでいたし、実は少し仲良くなっているのだろうか。

「感謝します、ステイル第一王子殿下。昨晩の誕生祭に続き、お話し頂けて嬉しく思います」

　いえとんでもありませんと、セドリックに笑顔で答えるステイルから詳しくヴァル達の仕事について説明が始まる。セドリックもやはり自分の知らないことに関しては特に興味があるらしく、暫くはステイルとの話が続いた。わりとセドリックはステイルには懐いてる気がする。自分より頭の良い人間なんてきっと今までは会ったこともないのもあるだろう。しかもステイルもセドリックの才能については一応知っている。仲良くなってくれれば私としては嬉しい。確かゲームでは――……、……………嗚呼《ああ》、なんかすごくセドリックの方が嫌われていた気がする。可愛い妹のティアラの婚約者として現れたのだから当然だ。しかも後からティアラの命を狙《ねら》っていたことまで判明するのだから余計にだ。セドリックルートでは最終的にはティアラの幸せを想って二人を応援してくれたけれど。

セドリックへの説明をステイルに任せ、私はソファーの背もたれに身を委《ゆだ》ねる。すると、思い出したようにセフェクとケメトが「あ！」と声を上げて、わざわざ私のところまで駆け寄ってきた。

「主！　御誕生日おめでとうございます！」

「十八歳の御誕生日おめでとうございます！　今後もケメトとヴァルを宜しくお願いします！」

どうやらさっきのステイルの発言で私の誕生日だったことを思い出してくれたらしい。多分レオンに薔薇を任された時から知ってはいたのだろう。嬉しくなってソファーから身体を起こしながら二人にお礼を言うと、今度は視界の端で壁に寄りかかっていたヴァルが身体を起こした。

「……そういやぁ主。婚約者候補ってのは誰だ」

っっっっっちょ……!!⁉　突然ヴァルから投げられた爆弾に思わず肩が上下する。何故そんな気軽にとんでもない話題を暴投するのか!!　思わず席から立ち上がればヴァルが欠伸《あくび》交じりに「なんだ」と返してくる。なんだはこっちの台詞《セリフ》なのに!!

ケメトとセフェクもその話は知っていたらしく「あ、そうだ！」といった顔をお互いに見合わせた。ヴァルは狼狽《うろた》える私の反応が愉快だったのか、さっきまで不機嫌でぐったりしていた表情が生き生きと蘇《よみがえ》る。「姉妹揃ってやるじゃねぇか」と嫌な笑みまで見せつけてきた。情報源はレオンか、いやそうでなくても昨日の発表から既に国中に広められている！

「婚約者候補三人、ねぇ。男を同時にはべらすなんざ流石だな主」

にやにやと試すような笑みを向けてくるヴァルは完全にからかってきている。唇にぐっと力を込め私から睨んだけど、余計に彼の笑みを強めるだけだった。両脇で薔薇を握るセフェクとケメトが私の返答を待つように目をぱちくりさせる。皆の視線が気になって小さく見回せば、ティアラも思い出したように顔が赤くなった。ステイルも私に視線を注いでる。アーサーやエリック副隊長もやっぱり気になっていたのか若干顔を赤くして、私と目が合った途端に逸らしてしまった。セドリックまですごく気になるように無言で瞳の焔を燃やしている。

「っっ………こ、婚約者候補については、他言できません。ティアラすら私の婚約者候補は知りませんし、私もティアラの婚約者候補は知りません。父上と母上、摂政のヴェスト叔父様しか知り得ない、最重要機密事項ですから」

ヴァルに向けながら、皆にも伝えるべくはっきりと声を張る。言いながら自分でも次第に顔が熱くなってくるのがわかる。絶対いま額を拭《ぬぐ》ったら手のひらが湿る。

皆は諦めたように肩の力を抜いて小さく頷いてくれたけれど、ヴァルは私の反応が楽しいらしくまだニヤニヤが止まらない。「俺達が知ってる奴か」「なら王女サマのは」「レオンか」「どこぞの王子か」と一つひとつこちらの顔色を見ながら聞いてくる。私が「言えません」の一点張りをしながら体温が上昇して眉がピクピク動くのを楽しんでいる。

遊ばれてばかりで腹が立って「本気で誰か知りたいと思っていますか」と強めの口調で質問返しすれば「いや誰でも変わらねぇな」とさらりと答えてまた笑い出した。本当に何故こうも人をからかうのか！　しかも契約で彼が本心で言ってるのがわかるから余計に怒りで鼻の穴が膨らんだ。

「俺は誰でも良いが、他の野郎共はそうでもないようなんでなぁ？」

ケラケラと笑いながらヴァルは部屋にいる私とティアラ以外の全員を顎で指した。更には誰からも抗議も否定もない。全員から目を逸らされるのでまるで私が悪いことをしたような気分になってしまう。セドリックまで、やはりティアラの婚約者候補が正直気になるらしく俯いて唇をぎゅっと結ぶと顔を紅潮させていった。そんな顔されても私だって知らないんだから!!

婚約者候補の話はティアラと一緒に聞いたけれど、その時の候補者リストは私とティアラで分けられていた。選んだ時も紙面を伏せ、母上達に示した。ティアラは何も言わなかったし、私からも母上に一つだけ確認したら後は何も聞いていない。

「主が二度目の婚約とはなぁ。今度は逃げられねぇようにせいぜい気をつけるんだな」

私に夜逃げの勧誘をした張本人が何を言うか!! そう怒鳴りたい気持ちをぐっと抑えて睨めば、口端を片方だけ引き上げた笑みで返された。絶対この人わかって言ってる!!

セドリックが「……二度目……??」と呟いたから振り向けば、なんでもないと焦《あせ》ったように首を振られてしまった。そういえばセドリックは私の以前の婚約については知らないのだろうか。まぁ、あまり大っぴらに話せることでもない。

コンコン、と。突然、ノックの音が飛び込んできた。ジルベール宰相だろうか。返事をすれば聞き覚えのある声が扉の向こうから返ってきた。

「ハナズオ連合王国、サーシスが国王ランスとチャイネンシス王国が国王ヨアンが参った。……我が弟を迎えに、そしてプライド第一王女殿下、ステイル第一王子殿下、ティアラ第二王女殿下に挨拶に伺った」

ランス国王だ。どうやら母上との話が終わったらしい。その声を聞いた途端、セドリックがソファーから立ち上がった。私が言葉を返せば衛兵が扉を開き、ランス国王とヨアン国王が客間に入ってくる。そこで気がつき、ヴァルの方を振り向くと既にケメトとセフェクと一緒に砂の壁に引きこもっていた。完全に客間にはそぐわない壁だけど、隠れられればなんでも良いのだろう。

入ってすぐ挨拶をしてくれたランス国王とヨアン国王にセドリックが歩み寄りながら「思ったよりも遅かったな」と声を掛けた。対してランス国王が無言で難しい顔をするから「どうした？」と不思議そうに首を捻る。ヨアン国王が眉を垂らしながら笑ってランス国王の肩に手を置いた。

「セドリックがまたプライド王女殿下方に不敬をしていないか心配していたんだよ」

ね？　ランス、と。ヨアン国王がクスクス笑うと、セドリックの顔が「なっ?!」と赤くなった。

「もう二度とそのようなことをするものか!!!!」

怒ったように声を上げるセドリックが、すぐにハッとなって私達へ振り返る。失礼致しました……と、顔を赤くしながら頭を下げるセドリックを見て、また私が笑ってしまう。そういえば結局セドリックはティアラと殆《ほとん》ど会話できていない気がするけれど大丈夫なのだろうか。それとも婚約者候補の話が出て早々に諦め……、……てるようには見えないのだけれど。ただ、セドリックに対して変わらず……むしろ以前にも増して塩対応のティアラを見るともうセドリックへの気持ちは無いという意思表示にも見えてしまう。今もステイルの陰に下がったティアラは、セドリックどころか国王二人や私達からも見えないくらいに顔を隠している。気づいた国王二人も何やら苦笑のような複雑そうな表情を浮かべていた。ランス国王がゴホンと気を取り直すように咳払《せきばら》いする。

「セドリックが、またご迷惑をお掛けしませんでしたか」

「いいえ、お陰で楽しく過ごせました。外までお送り致しますわ」

少し笑ってしまいながら答え、私は早速三人を客間の外へ促した。ヴァル達に気づかれたら色々大変だし、あの薔薇のお裾分けもしたい。ジルベール宰相を待つ間、玄関までなら問題ないだろう。

薔薇の話をすると「あの薔薇はアネモネ王国からの品でしたか」とランス国王が興味深そうにしてくれた。ヨアン国王も「玄関から入った途端美しい光景に圧倒されました」と微笑《ほほえ》んでくれる。

「良かったら何本かお二人にも。私にとって大事な同盟国の国王陛下ですもの」

セドリックも是非、と勧めると二人とも恭《うやうや》しく御礼を言ってくれた。私の傍に控えるステイルも「もういくつか花束も出来上がっている頃《ころ》でしょう」と笑顔で言ってくれる。……何故か、その背後にくっついたティアラは俯いたまま無言だったけれど。いつもなら声を跳ねさせてくれるのにどうしたのだろう。金色の波立つ髪に隠れて顔が全く見えない。失礼ながらセドリックが何かしたのかなと一瞬疑ってしまったけれど、セドリックもまた心配そうに何度もちらちらとティアラへ振り返っていた。そのまま意を決するように口を一度引き絞る。

「……ッ失礼致します。ティアラ第二王女殿下、もしや御気分でも害されたのでは」

「ッなんでもありません！　少し疲れただけですからっ！」

見事に秒速で返される。肩を跳ねさせてうさぎのように跳んだティアラはセドリックから離れるように、ステイルの服にしがみついた。驚くほどの拒絶っぷりにセドリックが少しショックを受けた表情で固まってしまった。セドリックが何かやらかしたと思ったのか、ランス国王とヨアン国王も片手で顔や口を覆ったまま俯いてしまう。誤解だと意味も込めて私から二人に謝ると「いえ……とんでもありません……」とランス国王とヨアン国王が殆ど同時に同じ言葉を返してくれた。

玄関に辿り着くと、既にマリーと庭師達がいくつもの薔薇の花束を作ってくれていた。持ち運べるように小さく剪定したものもあり、これなら根ごと手軽に持って帰れそうだとほっとする。

薔薇の色が変わるのも見せたかったので、私からまた一本ずつ切ってランス国王、ヨアン国王、セドリックに手渡した。意外に、一番驚いていたのがランス国王だった。

花束になっている薔薇は赤なのにも首を捻っていたけれど、私から受け取った途端に赤くなると「おおっ?!」と声を漏らしながら一瞬顔まで反らした。セドリックはさっき説明を聞いたから知っていたし、ヨアン国王は赤と青の薔薇を見て予想はできていたらしいけれど、薔薇よりもランス国王の反応に二人ともすごく笑っていた。

ヨアン国王はもともと薔薇とかが好きらしく、間近で色が変わるのを見て嬉しそうに微笑んでくれた。「綺麗ですね」と呟いた時の柔らかい笑い方が一瞬女性かと思うくらい美人だった。

セドリックも流石話を聞いていた時から楽しみにしていただけあって、もう私が渡す前から目をキラキラさせていた。指を離して薔薇の色が変わる瞬間まで、瞬き一つしなかった。「気に入ったなら良かったわ」と伝えると「まるで魔法だな」と言いながら真っ赤になった薔薇を見つめていた。途中からは、何か考えるように顎に指を添えて少し眉を寄せ出す。どうしたのかと思えば、その視線が別方向へと投げられた。……………ステイルの背後に隠れた、ティアラに。

ティアラが背中に隠れているから守ろうとしてくれているのか、笑顔でセドリックを見つめ返したステイルの眼差しが若干鋭い。セドリックもそれに気づき、すぐに目を逸らしてしまった。さっきまでは仲良い感じだったのに、やはりステイルには恋心もバレてしまっているのだろうか。

「………………ティアラに渡したかった？」

「っっ!!」

セドリックにだけ聞こえるようにそう囁《ささや》けば、分かりやすく彼の顔が火照った。……だろうと思った。私を真っ直ぐに見つめ返すセドリックに、今度は声に出さず口の動きだけで「渡すぐらいなら良いんじゃないの？」と告げたけど、セドリックは口を引き絞ったまま首を小さく横に振ってしまう。余計に顔が火照り出したのを見ると、どうやら渡すどころか直接話すのもまだ無理そうだ。

　私にはもっと凄まじい不敬をしたというのにと、喉の手前まで出かかった。けれど、またセドリックが羞恥で死にかけるのが目に見えているので我慢する。本当にアレは無知ゆえの無謀だったんだなぁといっそ感慨に耽《ふけ》ってしまう。

　結局、ティアラはずっとステイルの背中から出てこないし、更には妹大好きのステイルが守護していたので渡すまでに至らずセドリックは肩を落として帰ることになった。……不憫。まぁ、この薔薇自体は我が城の庭園でもいくらか育てる予定だし、これから先我が国に来るつもりなら今回以外にも機会はあるだろう。せめて婚約者候補確定前に渡せれば良いのだけれど。もしティアラが婚約者候補を確定させたら、もう薔薇を渡すなんて行為はとてもできないだろう。

「この度は御招き頂きありがとうございました。また是非我が国での式典にもおいで下さい」

「プライド第一王女殿下、またお会いできるのを楽しみにしております」

　ランス国王とヨアン国王が順々に私に手を差し伸べて挨拶をしてくれる。セドリックも二人の背後に並び、ステイルやそしてティアラにも挨拶した。ずっとステイルの背後に隠れていたティアラも、流石に挨拶の時はちゃんと前に出てきた。最後にセドリックが待ち構えているせいかランス国王と挨拶を交わした時から色々ぎこちなかったけれど、それでも笑顔でちゃんと握手を交わしていた。流石我が国の第二王女。……セドリックの時はやっぱりツンとして怒ったままだったけれど。

庭師達が作ってくれた薔薇の花束も最後に三人へ贈ったら、喜んで受け取ってくれた。ランス国王もすごく気に入ったらしく「是非我が国からもレオン王子に輸入を願おう」と話していた。

そして、本当に別れる最後の最後。やっとセドリックが意を決したように口を開いた。

「プライド、ステイル王子殿下、………ッティアラ。また会えるのを……楽しみにしている」

とうとうティアラに向けて、敬語を脱して。顔がまた真っ赤になったセドリックは、それだけでも限界だったようで額に汗まで滴らせていた。ランス国王とヨアン国王もセドリックの精一杯には気がついたらしく、仄《ほの》かに笑いながら最後に三人で頭を下げてくれた。

馬車で去る王族三人を見送ると、ティアラがそっと私の隣に並び手を握ってきた。ぎゅっといつもより少し力強い手に、俯き気味の顔を覗き込めば珍しく眉間に皺を寄せていた。怒っているのか、それとも以前別れ際にされた誓いを思い出して恥ずかしくなったのか。

「私、……あの人きらいです」

ただ……最後に私へ小さく呟いたその一言が、心なしかいつもより少しだけ優しかった。


「……セドリック。お前はティアラ第二王女に今度は何をした？」

馬車に揺られながらランスは低い声で訊《たず》ねる。聞かれた途端、セドリックは不貞腐《ふてくさ》れるように窓の外へ顔を逸らした。

「何もしていない。……………何も、できなかった」

ぽつりと呟き、その後の言葉は俄《にわ》かに沈んでいた。頬杖《ほおづえ》をついて背中を丸めるセドリックに、ヨアンは小さく笑う。ランスの向かいに座っていた彼は斜め前のセドリックへ手を伸ばし、その金色の髪を優しく撫《な》でた。

「我慢した、ということかい？」

「……違う。俺が怖気《おじけ》づいただけだ。本当ならばあの場で薔薇を捧げたかった」

だが、できなかった。そう零すセドリックは薔薇を握る手に少し力が込もる。棘が刺さるよとヨアンに言われ意識的に力を抜いた。

「…………ティアラ、への……恋敵に勝てる気がしない」

ゲフッ！　ゴホ！　と、セドリックの言葉に国王二人が咳《せ》き込んだ。特にランスは咽《む》せ、細かくその後も咳き込み続けた。やっと落ち着き「こっ……婚約者候補のことか……?!」と尋ねるが、セドリックは答えない。代わりに深い溜息だけがその口から落ちた。

レオン・アドニス・コロナリア第一王子とステイル・ロイヤル・アイビー第一王子。

自分よりも遥かに優れ、フリージア王国の信頼も厚く、防衛戦でもその指揮能力やその凄まじい国力を見せつけたアネモネ王国のレオン。彼はティアラを褒め、更には彼女を婚約者として望ましいようなことも話していた。

幼い頃からティアラと共に過ごし、彼女にとって最《もっと》も身近な男性でもあるステイル。そして優秀な次期摂政。ティアラが何度もステイルの背中に隠れ、躊躇いなくその背を頼る姿はセドリックの目にはまるで恋人同士のようだった。防衛戦の前後でも二人の仲睦《なかむつ》まじい姿を何度も目にしていた。

……レオン王子ならば、隣国としての結び付きとしても申し分ないだろう。

そう、窓の外に想いを馳《は》せながらセドリックは考える。もしティアラがレオンを愛していれば自身の入る余地などどこにもないと思う。

……だが、もしステイル王子を愛しているのならば。……ティアラは。

フリージア王国の第二王女。その事実を思い出し、セドリックは胸が痛んだ。目を瞑り、ひたすらにティアラのことだけを考える。自分がその目にしてきたティアラの姿を一つひとつ頭に巡らせ、ある一つの言葉と当時の姿を鮮明に思い出す。

「……やはり、俺のすることは変わらんな」

……あの二人の王子、どちらかを彼女が望んだとしても。

馬車内で続く兄達の問い掛けを聞き流しながら、セドリックは一人口の中だけで呟いた。


「申し訳ありません、プライド様。大変お待たせ致しました」

客間に戻ると、ジルベール宰相が部屋の中で待っていてくれた。薄水色の切れ長な目と同色の長髪を肩の位置で一纏めに括《くく》り垂らしている、我が国の宰相だ。部屋の隅を見れば、ヴァル達は未だ壁の向こうに引きこもったままだった。ジルベール宰相も気づいてはいるようだけれど、敢えてそのままそっとしておいてくれたらしい。目だけで砂の壁を指し、苦笑していた。

ヴァルも、王族とまでいかずともジルベール宰相とも話はしたくないということだろう。まぁ、壁の向こうに回り込めば普通に話せるのだけれど。

「ごめんなさい、ジルベール宰相。忙しい中呼び付けたのに逆に待たせてしまって」

どうやら行き違いになってしまっていたらしい。私達が部屋に入る前からソファーに腰掛けることなく待ってくれていたようで、余計に申し訳なくなる。「いえ、とんでもありません」と笑顔で返してくれたジルベール宰相はアーサーが持つ品に気づくと、少し目を丸くさせた。

「おや、青い薔薇とは珍しいですね。今朝にアネモネ王国から荷が届いたことは聞きましたが」

「ええ、レオンから頂いたの。皆にもどうぞとあったので、良かったらジルベール宰相にも」

マリアやステラにと、そう伝えるとアーサーが植木ごと薔薇をジルベール宰相へ手渡した。庭師のお陰で手に抱えられるサイズになった青い薔薇の植木を、ジルベール宰相は恭しく受け取ってくれた。折ったら赤色になることも説明すると「それはそれは」と言いながら、手の中の青い薔薇と私達が握っている赤い薔薇を見比べ、合点がいったように頷いた。

「マリアもステラもさぞかし喜ぶでしょう。……ありがとうございます。今から楽しみです」

　顔を綻ばせるジルベール宰相に私からも笑みで返す。二人に渡した後はどんな反応だったかも是非聞かせて欲しいとお願いしたら「勿論です」と笑顔で答えてくれた。

「喜んで下さって良かったです！　それでは私は先にお部屋へ戻っていますねっ」

　ジルベール宰相の反応に嬉しそうに笑顔を浮かべるティアラが、声を跳ねさせながら一歩引く。ステイルが「良いのか」と尋ねたけれど「少し疲れちゃったから」と笑った。確かにさっきもセドリックに話しかけられて疲れたと話していたし、薔薇が届いてから驚いたり私を呼びに来てくれたりで疲労が溜まってしまったのかもしれない。今日もジルベール宰相や母上達とも誕生祭の催し相談で忙しそうだったもの。客間ではなく自分の部屋で休みたいほどの疲労なんてと心配になってティアラを見つめると「大丈夫ですっ」と気がついたように両手を小さく振って見せた。

「ヴァル達のことはお姉様達にお任せしますからっ」

笑ってくれたティアラは、そのまま目で砂の壁を指した。どうやら、ケメトとヴァルのことについて私達がセドリックに隠そうとしていたから気を遣ってくれたらしい。確かにそういえばティアラもケメトの特殊能力のことは知らない。正直、ティアラなら話しても良いかなとも思うけれど、ケメトの大き過ぎる特殊能力を知っている人はなるべく少ない方が良いのも事実だ。

「ジルベール宰相に薔薇をお渡しできたので満足です！」

そうティアラは言い切ると、ジルベール宰相に挨拶し扉に向かって歩き出した。砂の壁からひょっこり顔を出したセフェクとケメトも、ティアラの名前を呼ぶと薔薇を握ったまま「またね」「ゆっくり休んで下さい！」と手を振った。扉が閉まる直前に気づいたティアラも、嬉しそうに手を振り返していた。流石ティアラ。本当に皆に愛されてるなぁと思う。

部屋を出たティアラを追うように、アーサーとエリック副隊長にも近衛兵のジャックと一緒に部屋の外で待ってもらうことになった。本当はアーサーは事情を知っているから問題はないんだけれど、エリック副隊長だけを外に出すのも悪いし〝王族の機密事項〟として席を外してもらった。

「……ではプライド様、本題の方を御伺いしてもよろしいでしょうか？」

パタンと扉が閉じられてから少しの間の後、ジルベール宰相が静かな声色で口を開いた。私は頷き、部屋の隅へと声を掛ける。

「……ヴァル。貴方とケメト、セフェクも話に加わって下さい」

主である私の言葉でとうとうヴァルが砂の壁を解除した。壁に寄りかかって座り込みながら、その目は不機嫌にじとりとこちらへ向けられた。傍ではケメトがヴァルの腕をじっと掴んでいる。

やはり彼らですかと、ジルベール宰相が少し予想していたように呟いた。客間に入って彼らがいた時から、きっとある程度想像はしていたのだろう。ステイルが私の代わりに現状でわかっていることをジルベール宰相に順を追って説明してくれる。

ケメト無しで可能になったヴァルの特殊能力。今までヴァルは、ケメトの能力増強の特殊能力無しでは土壁とドームしか使えなかった。それが突然、ケメトに触れることなく手元の砂を操りセドリックの口封じをした。過去のヴァルであれば確実にできなかったことだ。

ステイルの話に少し驚いた表情をしたジルベール宰相だけど、少し考えるように眉を寄せると「今も、可能なのでしょうか」とヴァル達に尋ねた。ヴァルは軽く舌打ちをしながらも面倒そうにグラリと立ち上がり、一歩ケメトから離れる。そのまま特殊能力を使えば、床に散らばった砂が蛇のように細く纏まり、荷袋の中に素早く潜り込んでいった。やはり、ケメトの力無しでも使えている。

ジルベール宰相はそれに「ほぉ……」と呟くと「確かケメトは今年で十歳でしたかね」とヴァル達に確認を取ってから、可能性として二つの仮説を立てた。

一つはヴァルの特殊能力に変動が起きた可能性。ケメトの増幅能力を何度も使ううちに、ヴァル自身が己の特殊能力の力の使い方や感覚を掴んでそれがそのまま影響した。

二つは、ケメトの特殊能力自体が変動した可能性。ケメトの特殊能力が成長し、ヴァルに常に触れずとも能力を増幅させることができるようになった。

ケメトの増幅能力はすごく稀少で珍しいものだし前例がない。更に言えば特殊能力自体、我が国独自の存在の上、解明されてない部分が多い。どちらも可能性としては五分五分ということで、その後はジルベール宰相とステイルの案を重ねながらヴァル達にも少し協力をしてもらった。

　まず、ケメトの特殊能力が成長した可能性を確認すべくステイルの特殊能力が増幅できるか試してみた。でも、二年前と変わらず駄目だった。わりとケメトと関わるようになったステイルだけど、特殊能力を使っても能力の幅に変動はなかった。

　さらにセフェクにもヴァルと同じようにケメト無しで特殊能力を使ってみてもらう。こちらもあまり変化はなかった。ヴァルやケメト曰《いわ》く最初の頃よりは威力が増しているそうだけれど、ケメトの特殊能力の影響よりも単純にセフェク自身の能力の成長と見られる範囲だった。

　つまり、ケメトが特殊能力を使える相手は変わらずヴァルとセフェクだけ。更にケメトに触れなくても特殊能力が使えるのはヴァル一人だけだということになる。それがわかった時点で、セフェクはちょっと悔しそうに「私の方がケメトと一緒にいたのに！」とヴァルをバシバシ叩いていた。終《しま》いには「いっつもヴァルばっかり！」と言いながら足まで踏もうとしたので、とうとうヴァルも足を引っ込めながら「俺が知るか!!」と怒鳴った。でも、確かに何故セフェクではなくヴァルだけが能力増幅したのかは謎だ。やはりケメトではなくヴァルに起因している可能性の方が大きいのだろうか。

　私達が相談している間も、ヴァルやセフェクが試している時もケメトはきょとんとした様子だったけれど、ジルベール宰相の提案を聞いた瞬間に初めて表情が少し強張った。

「ならば、残る確認方法は……ヴァルがいつも通りの特殊能力を問題なく使える間は暫くケメトとの接触を絶ってみることでしょうか」

　もし、時間の経過とともにヴァルがまた土壁とかしか使えなくなれば、原因はケメトの特殊能力の成長ということになる。逆にいつまで経ってもヴァルが問題なく特殊能力を使えた場合、原因はヴァル自身、もしくはケメトの特殊能力が〝増幅〟ではなく特殊能力を〝進化〟させる系統のものという可能性も出てくる。その確認の為《ため》にも、まずはケメトの特殊能力無しでどれほど保《も》つか、どれほど使えるかの確認をする必要がある。まだ身近な砂を操るしか使ってないし、大規模な力の使い方によってはどうなるかもわからない。

ステイルも概《おおむ》ね賛成らしく、必要となるまではケメトとの接触を控えるようにとヴァルに命じた。その間にもし何か判明したことがあれば報告にくるようにと、私からもヴァルに伝える。ヴァルは顔を顰めながら何度も「めんどくせぇ」と舌打ち交じりにぼやいていたけれど、それでも一応生返事は返してくれた。ただ、ケメトは少し不安そうに私達とヴァルを交互に見返している。セフェクが気づいて「どうしたの？」と尋ねると、表情と同じく不安げなぐらつきのある声が零された。

「あのっ……！　もし、僕の力が要らなくなっても、僕はヴァルやセフェクと一緒にいて良いんですよね……?!」

どうやら、ヴァルの特殊能力だけが起因していた場合に配達人の仕事に自分だけ置いていかれることを心配しているらしい。確かに、ヴァルだけで配達人の仕事ができるならケメトとセフェクは国にいて、危険と隣り合わせの配達人業務に同行しないのも一つの方法だ。特にケメトはまだ十にもなっていない子どもなのだから。……だけど。

「あー？　能力知る前から俺にしつこく付き纏ってきたやつが何言ってやがる。大体セフェクはテメェ無しじゃ戦えねぇだろうが」

まるで当然と言わんばかりに言葉を返すヴァルは、苛立《いらだ》ち交じりにケメトを上から睨んだ。確かにケメトの特殊能力無しじゃセフェクの放水攻撃も威力が出ない。人に危害を加えられないヴァルにとって、セフェクの力は必要不可欠だ。それを聞いた途端、ケメトの表情がパッと明るくなった。セフェクもケメトやヴァルと離れることは選択肢にもなかったらしい。優しい笑みで薔薇を握る手をケメトの両肩に置く中、ケメトは嬉しそうにヴァルへと駆け寄った。

「じゃあこれからも一緒にいて良いんですね!?」

「ッアァ?!　テメェらに離れる気があんのかよ?!」

薔薇を握る手のままいつものように自分へしがみつこうとするケメトをヴァルは飛び退いて避けた。私達の命令通り接触しないようにするヴァルに「いえ！　ずっといます!!」とケメトが声を上げる。セフェクもその言葉に続いていた。……もしセフェクがケメト無しで戦闘が可能だったとしても、多分ヴァルは本人達が望む限りは連れて回るつもりなんだろうなぁと思う。ケメトやセフェクを下級層に置いて国を離れろなんて言ったら、確実に配達人の仕事の方を降りるだろう。

取り敢えず私達からもケメトとセフェクに改めてお願いをして、更に三人には一週間我が国に滞在してもらうようにと伝えた。その方がすぐ報告に来てもらえるし、一週間後までは配達物の予定もちょうど無いから待機休暇という形も兼ねた。始終いろいろヴァルも煩わしそうに舌打ちを鳴らし続けたけれど、ケメトとセフェクは納得してくれた。それでもヴァルは機嫌最悪だ。

「特殊能力の把握と秘匿はケメトを守る為でもあるんだぞ」

そうステイルが告げたら、最後に一番大きな舌打ちが返ってきた。

ケメトの特殊能力がどんなのであれ、本人が制御や思うように使うことができない限りは秘匿も難しくなる。でも、ケメトの特殊能力が知られたら色んな人に狙われてしまうし、少なくとも子どもの間は隠し通す必要がある。ヴァルもそこは理解しているらしく、異論もないようだった。

「……そういやぁテメェらいつまでその薔薇握ってやがる？」

プライド達に許可を得て城門を出た後、門が閉じられるのを横目で確認したヴァルは溜息をつく。同時に、ケメトとセフェクに投げかけた。二人とも左手には赤い薔薇の花束、右手には青い薔薇が一本掴まれている。一度薔薇を掴んでからずっと手を離していなかった。庭師の手により棘が取り除かれた手持ち部分をがっつりと握ったままだ。

二人は互いの顔を見合わせてから、おもむろに青い薔薇の方をヴァルへと突き出した。

「……あー？」

何のつもりだと言わんばかりにケメトとセフェクを睨むヴァルは、気がつけば足が止まっていた。二人も合わせて立ち止まる。それでもヴァルの方へ薔薇を突き出した手は下ろさない。

「ヴァルが主から薔薇貰ったでしょ？　だから私達からも」

「僕もセフェクにあげて、セフェクも僕にくれました！　これで皆一緒です!!」

はっきりと言い放つセフェクに、ケメトも続いた。反対の手に握られた四本の赤い薔薇を誇らしげにヴァルへ掲げて見せる。

二人の言葉にヴァルは二本の青い薔薇を凝視する。そして服の中にしまった一本の赤い薔薇を取り出した。その薔薇と目の前に差し出された青い薔薇とを理由もなく見比べ、少し躊躇った後に無言で一本ずつ摘んで受け取った。長く握られていた間、青い状態を保ち続けていた薔薇はヴァルの手に渡った途端たちまち真っ赤に染まる。「綺麗よね」「綺麗です！」と声を上げる二人に、ヴァルは眉間に皺を寄せながらもその変色の様子を眺めた。赤色になった薔薇をプライドから受け取った薔薇と合わせ片手に掴んで持てば、セフェクとケメトの笑みは更に輝いた。

――……色が変わるのは、もう何度も見た。

プライドがその場にいた全員へ配る際に、赤くなる瞬間は何度も見た。それでも何故か、二人から受け取った薔薇が赤く変わっていく姿から目を逸らす気にはなれなかった。

――花なんざガラじゃねぇ。

花を愛《め》でる趣味など欠片《かけら》もない。むしろ花壇の花すら踏み潰して歩くようなヴァルに、薔薇を受け取る必要性は全くなかった。纏めて掴んだ三輪の薔薇はもうどれが誰から貰ったものかもわからない。だが、それでも別に構わないと思いながら纏めてヴァルは眺める。最後に二人に視線を落とせば、満面の笑みが返ってきて煩わしそうに顔を顰めた。

――…………めんどくせぇ。

突き返す気にも捨てる気にもなれず、むしろどうやってこの薔薇を取っておくべきかを考えてしまう。自分の薔薇が三本、ケメトとセフェクが持っているのがそれぞれ四本。プライドと自分から、そしてお互いと自分自身が手に取った薔薇で四本なのかと理解する。そして、二人の手にはその四本が〝纏められている〟ことが、自分でも理解できないほど妙に気恥ずかしく感じられた。

「ヴァルの分もあれば一緒の四本でしたね」

「今からもう一本貰いに戻る？」

気がついたようにケメトに笑いかけられ、セフェクにも尋ねられ、自覚してしまったヴァルは一言で断った。「良いんですか」「せっかくならお揃いが良いじゃない」と言う二人を無視して歩き出す。聞き流しながらもヴァルの頭の中にはセドリックの言葉が嫌なほど繰り返し蘇った。

『……なるほど数字の名か。だが良いな。きっと何か記念すべき、意味ある数字なのでは』

　名付けたのが自分だと。それをプライド達の前で明らかにされそうになっただけで顔が熱くなり、酷《ひど》く心臓が脈打った。まさか自分の名付けの由来が知られることになるとは思いもしなかった。

「ッまた面倒な王族が増えやがった……」

　自分の血の半分がどこの国のものかなどどうでも良い。由来が知られたこと自体も構わない、もともと適当につけた名前だったのだから。ただ、それを当時の自分が与えたということと……

〝きっと何か記念すべき、意味ある数字なのでは〟

　プライドからセドリックに許されたのは、不敬と最低限以下の暴力のみ。ヴァルは王族であるセドリックに〝嘘〟をつくことはできない。あの時セドリックが続きの言葉を言い切れば、自分は王族である彼の問い掛けに答えなくてはならない。今の自分には、その問いを否定できる自信がなかった。

　自身が出会った時の二人の歳を意味する、その名を。

　当時は間違いなく、適当につけた名でしかなかった。もし尋ねられたとしても「意味なんざねぇ」と間違いなく一蹴することができた。なのに何故か今は〝セフェク〟も〝ケメト〟も数字以上のものが感じられて仕方がない。不快で気分が悪く、そしてどうしても変え難《がた》い。

　何故、いつの間に彼らの名が数字を示す以上のものになってしまったのか。いくら考えても納得のいく答えは見つからなかった。ただそこで、二年ほど前のプライドの言葉を思い出せば、舌打ちが自然と零れる。認めたくもなくて頭を強く掻き、誤魔化《ごまか》した。自分にそんな吐き気のするような情緒があるとは思いたくもない。二人の存在どころか自分が付けた名すらもそうなってしまった事実が、酷く面倒で気味が悪い。

セフェクが七歳、ケメトが三歳の時に自分は出会ってしまったのだと。そう思っていた自分が今では〝出会ってしまった〟ではなく〝出会えた〟のだと感じてしまうその事実がただひたすらに。

「……胸くそ悪りぃ」

舌打ちし、忌々《いまいま》しげに吐き出せば二人が同時に聞き返してきた。「なんでもねぇ」と返せばそれ以上の追及もない。薔薇を片手で乱暴に握り、自由な方の手をひと纏めに薔薇を掴むセフェクの腕へと伸ばす。適当に掴めば、足並みを揃えながら今度はセフェクがケメトへと手を伸ばした。

やはりまだ、この手を離せない。彼ら自身が離れることを望むその時までは。陳腐な言葉で言うならば、たとえ地の果てであろうとも。

〝家族〟というのは本当に厄介な存在だと、ヴァルはその苛立ちを言葉にせず胸へとしまった。

〝私の人生をどうか貴方と共に〟

ヴァルの特殊能力が再び元の状態に戻ったのは、それからたった二日後のことだった。

「ハァァァァアアア?!　婚約者候補だぁ?!」

なんだそれ!!　と、声を荒らげた男は狐《きつね》のように細い目をぎょろりと開く。

大陸中へ広まりつつある知らせを一秒でも早く伝えようと、大国から馬を走らせ鳥に手紙を括り飛ばした使者からの知らせを伝える従者に眼差しを鋭くし、顔を歪めて近づける。あくまで従者は手紙を読んでるだけにもかかわらず、まるで彼が手紙の内容を決めたかのように全身の態度で責め、脅す。手紙を読む従者はそれだけで顔を青くし謝罪を繰り返し、しかし途中で読むのを止めることもまた不敬となる為震える喉で読み切った。

フリージア王国第一王女の誕生祭で発表された婚約者候補制度について。

しかも、女王の口により候補者は発表当日に式典会場にいた者だけだと宣言されたことに、男は右に流した深紫色の髪をぐしゃぐしゃと掻き乱した。この後の外出の為につい先程毛先まで整えさせた髪が四方に散り、畝《うね》る。「ふざけんな!!」と声を荒げ、足元で靴を磨いていた奴隷の頭を脈略なく蹴り飛ばした。

「婚約者の候補が三人、王女両方合わせりゃ六人もいてなんでラジヤ帝国が入らねぇんだよ!!　大国の王女なら大国の皇太子入れるのが普通だろ?!」

そう言われましても……と、従者は言いかけた唇を噛んで堪えた。口答えに聞こえてしまう言葉は死んでも言えない。相手は自国であるラジヤ帝国の皇太子なのだから。

ラジヤ帝国。いくつもの国々を侵略し手中に収め、奴隷生産と共に繁栄を極めてきた奴隷生産の大国。ハナズオ連合王国を手中に収め損ねこそしたが、引き換えにフリージア王国との和平を成立させた。その皇太子こそが、今椅子《いす》の上で喚《わめ》き散らしているアダムだ。

アダム・ボルネオ・ネペンテス。フリージア王国の王女との婚約を狙っていた彼にとって、これ以上の不快な報告はなかった。以前の和平交渉でも婚約の打診はフリージアの女王に伝えていた。その上で、候補者の発表と共に自分が選ばれる可能性を全否定されたのだから。

憤慨のままに今もグラスを取り替えにきた女性の奴隷の顔をついでのような動作で殴りつけた。

「あーーむーかーつーくー!!!!　あのクソババアやってくれやがって!!　候補者全員ぶち殺せ!!」

はっ!!　と、癇癪《かんしゃく》や悪態にしか聞こえないアダムの発言にも部下達は肯定しか返さない。今すぐ使者に命じましょうと告げ、これ以上巻き込まれないうちにも迅速かつ丁寧にその場を去った。方法も期間もどちらの王女の候補者かも確認などいらない。皇太子が命じたからにはそれを最善かつ最速で動かなさければならない。あとは自分より下の部下の責任にすれば良い。

　部下が逃げるように去った後も苛立ちが収まらないアダムは椅子の上で足をバタつかす。殴られた女性の奴隷が零したワインを拭きに集まった奴隷二人の背中にまた足がぶつかるのも気にしない。

「こっちが折角ブス王女貰ってやるっつってんのに断るとか何様だっつってんだよ!!　なぁ?!」

ガン、ガンと苛立ちをまたぶつけるべく意図して奴隷を踏みつける。どれほど不条理な乱暴であろうとも奴隷に抗《あらが》うという選択肢はない。頭を低くし、主人の折檻《せっかん》をただ耐える。コクコクとせめて肯定の意思をと頷くが、そもそもアダムは彼らの同意の有無はどうでも良い。

「大体さぁ?　間が最悪過ぎじゃねぇの??　ねぇ?　送ってくる招待状どれもこれもこっちが外せねぇ日ばっかでさぁ?!」

和平を結んだ際、また会う日をと約束した通り招待状はこれまでに数度届いた。しかし、その日はどれも予定が埋まっていた。あの時のどれかに招待を受けることができれば、今後こそ王女との接点を取り付けることもできたのではないかと思う。その為にならば予定をいくらでも優先するつもりがあったラジヤ帝国だが、指定された日がどれもこれも国として外すことが不可能な日程ばかりだった。わざと狙ったのではないかと疑うほどの繰り返しだったが、自分達の予定をフリージア王国に教えた覚えはない。まさか間者がいるのではないかとアダムが拷問じみた方法で探った数も一度や二度ではない。さらにこちらから逆に招いても断られ、結局は今まで接点を持つことなく決定的な一手を打たれてしまった。

「クソッ‼　死ね！　クソ！　クソ‼　塵《ごみ》が！　死ね‼」

ガン、ガン、ガンと足蹴で憂さ晴らしを続け、やっと気分がある程度落ち着くまで三十分掛かった。

その間、皇太子の部屋に入りたがる人間は一人もいなかった。

「プライド。……またセドリック王子からの手紙ですか」

ステイルが休息時間を得て私の部屋を訪れた時だった。すぐ終わるから待っていてねとソファーを勧めたけれど、振り返ればステイルは起立したままこちらを見つめていた。

「ええ、セドリックの返事が早くって。私も負けてはいられないから」

笑みで返すと、ステイルからは「御無理をされる必要はありませんよ」という気遣いの言葉と曖昧《あいまい》な笑みが返ってきた。心配してくれることにお礼を返しながら、私は再びペンを走らせる。

前回、セドリックから書状のやり取りをして欲しいとお願いされてから一ヶ月。セドリック達がハナズオ連合王国に帰って二週間くらいしてからヴァル達に配達をお願いしたら、すぐにセドリックは私宛ての手紙を持たせてくれた。しかも内容を読んだ私がびっくりしてすぐに返事を書いてヴァルにお願いしたら、……やっぱり速攻で返事が返ってきた。

結局ケメトからの補強が必要になったヴァルには、最近は他に配達物がないからということで私とセドリックの手紙のやり取りばかりお願いするようになってしまった。まだはっきりとはわかっていないけれど、どうやら前世の物に例えるなら電源がケメト、ヴァルがバッテリーみたいな関係らしい。そして暫定で二日間ずっと電源に繋がないとバッテリー切れになる。……それでもまだ理屈や原因は全くわかっていないけれど。

ただ、ジルベール宰相曰く、ヴァルにだけ可能なのはケメトの成長や心理状況が起因してる可能性があるらしい。試しにケメトにそれを説明した上でセフェクとヴァルの違いを聞いてみたら、やっぱりはっきりとした答えが返ってきた。私もジルベール宰相も納得したけれど、……ヴァルとセフェク本人はなかなか不満そうだった。

ヴァルは「ンなもんになった覚えはねぇ」と顔を顰めてたし、セフェクは「私だってちゃんと――のに!!」とケメトの腕を掴んで揺らしていた。まぁ、ヴァルに至っては本人が否定しても私の目からは明らかにそうだし、セフェクも怒ってたわりにどこか嬉しそうにも見えた。ケメトもそれをわかっているのか、二人の返答にも照れたように笑っていた。最終的にはセフェクが「ケメトはいつもヴァルばっかり!!」とヴァルに放水攻撃をして落ち着いた。

取り敢えずは現状維持ということで三人には配達を再開してもらった。ただしヴァルもハナズオと我が国の往復連続はうんざりしたのか「そんなにやり取りしたけりゃあ本人を連れてきてやる」と提案までされた。流石に王子単身で誘拐は事件だし、私へ大っぴらに何度も会いに来られたら誤解を招きかねないので勿論断った。

最初は鬱憤を晴らすように道中で絡んできた盗賊や人攫《ひとさら》いを騎士団に放り込んでいたヴァルだけど、それすらも狩り尽くしてからは余計にストレスが増しているようだった。……最初は捕まえるのも面倒がっていた筈なのに。

同盟前は何度訪問しても門前払いされていたからヴァルも配達に嫌な顔をしていたけれど、今は逆の理由でハナズオ連合王国に配達へ行くのが嫌らしい。なんでも、フリージア王国の使いだということと防衛戦の救出活動を覚えている民のせいで、物凄く注目されて歓迎されるとか。目立つだけならまだしも、人によってはすごく友好的に接してくる民も多く、ヴァル曰く「うぜぇ」らしい。……そのわりには、会う度にサーシス王国の民からお酒や食べ物を貰ったり奢《おご》ってもらっているみたいだけど。ケメトも「良い人ばかりです！」と言っていた。ただ、セフェクはヴァルと同じで未だ慣れないらしい。ヴァル自身がセドリックとの接触を嫌がるから、セドリックの方が気を遣って書状は直接ではなく衛兵に託しているとのことだった。国王から母上宛ての書状も預かる時は謁見の間まで行かないといけないけど、セドリックだけの時は城内に入ってすぐの衛兵とやり取りすることも増えたらしい。お陰でそれからは手紙を託す時のヴァルの機嫌も比較的マシになった。

　三日前のヨアン国王の誕生祭にお祝いの品を贈った時には、チャイネンシス王国まで渡しに行ってもらった。国中がお祭り騒ぎだったから余計に民に絡まれてまた大変だったらしい。ヴァル的にはチャイネンシス王国の民の方が自分に畏《かしこ》まってくるから余計に嫌だと。

　ヨアン国王の誕生祭は私も行きたかったけれど、往復日数の関係で今回は母上とヴェスト叔父様と護衛の騎士団だけの訪問となった。まだ成人になるまで七ヶ月あるティアラは国外の社交界には出れないのは仕方ないし、私と補佐のステイルはヨアン国王の誕生祭の九日後に我が国で大事な祭日があった。特殊能力を使えば大人数での時間短縮移動も可能だけど、どうしても悪目立ちしてしまうから必要最低限の母上とヴェスト叔父様だけの訪問となった。それでもやっぱり王族専用の馬車でなるべく目立たないように特殊能力を使っての移動だった。そうしないと母上達が我が国の御祝いに間に合わないという大事故が起こる。……こういう時、本当に女王って大変だなぁと思う。

「ちなみに、セドリック王子とのやり取りは以前と変わらない内容で……？」

　立ち入ったことを聞きますがと遠慮気味にステイルに尋ねられ、一度ペンを止めた。振り向けば、やっぱり真剣な眼差しを向けていた。ステイルは私とセドリックとの相談内容も知っている。勿論、セドリックからの希望でもある。母上に話す前に、次期摂政であるステイルの意見も聞けたらと望んでくれたので私から相談した。ステイルの反応は、やはり前例がないせいか表情は険しかった。それでも最終的には「悪い話では、……ないと思います」と言ってくれた。何故か大分不服そうではあったけれど、それからは時々相談にも乗ってもらっている。

ステイルからの問いに、アーサーとカラム隊長も気になっている様子だ。揃って目がじっと私の方に向けられている。ティアラも手紙内容が気になるのか小首を傾げて本から目を離した。最近は誕生祭の催しの参考にとかで、ハナズオ連合王国のことも気になっているらしい。ただし、セドリックと手紙交換をする気はないままだ。

この手紙交換での話が正式に決まったら、皆にもいち早く伝えたい。今はまだセドリックからの話に私が詳しく質問を重ねまくっているだけの段階だし、お互い手探りなところもある。

「ええ。セドリックとお互いに話が纏まったら、正式に母上や皆にも話せると思うわ」

それまで待っていてくれる？　と三人にお願いすると、すぐに頷いて返してくれた。何故か唯一知っている筈のステイルが少し難しい表情をして「正式……」と呟いていた。やはり第一王女からの正式という言葉は次期摂政のステイルには大きいらしい。

「来週ステイルの誕生祭にも来てくれるらしいし、その時までには全部纏まっていると良いわね」

苦笑しながらの曖昧すぎる目標期限に困惑させてしまったのか、またステイルの表情が曇った。

来週には、ステイルの誕生日が控えている。我が国にとって大事な祭日の一つだ。その為にも母上とヴェスト叔父様は今大急ぎで我が国へ馬車で戻ってきてくれている。

ステイルはヴェスト叔父様が不在の間、ジルベール宰相についているらしい。喧嘩《けんか》していないかすごく心配だけど、二人の口からは全く問題なしとのことだった。ティアラの十六歳の誕生祭もあと少しだし、今年は特別なお祝いがあって嬉し……、……ッい、と思いたい。

そこまで考えた途端にペンを握る手に過剰な力が篭った。

ティアラの十六歳。つまりは嫁入り年齢‼　相手が誰かは私も知らないけれどその御相手は確実にそこにも招かれている‼　ティアラの婚約者確定は一年後だけれど、それでも考えてしまうと辛い。ティアラは私と違って他国の王族に嫁入りするのだから。

つまりは今のように毎日どころか年に数度も会えなくなる。今から寂しがっても身が持たないし、なるべく考えないようにしているけれどそれでもやっぱり何かあるごとに考えてしまう。正直、物凄く寂しい。考える度に胸がぽっかり空いた感覚と胸騒ぎのような違和感ばかりが立ち込めて、最終的には泣きたくなる。今からこんなんじゃ来年には確実大号泣だ。いっそレオンと結婚してくれれば頻繁に会えるかもしれないのにと思うけれど、……姉の元婚約者の国とは無理だろう。

ティアラは誕生祭の催し企画で忙しそうであまり気にしていない様子だし、ステイルも誰も変わらない。昔からずっと決まっていたことだし、今更どう言っても仕方ないことだ。……あれ。でも――……。ふと、そこまで考えてペンが強く握られたまま全く進んでいなかったことに気がつく。

駄目だ、今から落ち込んでいる場合じゃない。折角ステイルが忙しい合間に来てくれているのにと椅子に座り直して前を向いたその時。

コンコンッと、ノックの音が飛び込んできて再び椅子から振り返る。返事をすれば扉の向こうから

「失礼致します、プライド様。近衛騎士交代に伺いました」とアラン隊長の声が聞こえてきた。

近衛兵のジャックが開けてくれ、アラン隊長とエリック副隊長が入ってくる。時計を見れば確かにもう交代の時間だった。挨拶と引継ぎを交わしたアーサーとカラム隊長が、また明日宜しくお願いしますと私達に頭を下げる。そこで、ステイルが待ったをかけた。

「アーサー、この後は確か休息時間だったな。手合わせに付き合え」

パシンッと、自分の手の平に拳《こぶし》を叩きつけながら言い放った。その身には何やら黒い気配が立ち込めている。ステイルも誕生祭が近づいていろいろと緊張とかストレスが溜まっているのだろうか。

アーサーが若干引き気味に合意すると、ステイルは笑顔でこちらに挨拶をくれた。私もまだ手紙の返事が書き終わりそうにないし、待たせるよりその方が良いだろう。ステイルの貴重な休息時間は有効活用して欲しい。

ステイルとアーサー、そしてカラム隊長が出て行ってから再び私はペンを走らせる。セドリックの書状の返事だけはなるべく早く返答しないといけない。ヴァル達にも今晩取りに来るようにお願いしたから時間がない。ヴァルは命令した以上、それまでは絶対来ない代わり期限になれば絶対に何が何でもやってくる。我が国の未来の為にも、第一王女としてちゃんと話を纏めなければ。

「ンでッ……なァにキレてンだステイル‼」

キィン、キィンッ！　と何度も金属同士の激しいぶつかり合いが響く中、アーサーは軽々と俺の攻撃を剣で防ぐ。瞬間移動をして背後を狙ったが、やはり一瞬の判断で構え直された。長年、剣の手合わせを続けたからか次はどんな手で来るかも察しがつくようになってきてるらしい。……といっても、恐らくこんなことができるのはアーサーだけだが。

俺の方は、アーサーが会う度に様々な技術を身に付け取り込んでいるせいで動きも行動も読むに読めない。常に進化し続けるコイツの恐ろしさは、手合わせの頻度が減ってからは余計に肌で思い知る。未だに近衛騎士や騎士団長、ジルベールとも手合わせをしていると聞くが、彼らもおそらく俺と同じ感想を抱いているだろう。騎士隊長に昇進できたのも頷ける。

「ッやつ当たンなら……っ、……前に!!」

瞬間移動で何度も位置を変えながら攻撃を繰り返す俺に、アーサーが歯を食い縛る。ギリッと音が聞こえた瞬間、俺が瞬間移動した先に拳を叩きつけていた。鎧《よろい》越しとはいえ思い切り鳩尾《みぞおち》に入れられた。何とか深く入る前に背後に飛び退《の》いたが衝撃が身体まで伝わり、背中を丸くして堪える。

「言いたいこと言えっつってンだろォが!!!!」

……そう声を荒らげたアーサーも、気がつけば大分焦燥が目立つ。俺が稽古場で着替えてすぐ攻撃したからだけではないだろう。姿勢を真っ直ぐに戻し睨めば、俺が言う前に「今言わねぇなら無理やり吐かすぞ!!」と怒鳴られた。第一王子の俺にここまで言うのはコイツぐらいのものだ。

「……少し、苛立っているのは認める」

汗を拭いながら返せば、すかさず「少しじゃねぇだろォが」と言葉を叩きつけられた。そういうお前だって苛立っていると返したかったが、完全に水掛け論になるのが目に見えていたからやめた。

……アーサーには、セドリック王子がプライドの婚約者候補の座を狙っているだろうとは話していない。俺は三年前のレオン王子の件でもコイツに不要な心配や疑念を与えてしまったことがある。また万が一にも同じ誤ちで騒ぎ立てたくはなかった。あくまで確かな情報しかアーサーには伝えるべきではない。ただでさえ、人の取り繕いに敏感なアーサーに無駄な心労はかけたくなかった。だから今これからも、確かな情報しかアーサーには言いたくない。

「来週、俺の誕生祭はそれなりに大規模なものとなる」

「そりゃァな。お前の成人祝いだ、国中が祝ってる。俺もだ」

真っ直ぐ剣先を俺へと向けてくる。この国の男性は十七から成人であることも結婚も認められる。

「俺の誕生祭には、当然ハナズオ連合王国も参列する。……ただし、ヨアン国王の誕生祭の関係で招かれるのはセドリック王子だけとなった。今頃、母上達と同じく特殊能力者の補助で共に我が国へ向かっているだろう」

ヨアン国王とランス国王は翌日も誕生祭の後始末や招いた和平や同盟を望む国との対談、交渉などで母上と共に我が国へ来ることは難しく参列も不可能だった。だからこそ王弟であるセドリック王子だけでもと俺の誕生祭に参列してくれる。……正直、複雑な気分だが。

プライドとティアラの婚約者候補は各三名。そしてより一層選《え》りすぐる為に、これから先は多くの式典やパーティーで彼女らは婚約者候補と会う機会を与えられる。つまりは式典やパーティーに多く招かれれば招かれるほど、その者が婚約者候補である可能性は高い。勿論、今回のヨアン国王やランス国王のように致し方ない理由で婚約者候補が欠席する場合も皆無ではないが。それでも、殆ど確実に毎回招かれると考えて良いだろう。

そしてセドリック王子が今回も招かれている。新しくできた同盟国なのだから招かれるのは当然でもある。だが、だが!!　……どうしてもそれ以上の理由を疑ってしまう。

「まァ、……セドリック王子も今はまともになった方なんだろ？　お前が許してねぇのも知ってっけど。……祝いに来てくれるなら良いじゃねぇか」

俺を宥めるアーサーが言葉とは裏腹に目が泳ぐ。コイツももしかしたらセドリック王子のプライドへの好意に気がついているのか。そう思った途端余計に口が滑る。……どうしてもアーサーの前では本音が零れる。

「そうだな。俺はセドリック王子が姉君に犯した数々の不敬も料理もクッキーも許していない。更には未だ一回も彼を殴れていない上、お前に殴られるのも見ていない」

なのに、このまま王配候補にでもなられたら一生俺もアーサーもやり返せない。きっと、苛立ちの理由はそれだけだ。それ以外は考えられない。俺の発言にアーサーは若干慄《おのの》いたが、すぐに立て直すように「わかっけど」と呟いた。

そして次には、俺の考えていることを読んだかのように、脈絡のない問いをぶつけてきた。

「……なァ、……三年前にプライド様の婚約者がどんなヤツが良いかってお前に聞いた時のこと覚えてるか？」

俺から目を逸らしながら言いにくそうにどこか遠回しに言っているようにも取れる言葉に、俺は剣を片手に腕を組む。当然、その時のことは覚えている。レオン王子とプライドとの婚約解消が成立した後、宿の荷物を馬車に積み込んでいる間のことだった。自分の感情がまとまらず頭を抱えてしまった俺に当時アーサーが尋ねてくれ、俺も間髪入れなかった。

『次の婚約者が出たらどんなヤツが良い？』

『清廉潔白《せいれんけっぱく》、前科も裏切りも女遊びもなく、姉君を心から愛し、姉君やレオン王子のように自国を想い、俺とジルベールよりも頭が回り、お前よりも強い男なら考えてやらなくもない』

アーサーは「理想高けぇな」と笑ったが、最後には「俺もだ」と言ってくれた。

当時の言葉を一字も違《たが》えずそのまま聞かせるが、その間もアーサーは俺と目を合わせない。

「……それで、どんくらい……その条件に達していれば合格だ⁇」

コイツは一体何が言いたいんだ。セドリック王子がそれに殆ど当てはまっているということか。だが彼は清廉潔白と言うにはプライドに色々不敬を犯し過ぎている。知能の方は〝神子《かみこ》〟と異名がついたほどの天才らしいが、戦闘の実力ならばアーサーの方が遥かに上に決まっている。あの条件に達している割合も、六割程度といったところか。

「最低でも九割だ」

「そっか……」と呟くアーサーの目はまだ泳いでいた。一体どうしたんだ。厳しい条件とは自覚しているが、あくまで俺個人の条件だ。それに、プライドがセドリック王子を婚約者候補に入れていようとも入れておらずとも、他の婚約者候補がその条件を下回っている可能性もゼロでは……、

……………。……他の、婚約者候補？

「…………アーサー。お前、一体何を隠してる？」

確信を持った俺の言葉に、アーサーの肩がビクッと上下した。「い、いや別に」と言葉を濁し、その上顔を引き攣らせた。……そうだ、コイツは人の取り繕いには敏感だが己自身は嘘や取り繕いも得意じゃない。俺の隠し事に気づくのはアーサーやティアラとプライドぐらいだが、アーサーは誰にでもバレる。少し突けば簡単に表情からボロを出す。

「ほぉ……なるほどな。お前、いつそれを知らされた？」

「いや、知らされたっつうか……最初は単に察したっつうか」

「なるほど、やはりお前も何か情報を持っているということだな」

今度は軽くカマをかければ引っ掛かる。アーサーは今度こそ狼狽え自ら口を押さえた。久々にアーサー相手に引っ掛けられたのが楽しくなり、笑みを浮かべながら一歩近づいた。するとアーサーは後ろに一歩下がる。

「どうしたアーサー？　他でもないこの俺に隠し事か⁇」

「ッテメェだってプライド様とセドリック王子との書状の中身については教えねぇじゃねぇか‼」

追い詰められたことに抗おうとアーサーが言い返す。

確かに、俺もプライドから聞いた書状の内容はアーサーにもティアラにも話していない。極秘内容である上、余計にアーサーに心配をかける可能性があったからだ。

「俺は姉君に口止めされている。お前も今まで一度も俺に尋ねてこなかっただろう？」

「それ言ったら俺だってッ……〜っ‼」

今度は言いかけて思い止《とど》まった。コイツも口止めを受けているのか。まぁ、誰からかは大体想像はつく。これ以上は口を閉ざし続けるだろう。ならばまず一つだけ先に確認しておこう。

「なるほど、おめでとうアーサー。お前が姉君の婚約者候補の一人だったとは知らなかったよ」

「ッば‼‼　バッ……カ言うな‼　おっ、俺が！　ンな身分じゃねぇのはお前が一番よく知ってンだろォが‼　なっ、なんでンな話にっ……‼‼」

顔を真っ赤にしたアーサーは、乱暴に剣を横に振り声を荒らげた。なるほど、どうやら違うらしい。ならばやはり有力な情報を持っているということだ。婚約者候補の一人か二人、もしくは全員か。

アーサーの取り乱す姿を眺めながら俺は一人で何度も頷く。コイツが俺に隠し事を通せると思っている時点で大間違いだ。

「よくわかった。……ならば、ここは男らしく勝負で決着をつけようか」

狼狽《ろうばい》し続けるアーサーに剣を構え直す。まだ頭が茹だって対応しきれてない様子ではあったが、呆けた顔でそれでも反射的に俺へ剣を構えてきた。遅れて「どういう意味だ」と聞いてきたから心からの笑みで答えてやる。

「ここには俺とお前しかいない。勝負は一回、一本取るか相手を地につけた方の勝ち。俺が勝ったらお前が隠している事実について教えてもらう。お前が勝ったら書状の内容について教えてやろう」

早口で一方的に告げれば、アーサーが「本気か?!」と目を丸くした。まぁその反応も当然だろう、俺がプライドに口止めされたことを話すのもそうだが、それ以前にこの勝負は圧倒的に騎士であるアーサーに有利だ。

「俺に勝ったらお前が聞くか聞かないかは好きにすれば良い。俺も二度と言及しない。ただし俺が勝ったら絶対に聞く。お前が嫌がろうが文句を言おうが絶対に吐いてもらう。……良いな？」

逃げ場がそれしかないと判断したのか、アーサーが一度喉を鳴らしてから頷いた。……それで良い。アーサーは約束を望んで破るような奴ではない。

俺の笑みに何か気取《けど》ったのか、アーサーは一気に集中力を上げて剣を構えた。当然、俺が瞬間移動を使うことも想定しているのだろう。

互いに剣を構える。呼吸を整え、暫くの沈黙後に合図もなく同時に飛び出した。

………その、二十秒後。

「ッずりぃだろ!!!!」というアーサーの怒声が、勝敗を決した稽古場に響き渡った。

第三章　次期摂政と誕生祭

「……ねぇ？　まだぁ⁇　……フフッ、……あ～あ……悲しいわぁ……」

悪魔の、嗤《わら》い声がする。私のよく知る声だ。

冷たい床と簡素な壁に寄り掛かり、光も届かないこの場所で……ただただ時を待つ。時の流れを忘れるほど、……永く、ひたすらに。目を開ければ変わらずそこには暗闇しかない。

……ここは、どこだ……？　……ああ……そうか、私は。……もう時の流れどころか、己の存在すらも薄れてしまったらしい。なんとも無様な、……だが、……私には相応《ふさわ》しい最期だとも思う。

「ねぇ？　……そろそろ素直になって下さった⁇　ね～ぇ。……もう、ステイルも十七歳になっちゃったわよぉ？　これでとうとう本当に貴方《あなた》の居場所も意味もなくなっちゃったわ。ねぇ……」

悪魔の甲高い声を耳に通しながら考える。……私は、私の名はと。考え、思い出せるか試す。

…………嗚呼《ああ》あと少し、ここまで……来ているというのに。

ビシャアッ！

冷たい水を檻《おり》越しに掛けられる。一瞬息が止まり顔を振れば、キャハハハハッと人外とも取れる幼《いたい》気《け》な笑い声が響き渡った。

「おはようございます、これで目が覚めましたかしら。フフッ……ねえ？」

悪魔が嗤う。引き攣《つ》らせたように口元を引き上げ、妖《あや》しく瞳《ひとみ》を紫炎に光らせる。絶対的優位と支配権を掲げて嘲笑《あざわら》い、そして……忘れかけていた私の名を呼んだ。

「ヴェスト叔父様」

……ヴェスト。……嗚呼、そうだそれが私の名だ。取り返しのつかない間違いを犯した、私の名だ。目の前の娘の名を呼べば、彼女の笑みがさらに引き上がった。その場で軽くステップを踏みながら「良かった、まだ喋《しゃべ》れるのね」と声を跳ねさせる。

「ねぇ、ヴェスト叔父様。わざわざステイルの誕生祭後に、疲れた身体《からだ》に鞭打《むちう》って姪《めい》が会いにきてあげたのよ？　もっと喜んでちょうだい」

フフフッと笑いを含みながらこの国の女王は笑う。見窄《みすぼ》らしく変わり果てたのであろう前摂政の私を檻の外から眺めながら。

「ヴェスト叔父様。可愛《かわい》い可愛い姪のお願いを聞いてちょうだい？　そうじゃないと貴方の奥様も、それに――……」

「無駄だ、――……私に、その脅しは効かないと何年も前に告げた筈《はず》だ」

優位を語る彼女にはっきりと言い放つ。少し眉《まゆ》を揺らす彼女は、それでもまた口元を引き上げた。

「そうだったわね」と軽く返しながら気を取り直すように更に続ける。この檻に幽閉されてすぐの時も、彼女は私に同じ言葉で脅した。だが、もう私にその脅迫は効果がない。たとえ目の前で私と懇意の人物を嬲《なぶ》り殺されようとも、……きっと私に大した揺らぎはないだろう。

「ねぇ？　私のおねだりって、……そんなに難しい⁇　ただ、叔父様と一緒に仲良く過ごしたいって言ってるだけじゃない」

「〝隷属の契約〟と引き換えにだろう。何年経《た》とうとも私の答えは変わらん。私の特殊能力をお前のものにするつもりはない」

王配だったアルバートが死に、ローザが死に……そしてまだ幼かった彼女が女王となってから。その権限で彼女は私を摂政の座から引《ひ》き摺《ず》り下ろし、ここに幽閉した。戴冠後も私一人が彼女の言動全《すべ》てを指摘し、否定し続けたからだ。他《ほか》の者のように処刑されず幽閉が続いたのは、私を叔父として慕っていたからではない。……私の、特殊能力が望みだった。

　更に数年後からは隷属の契約まで望んできたが、私は拒み続けた。隷属の契約を交わせば、今よりは人間らしい生活もでき外の空気も吸えるだろう。だが、それは許されない。

「お前は、間違っている」

　はっきりと、この国の女王に私は告げる。再び彼女は眉を震わせ、引き上がった口元だけが無理に固まったままだった。

「何度でも、永遠に私はお前を諫《いさ》め続ける。それが、ローザもアルバートもできなかった……私の最後の役目だ」

　私一人は彼女を許さない。ジルベールは未《いま》だに王配としての公務を宰相業務と共に兼任し続けているという。彼が彼女に屈し、代わりにその手でできる限りの民を救うというならば、私は彼女に屈さずこの命の限り示し続ける。今も口をとうとう閉ざす彼女に、私は告げる。今までも私の元に来る度に繰り返し告げた言葉を何度でも。

「お前は間違っている。このような治世、長くは続かない。お前の人生よりも早く崩壊する。……そして、もうお前はやり直しのつかないところまで来てしまった」

　ガンッ!!　と、彼女はヒールの足で私の檻を足蹴にする。だが、私は構わず続けた。

「私はお前の為《ため》にこの特殊能力は使わない。誰《だれ》かをこれ以上苦しめるくらいならば私は喜んでここで朽ち果てよう。それが王族としての私の誇りだ」

言い切れば、とうとう彼女は「馬鹿《ばか》じゃないの?!」と声を荒らげた。

「折角この私が使ってあげると言っているのに!! 貴方のような下級貴族が! 私のような王族の血と同じだと思わないでよ!!」

苛立《いらだ》たしげに叫ぶ彼女の声に目を瞑《つむ》る。……ああ、そうか。私は下級貴族の生まれだったのか。

「お前が諦《あきら》めて私を殺すのが先か、それともお前が時代に討滅され、私がここから出されるのが先か。どちらにせよ、お前か私が生きてる限りは――」

「もう良いわぁ、ヴェスト叔父様。……どうせ貴方が生きていることを知っているのは私達だけ。それでもまだ飽きないということね」

彼女が、噛《か》むように指を口に運ぶ。一度歯を立てたそれを、次には息を吸い上げ吹いた。ピィイイイイイッ……と音が響き、私の鼓膜を揺らす。次の瞬間に現れたのは私の甥《おい》でもある、ステイルだった。養子に引き取られてから、彼の眼差《まなざ》しは常に死んでいる。無表情に私と彼女を見つめ一言「お呼びでしょうか」と尋ねる。……彼女が、何を命じるつもりなのかは、私も彼もわかっている。

「いつも通りよ。叔父様が素直になれるようにしてあげなさい。殺しちゃ駄目よ? 私の愛《いと》しい愛しい叔父様なのだから」

ニタァァァアアと私に笑みを向けた彼女は「また来るわ」と告げ、ステイルにこの場を任せ去っていく。鼻歌交じりに靴を鳴らしていた。古びた扉が閉ざされ、再び密閉された空間に戻される。

女王の命令通り、傍《そば》にあった剣や鞭の置き場へ足を延ばすステイルは私を見て、そして止まった。どこか躊躇《ためら》いも感じられる眼差しに、敢《あ》えて私から問い掛ける。

「どうした、ステイル。今の私を殺さないようにするのが難しいか」

「……俺《おれ》は今回、抽象的な命令しか受けていません。このまま去ったところで、どうせ女王がまた貴方の元に来るのは数週間後。傷など負わせずとも……」

「女王は〝いつも通り〟と言った。もし万が一見にきたらどうする。火の粉が飛ぶのはお前自身だ」

情けをかける彼に、敢えて叱りつけるように言い放つ。彼の肩は少し強張《こわば》り、真《ま》っ直《す》ぐにこちらを見た。私は拘束された両腕と両足を組み直し、ガチャガチャと鎖の音を立てる。

「お前は、私に情けをかける必要などない。お前は私達の被害者だ。……幼いお前から全てを奪い取ったのだから」

かつての私のように彼もまた、その特殊能力を求められて養子にされた。当時、どれほど彼がそれを拒んだかはジルベールからも聞いていた。それでも私は彼に何もできなかった。私一人が過去を捨てて郷愁や孤独、回顧からも逃げ果《おお》せ、彼は……今も苦しみ続けている。

彼は黙し、刃《やいば》を手に取った。それで良いと言えば、初めて彼の無だった表情が暗く曇った。

「……お前には、幸福になって欲しかった。過去に私がローザやアルバートに出会えたように」

真っ直ぐに、私からも彼を見上げる。当時王居内で居場所もなかった筈の私を迎え入れてくれたローザ、そしてアルバート。……だから私は全てを民と彼らに捧《ささ》げられた。

檻の鍵が開かれる。食事を運ばれる時しか開かれない扉からステイルが足を踏み入れる。その手に、鋭い刃を握り一歩一歩私に近づいた。

「…………ティアラは、元気か」

「……はい、変わらず離れの塔で外界の穢《けが》れも知らずに平穏に暮らしています。……まだ、女王の関心は向いていません」

その言葉に心から安堵《あんど》する。良かった、まだティアラは無事なのだと。それだけで救われる。

「そうか」と息を吐くと途端にステイルの手が震え出した。剣先が床に微《かす》かに当たり、カチカチと音を立てる。一体どうしたのか、彼が人を傷つけるのも……殺《あや》めるのも既に慣れきってしまっていることを私は知っている。

顔を上げても暗闇で上手《うま》く見えない、私の目が既に衰えているせいもあるだろう。「どうした」と手枷《てかせ》を揺らしながら問い掛けた。手枷も足枷も塞《ふさ》がれているだけで、床に繋《つな》がれているわけではない。もう殆《ほとん》ど上手く動かない足で一歩分私からステイルに近づけば、……彼の吐露が耳に届いた。

「つ……、……貴方がっ……、…………いてくれたら……」

堪《こら》えるような声だった。無表情だった彼が今どのような顔をしているかはわからない。私は彼に何も引き継がせることもできずに幽閉されてしまった。それからきっと、彼は手探りで今の摂政を担い続けてくれていたのだろう。

「ジルベールはどうしてる。……今も健在か」

私の重ねる問いに、彼は無言で頷《うなず》いた。ちゃんと働いているかと聞けば「きっと我が国の誰よりも」と詰まらせるような答えが返ってきた。……良かった。ジルベールもステイルの力になってくれているらしい。そこまで確認し、ふともう時間が経ってしまっていることに気づく。

「ステイル。……そろそろ急げ。まだ、仕事が多く残っているのだろう」

私にいつまでも構う暇などない筈だ。摂政としての業務の多さも私が誰よりわかっている。

彼にそう告げれば、歯を食い縛る音が聞こえた。今、こうして私に刃を振るうことに躊躇いを覚えてくれている彼に、……未だ人の心が残っているのだと安堵する。

ステイルが深呼吸をしたと思えば、ゆっくりと今度こそ刃を振り上げた。女王の命令通り、私を痛めつけるその為に。

彼が刃を振り下ろす寸前、私は大事なことを思い出す。ステイルと、その名を呼べば振り上げた体勢のまま彼の動きが止まった。

「……誕生日、おめでとう」

「……ありがとうございます……っ」

ギリッと今までで一番大きな歯を食い縛る音が耳に届いた。消え入りそうな声を返された。……折角の誕生日に、私の血で彼を汚すことだけが悔やまれる。

そしてとうとう刃が――……

ガララララッッ!!

「ッ?!………？」

……ふと、身体が酷《ひど》く震え上がり目を覚ます。目を開けば、机の前で書類とペンを握ったままだった。顔を俯《うつむ》かせたまま眠ってしまったらしい。

「申し訳ありません、ヴェスト叔父様。起こしてしまいましたか？」

顔を上げたまま放心する私に、聞き慣れた声が掛けられる。目を向ければ、我が甥が少し目を丸くして私を見ていた。うっかり本棚から落としたのか、足元には数冊の本が散らばっていた。

「いや、……すまないステイル。どうやらうたた寝をしていたらしい……」

「無理もありません。昨日母上と帰国されたばかりなのですから。宜《よろ》しければ隣のソファーで休まれて下さい。あとは僕がやりますから」

笑顔を私に向けるステイルは、落とした本を一冊一冊ホコリを払いながら元の棚に戻していく。気づけば、私の肩に毛布が羽織らされていた。恐らく眠ってからステイルが掛けてくれたのだろう。

昨日ローザと帰国しセドリック王子をジルベールに任せた後も、今日の誕生祭に向けて仕事は山積みだった。だがまさか、この私が仕事中に居眠りなど。

「いや、大丈夫だ。それよりもステイル、お前こそ支度を始める時間だろう」

今日の主役でもある彼に言葉を掛ければ「そうですね」と明るい返事が返ってきた。彼が私付きになって二年が経つが、本当に信じられぬほど立派に業務をこなしていってくれている。彼ならば次世代の摂政としても申し分ない。

そう思いながら私は何気なくデスクの引き出しと、そして傍の書類棚を目だけで確認する。その間もステイルは次の書類を片付ける。

「ですが、あと三十分はお手伝いできます。僕の為のパーティーならば、それこそできる限りのことはしなければ」

「そんなことを気にする必要はない。むしろすまないな、誕生祭まで手を借りることになるとは」

本来ならば本人の誕生祭くらい、自身の準備だけに集中させてやりたかった。だが朝早くからステイル自ら手伝いを申し出てくれた際、私も手が足りなかったこともあり頼ってしまった。従者十人よりも、ステイル一人の方が余程仕事も進む。

「いえ、とんでもありません。僕としても久々にヴェスト叔父様とお仕事ができて嬉《うれ》しい限りです」

にこやかに返してくれるステイルに私は一言だけ答える。そのままいつもの書類の棚を確認し、……確信する。

「……ステイル。私が眠っている間に今夜の招待客リストを探したな？」

ピキリとステイルの動きが止まった。口では「とんでもない」と変わらず笑顔で返すが、構わず私は溜息《ためいき》をつく。眠ってしまう前に確認した時より僅《わず》かに書類は傾き、引き出しの僅かな隙間《すきま》は綺麗《きれい》に閉まっていた。以前から彼は私に今回の招待客リストを見たいと望んでいた。〝来賓〟ではなく〝招待客〟……つまり、実際に来れる者ではなく我が城で是非にと招いた者のリストだ。

「次期摂政の第一王子が野盗のような真似《まね》をするな。……十七歳では子どもの仕業とも笑えない」

「…………申し訳ありません」

諦めて頭を下げるステイルに、再び私は溜息をはっきりとつく。以前までは問題なくステイルにも見せた招待客リストだが、プライドとティアラの婚約者候補が発表されてからは私個人で管理するようにしていた。

ステイルは、賢い。これから先のパーティーや式典で招待客リストを全て確認すれば、婚約者候補の大方の予想もついてしまうだろう。以前からプライドとティアラを慕う彼がそんなことを知り、意識をすれば確実に今後の摂政業務と王配業務の学びにも支障を来《きた》す。

「まったく、朝から熱心だと感心すれば……。私にソファーを勧めたのもそれか」

私が眠っていれば当然リストも探しやすい。彼なら私が不在の間も特殊能力で部屋に忍び込めるだろう。ステイルが少し慌てたように「いえっ、それは本当に僕は……」と弁明するが私は書類に目を通し、敢えて突き放すように言い放つ。

「そう思われても仕方のないことだ。……次やれば今後私の部屋に入ることも禁じる」

少しの沈黙の後、ステイルから再び謝罪が返された。私はそれに敢えて目は向けず返事をする。次期摂政たる者が、私欲の為に職権濫用《らんよう》など許されない。

書類を纏《まと》めながらそう思えば、説教めいた言葉までステイルに続けてしまう。

「……お前がもっとプライドやティアラに関心が薄ければ、リストどころか二人の婚約者候補について最初から教えても良かったのだがな……」

額を押さえて独《ひと》り言《ごと》のように呟《つぶや》けば、ステイルが「えっ」と声を漏らした。……まだ私も疲れているのか。少し言い過ぎたことを自覚し、話を終わらせる。

「ところでジルベールとはどうだ。王配業務の方も順調か？」

「は……はい、勿論《もちろん》です。お陰でこの数日間もとても勉強になりました」

そうかなら良かったと返すが、ステイルは未ださっきの言葉が引っかかるように私へ視線を注いだままだった。「手が止まっているぞ」と言えば急ぎ手の中の書類を棚にしまい出す。

「ジルベールも優秀な宰相だ。お前もこれを機会に親交を深めると良い」

「………………そうですね」

少しくぐもった声はどこか不機嫌でもあった。〝嫌々〟といったその声に目を向ければ、ステイルのむくれたような表情があった。

数年前まで、ジルベールはプライドに嫌に当たる癖があった。今でこそ嘘《うそ》のように態度が改まったがステイルのことだ、それを未だ根に持っている可能性も充分ある。

「……ステイル。もう十七になったんだ、もっと大人《おとな》になりなさい」

ステイルは以前からティアラと、特にプライドのことになると言動が行き過ぎることがある。二年前のレオン王子が婚約者として発表された時も、何故《なぜ》か妙に冷静だった。レオン王子が大広間に現れた時から目を向けていたようにも見えた。まだ、プライドの婚約者として知らない筈だった彼がだ。だからこそ今回、婚約者候補についてプライドとティアラに説明する時も確実にステイルの目を盗む為の手を打たざるを得なくなった。

私も、折角の彼の誕生日にこんな説教をするつもりはなかったのだが。気がつけば、ステイルが落ち込んだかのように動かす手の速さがいつもより衰えていた。……よりにもよって今日、ここまで重ねてしまうことになるとは。

「ステイル。……もう良い、そろそろ部屋に戻りなさい」

誕生祭の準備の為にと、重ねればステイルは時計を確認してから頷いた。私に挨拶《あいさつ》をし、足早に扉を開けようとしたところで私は「ステイル」と彼を呼び止める。少し不思議そうに目を見開く彼に、ちゃんと言うべき言葉も告げておかなければ。

「……この短時間で、よく書類も纏まっている。手配の確認と配置指示も的確だ。来賓と付き人、護衛数についても今のところ間違いも無い。……お前がいてくれて助かった」

毛布もありがとう。そう続ければステイルが唇を結びながら真っ直ぐ私へと向き直った。リストを探していたのは間違いないが、それを入れてもちゃんと彼は私が頼んだ仕事を的確に仕上げてくれた。指示さえすれば、もう後は安心して任せられるほどに。

「過去のジルベールについては、……私が把握しきれていない部分も正直大きい。責任は私達にもある。一人で抱え込むな」

当時のジルベールについては私もプライドへの振る舞いを指摘する以外立ち入らないようにしていた。昔から隠し事が上手く、下手《へた》に立ち入れば触れるべきでない傷を抉《えぐ》ってしまうようだった。

「プライドとティアラの婚約者候補についても、制度から候補者まで私からも充分に配慮したつもりだ。二度とあのような間違いは犯さない為に」

まぁ一度間違えた私達を信用するのも難しいだろうが。そう続ければ「いえ、そんな」と思わずといった言葉が返ってきた。眼差しだけで口を噤《つぐ》ませれば、その後の彼は拳《こぶし》だけをただ握る。

「それに、お前がそれほどまでにプライドやティアラを想ってくれていることはお前達の叔父として嬉しくも思う。お前が優しい人間だということもちゃんと知っている」

だからこそ彼がリストが見たかったことも大体は私も理解しているつもりだ。そして、教えるべきでないとも判断した。

最後に「それと」と繋げ、ペンを動かす手を止める。珍しく私が褒めたせいか、少し照れたように口端を緩める彼に私は真っ直ぐとその目を合わせた。

「……誕生日、おめでとう」

途端に、一瞬だけステイルの目が輝いた。驚いたように息を呑《の》み頭を背後へ反らし、それからやっと数回瞬《まばた》きを繰り返した。

十七歳の誕生日。ステイルにとって特別な日でもある。初めて城を訪れた時は僅か七歳だったステイルがもう十七歳だ。更にはプライドやティアラに愛され、友人もでき、第一王子としても名高い立派な次期摂政へと成長している。

「ありがとう……ございます……」

私からの予想外の言葉に、戸惑った様子のステイルは珍しく辿々《たどたど》しい。祝いの言葉や少し褒めただけでこうも恐縮されると、日常でももっと褒めてやるべきかと省みる。だが、やはり褒め過ぎも良くはない。もう一度深々と私に礼をしたステイルは、ゆっくり扉を開き部屋から去っていった。彼の足音を確認し、私は再びペンを走らせる。

私の甥であるステイルの誕生祭。いつもよりも大規模になる今回の誕生祭には、和平国も多く招かれる。その為、あのラジヤ帝国まで招待をせざるを得なかったが、運良くその日は難しいと祝いの品と共に断りの返事も届いた。あの国さえ来なければ、きっと何も問題なく進行することもできるだろう。……それとは別に、些《いささ》か今日のあれについては不安が残るが。その対処の為にも余計に準備や想定外の事態への対策もしておく必要がある。

ステイル・ロイヤル・アイビー。私の跡を継ごうと日々努力を惜しまないでいてくれる彼にとって、より良い日にする為にも手を抜くわけにはいかないのだから。

「ハア…………」

煌《きら》びやか過ぎる大広間に呑み込まれながら溜息をつく。途端に、隣にいるエリック副隊長が「こんなところで溜息なんて無礼だぞ」と耳元で囁《ささや》いた。すみませんと謝って、俺は改めて前を向く。

今日は、ステイルの誕生日だ。いつも当然みてぇに話してるアイツがこんなに沢山の人に祝われているのを見るとやっぱ王子なんだなと毎年実感する。俺も毎年ステイルには祝いの品も贈ってっけど、毎年あんなんで良いのか正直すげぇ悩む。こうして目につくだけでも、すげぇ豪華な贈り物ばっかで目がチカチカした。

ステイルの誕生祭では、妙齢の女性の目が少し怖くなる。特に今年は凄《すさ》まじい。十六歳からそれ以下の女性がステイルと一言でも話そうと今も目を光らせていた。

プライド様やティアラも主役じゃないだけでいつも通り人気は高い。今も多くの王子や令息に声を掛けられている。あの中にもプライド様の婚約候補者がいるのかなと思うと、少し胸が軋《きし》んだ。

「それにしても騎士団長達も忙しそうだな……。……どうする？　あの中に入るか??」

エリック副隊長が少し離れた先にいる父上達を眺めながら呟く。父上達の分の酒を取りに行った俺とエリック副隊長だけど、戻ってみたら騎士全員が来賓に囲まれてグラスも受け取った後だった。すげぇ数の来賓が騎士団長、副団長、隊長格と話をしようと集まってきている。俺もあそこに入ればすぐに誰かしらに捕まるだろうとわかる。

俺が無言でブンブンと首を振って返事をすると、エリック副隊長が小さく笑った。「ステイル様に挨拶へ行く時に合流するか」と言ってそっと目立たない位置へ引率してくれる。あんまり、ああいう話の場とかは慣れねぇから逃がしてもらえてすげぇ助かる。プライド様達はよく毎回アレをこなせるよなと本気で思う。壁に少し寄りかかって前を向くと、本当に小さくだけどプライド様が見えた。殆ど他の来賓に埋まってたけど、間違いなくプライド様だ。

「誰なんだろうなぁ……プライド様とティアラ様の婚約者候補」

溜息交じりに呟くエリック副隊長は、両手にグラスじゃ浮くと言って片手のグラスを一気に飲み干した。俺も片方のグラスを空ける為に一気に口へ傾ける。空になったグラスを給仕に渡して、二人で暫《しばら》くは来賓を眺めた。……多分、あの人もこの中にいるんだろうな。

「ステ、……アイツが何人か可能性のある人は教えてくれましたけれど」

プライド様の方なら、と言えばエリック副隊長が俺に耳を傾けた。この前ステイルに負け……、……嵌《は》められてあのことを話した後、ズルをした詫《わ》びにと教えてくれた。どうせ毎回パーティーや式典に招かれる者なら誰でも察することらしい。

「殆ど以前にカラム隊長が仰《おっしゃ》ってた方々ばっかでしたけど」

前もってそう言ったら、エリック副隊長から苦笑いが返ってきた。

ヤブラン王国の公爵家の長男、ベロニカ王国の第二王子、ライラック王国の第一王子、フリージアなら公爵家の長男が二家、侯爵家の長男一人。その人達が一番プライド様と積極的に交流も持って、更には式典やパーティーにも呼ばれてるとのことだった。殆どが、元を辿《たど》るとフリージア王族の血縁関係者でもあるらしい。俺も近衛《このえ》の任務中やこういう式典とかでも何度か会ったことのある人達だ。……あんま、すっげぇ仲良しって感じの人はいなかったけど。二人くらい胡散臭《うさんくさ》い笑いを俺達に向ける人もいるし、せめてその人達じゃねぇことだけを願う。……ンで、最後にハナズオ連合王国の王弟。

「その中じゃ一番親しげなのはハナズオの……だがなぁ」

エリック副隊長は首を強く捻《ひね》って、セドリック王子の名前だけは微妙に伏せて言ってくれた。全部予想ですけど、と付け足すと「知ってる」と軽く笑いながらプライド様とその周りを眺めた。

あそこにいるのが我が国の侯爵、その隣にいるグラスを持っているのがライラック王国のと見つけた順に教えてくれる。顔を見ればやっぱ皆、何度か会ったことのある人達だ。

プライド様もティアラも、婚約者候補が正式に発表されるのはまだ大分後になる。ただ、……プライド様の婚約者候補は俺の中ではもう二人は確定していた。一人は間違いなくセドリック王子。プライド様が惚……、……なら、選ばない理由がない。ハナズオ連合王国の第二王子で王弟で、実はすげぇ優秀な人だ。なんでそんな人が最初の時にあんな馬鹿なことばっかしたのかはわかんねぇけど。

……そしてもう一人は。

「！　お、いたいた。あそこだ」

エリック副隊長がグラスを軽く掲げ、視線の先を指す。俺も続くように顔を上げると確かにそこにいた。他の来賓も、いつもと違う姿のその人に気づいて目を丸くした。ざわざわと少し騒がしくなって、プライド様も気づいたみてぇにその方向に顔を向け、驚きで口も開いた。プライド様にもどうやら予想外だったらしく、慌てた様子であの人の元へと歩き出す。……まぁ、驚くよな。多分、プライド様もあの人がまさかいつもと違う格好で来るとは思わなかったんだろう。

『清廉潔白《せいれんけっぱく》、前科も裏切りも女遊びもなく、姉君を心から愛し、姉君やレオン王子のように自国を想い、俺とジルベールよりも頭が回り、お前よりも強い男なら考えてやらなくもない』

あの時の、ステイルの言葉を思い出す。セドリック王子には当て嵌まらねぇ部分もあったけど、……あの人は。

見れば、プライド様があの人の前まで辿り着いたところだった。遠目で見れば、ティアラもすげぇ驚いているし、ステイルも知ってたとはいえやっぱり目が離せないみてぇだった。

「……ものすっごく目立ってますね……」

「そりゃあなぁ……。婚約者候補の存在発表の後にあれじゃあ誰でもわかるだろう」

エリック副隊長が少し可笑《おか》しそうに笑った。父上達の方を見れば、囲っていた来賓もみんなやっぱり振り返ってた。王族の式典で一時でも注目を殆ど浴びているあの人に、思わず俺は声が漏れる。

「カラム隊長…………ほんとにすげぇ……」

カラム・ボルドー爵子。フリージア王国の伯爵家、ボルドー卿の次男。騎士団の中でも、生まれも育ちもずば抜けたエリート中のエリート。優秀な成績で十四歳で騎士団に入団、二年後には首席で本隊入り、当時最年少で三番隊騎士から騎士隊長に一気に昇進した。

毎年、王族の式典やパーティーには騎士団長と副団長、そして前年に一番優秀な成績を収めた騎士隊長が招かれる。そして、カラム隊長は隊長就任後から毎年その最優秀騎士隊長に選ばれている。騎士からの人望も厚くて、実力も、優れた特殊能力もあって、作戦指揮も完璧で、すげぇ強くて格好良くて人格者で。……ステイルの言ってた条件、九割は余裕でいってる。

いつもの騎士の団服じゃない礼服を見るのは俺もエリック副隊長も初めてかもしれない。遠目から見ても顔が真っ赤なカラム隊長が、慌てるようにプライド様と話してた。ついでにプライド様も顔が赤い。明らかに婚約者候補とバレバレなんだから当然だろう。父上やクラーク、そしてカラム隊長の代わりに最優秀騎士として呼ばれたアラン隊長も半笑いで見てる。

婚約者候補発表から、一週間後のことだった。カラム隊長が突然家に呼び出されて、騎士団長の父上の許しを得て帰宅した。更には翌日正式に騎士団へカラム隊長は休暇届の申請を出していた。ステイルの誕生祭の日にだ。近衛騎士の任務予定だった俺とエリック副隊長は良いとして、カラム隊長は最優秀騎士として呼ばれていたからこの日の休暇申請は皆驚いた。カラム隊長は「家の者が体調を崩して私が急遽《きゅうきょ》代理を務めることになった」と言ってたけど、その翌日に女王から呼び出しを受けた父上が今までになくすっげぇフラフラで騎士団演習場に帰ってきた。それを見たカラム隊長がすげぇ勢いで謝ってて、その後にカラム隊長の休暇申請が〝特別休暇〟として通って、代わりにアラン隊長が次点の最優秀騎士としてステイルの誕生祭に行くことになった。もう、この時点で一部の騎士は察したらしい。そして騎士団全体にもカラム隊長がこれから暫く〝家の事情〟で度々特別休暇を取ることになると父上の口から知らされた。そこで殆どの騎士が察した。

カラム隊長の家柄は騎士団でもエリート騎士として有名だったけど、家はお兄さんが継いでる筈だ。なのに今更騎士隊長のカラム隊長が手伝わされるなんておかしいし、実際今まで一度もそんなことはなかった。しかも父上が呼び出された直後の〝特別休暇〟だ。王族が絡んでないわけがない。

そして、プライド様の近衛騎士として招かれた俺とエリック副隊長、代理でこれからも出席することになるだろうアラン隊長はカラム隊長と一緒に父上とクラークに呼び出された。

『……察しはついているかもしれないが、一応当日参列予定のお前達には報告しておく』

父上のすげぇ言いにくそうな言葉と、クラークの半笑いと、どんどん顔が赤くなってくカラム隊長に俺達も確信した。

『カラムはこれから暫く〝家の意向で〟式典等には騎士としてではなく〝ボルドー卿〟次男として招かれることになった。ステイル様の誕生祭でも会うことになるだろう。体調不良となった家の者の代理、としてだ。………良いな？』

全員その場で頷いた。顔が熱くなったと思えばエリック副隊長も同じだったし、アラン隊長は父上とクラークの手前、我慢はしてたけどすげぇ笑いを噛み殺してて唇も肩もプルプルしてた。

父上に許しを得た後のアラン隊長はすげぇ楽しそうで、カラム隊長に腕を回して「俺の言った通りだったろ？」とニヤニヤ笑ってた。……直後、その頭に拳を叩《たた》き込まれてたけど。

表向きは体調不良のボルドー卿の代理だけど、誰がどう見てもこんな時にじゃバレる。ステイルに話した時もすげぇ驚いてた。でも招待客のリストはヴェスト摂政が持ってるとかで、本当に単なる代理か最初から招かれているのかはステイルにもわからねぇらしい。

いつもは騎士として参列しているカラム隊長のいつもと違う出席に、気づいた来賓は次々と父上やクラーク、アラン隊長に話を聞こうと詰め寄っている。将来王配になるかもしれない人より、その周りの騎士の方が聞きやすいんだろう。顔が真っ赤なカラム隊長と何か必死に話してるプライド様を眺めながら、考える。

………非の打ち所がねぇ人って、いんだな……。

……何故、このようなことに……?!

挨拶を繰り返しながら、考えを巡らし続ける。一週間前から何度考えようとも、何度同じ結論に辿り着こうともどうしてもまた考えてしまう。

「いやはや、まさかボルドー卿の代理としていらっしゃいますとは。……ボルドー卿のお加減はいかがでしょうか?」

伯爵家の一人に覗《のぞ》かれる。ええ何とかと言葉を返しながらも、額に汗が沁《し》みた。……お加減も何も、一週間前から興奮し過ぎて私も兄も困り果てているほどだというのに。

父と母は、伯爵家としての己に誇りを持っている。城下からは少し外れた地の伯爵領を任されていた父と母にとって、今回の話は当然ながら願ってもない話だった。

今回の婚約者候補について、最初に知らされたのは父と兄だった。女王直々《じきじき》に王宮まで呼ばれて説明を受け、父がその場で即答したらしい。……私に何の相談もなく。いや、たとえ相談があったとしてもたかだか伯爵家が王族からの求婚を断るなどあり得ないが。

我が屋敷に帰った父はすぐに使いを出して私を呼び出した。折角、外に気づかれないようにと配慮して下さった女王の気遣いを水泡に帰すほど大っぴらに!! 最初は父の体調不良だの母が危篤だのと言われて急いで帰ったが、屋敷内は歓喜に溢《あふ》れ兄だけが頭を抱えていた。

『すまない、カラム……。本当はお前にだけはとどめておきたかったんだが』

兄は、優秀で真面目《まじめ》な人間だった。伯爵家の長男としての期待にも応《こた》え、問題なく家を回してくれている。私が騎士を目指したいと話した時も応援してくれた良き兄だ。兄も私と同じでもともと王族や家の名にしがみつくことには興味が薄い方だった為、父上と母上の喜びようには頭を悩ませていた。

本当は王居から直接私を迎えにこようとした父を宥《なだ》め、せめて屋敷に帰ってから理由をつけてと配慮してくれたのも兄だ。

二人で落ち着いて話をしよう、と兄がこっそり父より先に自室へ案内し、説明をしてくれた。

プライド様から、婚約者候補として私が指名を受けたことを。

正直、いつもは厳格で物静かな父と母の謎《なぞ》の奇行に納得した部分も大きかった。王族からの指名、更には王配候補。貴族としてはこの上ない誉れだ。この事実だけで、王配になれずともかなりの栄誉を与えられたようなものだった。だが……

プライド様の、指名。私が、この世界でたった三人しかいない婚約者候補の一人。

その事実に頭が沸騰し、一時間近く放心していた。そう、のちに兄が言っていた。あの方に選ばれたのだという栄誉と、プライド様がというその意味を考えれば考えるほどに頭が回らなくなった。勿論、わかっている。あの方が私を選んだ理由も大体は察しがついている。だがそれでもどうしようもなく気恥ずかしさと、ほのかな喜びに発熱が止まらなかった。

『それで、なんだが……カラム。実は父上が……』

一時間後にやっと私が会話できるようになってから、兄は言いにくそうに話してくれた。王族からは、先の式典などでこれまで通り最優秀騎士として私が参列すれば良いとのことだった。当然だ、そうでなければ秘匿する意味が無い。だが、父は自らそれを断ったらしい。秘匿であろうともボルドー卿として、婚約者候補としてお会いするならばそれ相応の格好をさせねばと。結果、今まで父や兄が参列していたボルドー卿の枠に私が代理で入るという形になってしまった。せめてもと、父と母には暫く体調不良ということで家は出ないように兄が押し留《とど》め、このことは厳守するように厳しく言い聞かせてくれた。本来ならば王族から家に告げた後は本人に伝えるかは各家の意向に任せるらしいが、父と母がこうなってしまった以上、兄も私に話さざるを得なかったらしい。……どうせならば兄だけが知っていて欲しかったと心から思ったものだが。

　体調不良などの理由にせずとも、私を大々的にボルドー卿の爵子として出す方針に変えただけだと言い張れば良い。いっそ騎士など辞めて、やはり兄の補佐に入らないか。ぜひこのことを我が家の誇りとして広めたいと、突然の陽光に頭が冷《さ》めきらない父と母に私からも一言言おうとしたがその前に兄が「いい加減にして下さい！」と前に出てくれた。

『あれほどカラムの騎士入りに厳しい条件を突きつけた貴方達が！　これ以上カラムの人生を弄《もてあそ》ばないで頂きたい‼　これ以上は私もカラムも譲歩はしません、もしこの事実が外に広まったりカラムが望まずに騎士としての立場を失うようなことがあれば、私もカラムもこの家とは縁を切ります。ボルドー家は貴方の代で途絶えると覚悟して頂きたい‼』

　本当に、兄には昔から世話になってばかりだ。もともと騎士として公の場で父や兄と同じ場所に招かれることはあったが、その際も変に身内だということを前に出さないようにと父に言い聞かせてくれたのも兄だった。私も兄のような人間になりたいと何度願ったことか。

　兄の言葉に父上と母上もやっと少し熱が収まり、私が婚約者候補と知られた場合に暗殺などを企てられる恐れも鑑《かんが》みて思い止《とど》まってくれた。何とか私は父の代理、時には家のことで忙しい兄の代理という形で出席することになった。兄には公の場に行く機会を奪ってしまったことを詫びたが、それに関しては「正直、むしろ助かる。父上の代わりにお前がいてくれる方が落ち着くし、……私もあまり語らいの場は好きではないから」と言ってくれた。

そして騎士団長に家の手伝いと伝え、休暇申請を出した。私の休暇は減るが、何とか騎士達に隠し通せればと思った。しかし翌日には私の直属の上司である騎士団長が、女王に呼ばれた。嫌な予感はしていたが、戻ってこられた騎士団長の様子に全てを察した。

私の〝休暇〟について、騎士団長へ女王直々に説明がされたらしい。その結果、私の休暇が特別休暇へと変えられた。よくよく考えれば、王族が仮にも王配候補である私に配慮をしないわけがなかった。父上が余計なことをしなければ、王族にも騎士団にもここまで迷惑をかけることはなかった。

あくまで表向きは体調不良の父と多忙な兄に代わっての代理出席。ただ、私のことで直接質問責めに遭うであろうアラン、エリック、アーサーには騎士団長自らが説明をして下さった。私も彼らに関しては知られても仕方ないと思う。……死ぬほどの羞恥心には見舞われたが。特にアラン、アイツの言っていた通りの事態になったことが余計に恥ずかしかった。

「カラム隊長……!!　あの、そのっ……格好は……！」

プライド様が私に気づき、声を掛けて下さる。今までの騎士の装いとは違い、この礼服でお会いすることにそれだけで身体の熱が上がる。

他の来賓の目もある為、「父が体調不良の為に代理で私が」と伝えると何か言いたげに視線を私へ注がれた。もう、今はその眼差しだけでも心臓が保《も》ちそうにない。

「あの……カラム隊長、……もしかして………………私のせいで……？」

上目遣いで不安げに瞳を揺らすプライド様の顔が火照《ほて》り出した。私にしか聞こえぬように潜めた声で尋ねられ、私も言葉が詰まりながら何とか返す。

「いえ、父の強い意向です……。……むしろ王族の方には色々とお手間をお掛け致しました」

本当に、父さえ我儘《わがまま》を言わなければ何も変わらず私も騎士として出席できたというのに。両親がああいう人達だから、逆に私も兄も家柄や王族にも関心を持てなくなった。

　プライド様は確信をもって目を見開き、慌てるように声を潜めて言葉を重ねられた。

「ごご、ごめんなさい……!!　まさか、まさかカラム隊長にここまでご迷惑をお掛けすることにっ……!!」

「い、いえ！　とんでもありません。……近衛騎士任務中に普段通りにして下さったのも感謝しております。それに表向きは一応、体調不良の父の代理ということになっておりますので……」

　残念ながら騎士団では殆どの者に察せられてしまったが。それを言うわけにもいかず、笑みで返すがプライド様の火照りはまだ冷めない。

「あ……あのっ、……その、こ、ここここ今回のことはっ……！」

「ッわ、わかっておりますので!!」

　視線を泳がせるプライド様に私から先に伝える。プライド様が口を小さく開いたまま赤い顔を私に向けられ、心臓がまた跳ね上がった。私は周囲の目を確認し、更に声を潜める。

「……ご意向通り、私ならばいくら保留にされても構いません。もともと、騎士を目指す時から婚姻は考えておりませんでした。プライド様の御心が決まるまで、私の名で宜しければいくらでもお貸し致します」

　大きな瞳を見開かれたプライド様は唇を強く結び、じっと私を瞬きもせず見つめて下さった。

　そう、ちゃんと私もわかってはいる。プライド様が私に好意以上のものを向けて下さっているなどと自惚《うぬぼ》れてはいない。恐らく、今回の婚約者候補を三名決める際プライド様にはもう心に決めておら

れる方がおられたのだろう。だからこそ事情を話しやすい相手、たとえ二年からそれ以上の期間恋愛が進展せず婚姻まで届かずとも問題のない相手。信頼できる相手を選ばれた。たとえ最後に婚約者として選ばれずとも、その三人に選ばれたという事実だけでこの上ない栄誉ではあるのだが。

もし、プライド様が三人の候補者を選《え》りすぐるおつもりならば、私のような伯爵家の次男が選ばれるわけなどありはしない。

「あ……ありがとう、ございます……」

プライド様はポツポツ唱えられると、紅潮させた顔をそのままに小さく俯いてしまった。プライド様の肯定と取れる言葉にやっと心が落ち着き、……ほんの少しだけ胸が痛んだ。やはりプライド様には心に決めた方がおられるのだろう。

一度話を切り上げた私とプライド様は最後に挨拶を交わし、場を後にした。

どんな形であれ、プライド様の幸福や平穏をお守りできるのであれば、私の名を捧げることに躊躇いはない。むしろ、防衛戦で守り切れなかったこの私を信頼できる相手として選んで下さったことは喜ばしく、それだけで胸が熱くなる。……ただ。

「ボルドー卿、先程のプライド様との御姿、とても絵になっておりました」

「ところでカラム爵子、プライド第一王女殿下とは親しくされて……？」

「騎士団の隊長で最優秀騎士、さらにはボルドー卿とは。妻となる御方はさぞ幸福でしょう」

ただ、仮にも私をプライド様の隣に並ぶ者として見るその目とその言葉を!!　何度でも受ける度に全身が擽《くすぐ》られるようにもどかしく、顔が熱くなるのを抑えるのに必死だった。いくら何度も父の代理と撥《は》ね除《の》けようと、彼らからの疑いは止まらない。お似合いだと、仲睦《なかむつ》まじいと言われる度に世辞とわかっていても顔から火が出る思いだ。しかも、………正直一人張り切ってお洒落《しゃれ》してしまっているようでこの上なく恥ずかしい。

今まで厳しい父と母に育てられ、騎士になることを反対されても条件を突きつけられても両親を恨んだことなど一度もなかった。だが、今この時だけは。

見栄張りの父を、本気で恨みたくもなった。


うああああああ……、………どうしよう。

来賓からのいつもと違う大量の視線を浴びて顔を真っ赤に茹《ゆ》だらせたカラム隊長を見送りながら泣きたくなる。すぐにまた来賓に話し掛けられ挨拶を返しながらも、頭の中ではカラム隊長のことでいっぱいだった。婚約者候補、その一人として私が希望したのはカラム隊長だった。

今日まで近衛騎士中も全く何の話も振られなかったし、きっとカラム隊長も本人は知らないのかまたは敢えて触れないでいてくれてるんだろうなぁと思ってた。だから、ステイルの誕生祭でも別段変わらないんだろうなぁ……と、思っていたのに!!　なんか礼服着て下さってるし!!

騎士の装いでも充分お似合いだったけれど、礼服もすごくすごくお似合いだった。正直すっごく男前で格好良い。カラム隊長が上流貴族なのは前から知っていたけれど、こうやって見ると本当に良いところの方だったんだなぁと思い知った。もうこんな上から下まで仕立てて来てもらっただけでも申し訳ないのに、当然のことながらすごく来賓の視線を浴びてしまっている。ステイルの誕生祭に招かれた来賓数はすごく多いし、一人くらい増えても減っても気づかない。

　ただ、今回だけは別だ。婚約者候補のことを発表して初めての式典だし、そこで騎士として毎回参列しているカラム隊長が礼服できたら嫌でも目立つ。特に毎回招かれている王侯貴族の方々の目には明らかに!!!!　前世のゲームや漫画みたいに格好良く変身した姿に「あの素敵な方は誰?!」「どこかで見たことのあるような……!!」なんていう御都合展開は、無い。もう皆ばっちりカラム隊長とボルドー卿を同一人物だと気づいちゃってる。もう私のせいなのは確実だ。しかも聞いてみれば『父の強い意向です』って!!　完全に御家族まで巻き込んじゃってる!!

　そりゃあ第一王女の婚約者候補なんだから御家族が驚くのも、意向を示すのも当然だ。もしかしたらあのカラム隊長が親御さんに「騎士ではなくこの格好をしていきなさい!!」とか言われたのかなとか思うと、余計に申し訳なくなる。二十代のカラム隊長に大変な思いをさせた感が物凄《ものすご》い。ただでさえカラム隊長は立派な最優秀騎士様なのにわざわざ貴族側の格好をさせられちゃうとか!!

『……ご意向通り、私ならばいくら保留にされても構いません。もともと、騎士を目指す時から婚姻は考えておりませんでした。プライド様の御心が決まるまで、私の名で宜しければいくらでもお貸し致します』

　ああああああああぁぁぁぁぁぁ…………。もう、あの言葉を思い出すと今も笑顔が強張ってしまう。穴があったら引きこもりたい。だって私が選んだ理由はっ……

「……プライド。どうした?　体調でも悪いのか」

　ふと、声を掛けられてハッとなる。気づけば自分の手で顔を扇《あお》いでいる私にセドリックが声を掛けてくれていた。……うん、今なら記憶で思い出す度に死にかける彼の気持ちがよくわかる。セドリック、と呼びながら少しの間は言葉が出てこなかった。頭が熱くて呆《ほう》けてしまう私を心配そうに覗き込んでくれている。
「少し外の風に当たるか？　必要ならば侍医か侍女を……」

「いえ、……大丈夫よありがとう。心配かけてごめんなさい」

　セドリックの瞳の焔《ほのお》がまだ不安げに揺れる。もう私相手に変に畏《かしこ》まることもなくなった彼にほっとする。書状のやり取りをした成果もあるだろう。彼の言葉を直すべく、書状のやり取りでは普段の言葉遣いをと指定した甲斐《かい》があった。ティアラも日常会話でも良いから書状のやり取りをすればセドリックの言葉遣いが直るかもしれない。私からももう一度勧めてみようか。でも、嫌いな人との書状のやり取りって割と苦痛だし……。……今度、それとなく聞いてみよう。

「やはり先程のカラム殿のことか。プライドの誕生祭でお会いしたボルドー卿と確かに面影も似ていたが、親族だったとは」

　どうやらセドリックもカラム隊長には気がついたらしい。私が一言返すと、うんうんと頷いた。

「お前の婚約者候補がカラム殿だったとは驚いた。だが、家柄も申し分なく人柄としても良き御方ならば当然か。まさかこんなに早くわかることになるとは」

「いえ、カラム隊長は体調不良のお父上の代理よ」

　声を潜めてくれたとはいえ、ここで肯定するわけにはいかない。何とか取り繕ってセドリックに訂正すると、きょとんとした表情が返ってきた。よかった、上手く誤魔化せ……

「だが、先程お前とカラム殿がそう話していたではないか」

　っっっっっ!!?!　思わず両肩が上下してセドリックを見上げた。きょとんとした表情に逆に私が驚かされる。さっきの話を聞かれてた?! いやでもお互い声はすっごく潜めたし、一番近くにいる来賓にも聞こえてないようだったのに!!

私の反応に不穏を感じたセドリックが少し間を置いてから「……すまない、もしかしてあれも声を潜めていたのか?」と眉を寄せた。ええ勿論ばっちり潜めてましたとも!!

そこまで考えてセドリックの読唇術機能を思い出す。恐らく遠目で私とカラム隊長を見て、普通に会話していると思ったのだろう。盗み聞きするつもりはなかったのだがと謝るセドリックは、本当に才能のダダ漏れ感が半端ない。もう声が聞こえなくても視界に入れば彼にとっては大声も小声も関係なく読み取れるのだろう。次からは秘密ごとの時はちゃんと口元を隠して話そう。何気にセドリックって敵に回すと面倒かもしれない。

改めて私とカラム隊長の会話は秘密にするようにとお願いすると、すぐに了承してくれた。「お前の望みとあらば、たとえ爪を剥《は》がされたとしても守り抜こう」と言われ、流石《さすが》にそこまでされるなら吐いて欲しいと心から思う。ティアラに同じようなことを言ったら確実に「そんなことされても困りますっ!」とか言ってまた怒られそうだ。

「! そうだわ、ティアラは? ティアラとは話をしたの??」

ふと、一番大事なことを思い出す。正確には話したかどうかよりも、赤面と敬語が直せたのかが重要だ。セドリックは一瞬目を見開くと、貝のように口を一本に引き結んで詰まらせてしまった。頬《ほお》が若干火照ってる。また駄目だったかと思って苦笑いをすると「だが……」と重々しくセドリックが口を開いた。拳を胸の前でぐっと握り、私に真っ直ぐ向き直る。

「こ、……今度は最初から普通に話して、みせる……!!」

不快な思いをさせない為に……！　と力強く宣言するセドリックに少し感嘆の声を上げてしまう。本当に日に日に成長しているんだなぁと何だか母親のような気分になってしまう。……駄目だ、この年で既に老《ふ》け込んだら笑えない。ランス国王が歳相応以上の雰囲気を纏っているのって、もしかしたらセドリックのせいなのではと少しだけ思った。

「頑張って。まぁ……でも、せめてもっと仲良くなれれば良いわね」

今度は私のフォローは不要かなと思いながら笑ってみせる。今回はお兄様方が一緒じゃないから少し心配だったけれど、これなら大丈夫そうだ。「ああ」と短く返事をしたセドリックは思い出したように周りを見回し、拳を下ろして声を潜めた。

「例の件に関しても、……感謝する。明日、帰国する前に謁見の機会をと女王にも願った。お前とステイル王子のお陰でやっと交渉もできそうだ」

本当にお前には世話にしかなっておりません、と。途中からまた変に敬語になりかけたセドリックを抑え、私から首を振る。むしろ、セドリックの方から明日話し合う機会を作ってくれたのだから。ランス国王やヨアン国王は知っているのかと尋ねたら「無論だ」と返ってきた。

「兄貴も兄さんも最初は驚いていたが、賛成もしてくれた。……これでやっと俺も、ちゃんとした形で我が国の力になれるかもしれん」

そう言って笑むセドリックは本当に迷い一つなくて、何よりすごく嬉しそうだった。応援しているわと返しながら私からもお礼を言う。

「私も感謝しているわ。正直行き詰まっていたところもあるから。……まさか貴方から提案されるとは思わなかったけれど」

「ステイル王子のお陰だ。あの方はとても聡明《そうめい》で優秀な方だな。頭も良いが、何より考察力が素晴らしい。次世代の摂政として彼ほどの器はないだろう」

なんか、すごくベタ褒めされた。自慢の弟が褒められたことが嬉しくて、思わずへらへら笑ってニヤけてしまう。ぜひその言葉を本人にも言ってあげてと話したら「勿論だ」と返ってきた。

「！　そうだ、すまない遅くなったが……。……ステイル第一王子殿下の御誕生日、おめでとうございます。兄達が参列できぬことを心より残念に思っております。今この場で兄達、そしてハナズオ連合王国の総意として御祝いを伝えさせて頂きます」

突然敬語になったセドリックは、恭《うやうや》しく私に礼をしてくれた。そういうところはまだマニュアル通りなんだなと思うと少し面白くなってしまう。ありがとうと返しながら私はステイルを目で指す。

「ちょうど、騎士団長達と挨拶をしているところね。ティアラに挨拶した後はステイルにも挨拶はするのでしょう？　今日の主役なんだから」

生唾を飲むセドリックから、大仰《おおぎょう》に「ああ……！」と返ってきた。ステイルまでまた怒らせたりしなければ良いのだけれど。書状ではステイルの意見を聞いたりしたけれど、返事の文書も私が書いたしまだステイルには緊張するのかもしれない。まるで初めておつかいに行く子どものような背中に「がんばって」と声を掛けながら、ポンと最後に軽く叩いて押し出した。

クッキーの恨みとか色々あって大変だろうけれど、彼が大好きなティアラのお兄ちゃんでもあるステイルだ。せめて妹に近づくなと脅されないくらいは仲良くなって欲しい。

これからの、為にも。

「本当に申し訳ありません、ステイル様。折角の誕生祭に……カラムがお騒がせしてしまい」

挨拶の後、騎士団長が深々と俺に謝罪をしてくれた。俺の誕生祭に、部下であるカラム隊長が注目を浴びてしまったことに関する謝罪だった。いえとんでもないと返しながら俺からも笑みを返す。正直そちらはどうでも良い。問題なのは……

「本人からも話があると思いますが、家の事情で暫くはカラムが代理で出席するということになるそうです」

あくまで代理出席と告げる騎士団長に、短く返しながら一瞬だけ背後に控えているアーサーに目をやった。目が合った瞬間ビクリと肩を震わせたが、それ以上の反応は耐えていた。少なくとも、俺とアーサーの中での見解は違う。試しに騎士団長へ聞いてみる。

「摂政業務中に拝見しましたが、カラム隊長は特別休暇を今回取られていると……？」

「カラムはもともと騎士として参列予定でしたので。少々配慮させて頂きました」

一応筋は通るが。…………カラム隊長。まさか、彼がプライドの婚約者候補だったとは。

ボルドー卿のことは知っていたが、全く予想の範囲外だった。以前、怪《け》我《が》を負ってしまったプライドがアラン隊長共々彼に責任を問わさせてしまったが、その罪滅ぼしか。婚約者候補ともなれば、少なくともプライドがその件に関して感謝こそすれ恨んでなどいないという意思表示にもなる。それとも、単に俺の知らないうちにカラム隊長への恋心が……いや、だが俺が知る限りはそんな。

……………まぁ恋愛など俺も全くの専門外ではあるが。

誰にでも分け隔てないプライドからの特別な恋愛感情など、今まで見たこともない。一度疑ったのもレオン王子くらいだ。または、失礼な言い方をすれば単なる帳尻合わせか。

もしプライドに決めた相手がいればそれもあり得る。母上の指定は三名。一人を決めたら残りを融通の利く相手で埋めるのも可能性としてはあり得る。ならば、残り二名が本命の……。……しかし、カラム隊長は人格も能力も申し分ない相手だ。しかも、プライドを命懸けで守ってくれたという経緯もある。彼ならば王配になったとしても立派に職務を果たし、プライドを守ってくれるだろう。少なくともセドリック王子よりは、…………………。

「ステイル様、どうかなさりましたか？」

副団長の声で一気に現実に戻った。大丈夫です、来賓が続いていたので少し疲れたのかもしれませんと。そう笑みを作るとアーサーが無言で顔を顰《しか》めて俺を見た。やはり、コイツには隠せない。公式の場で安易に俺に指摘もできないのか、ただ黙して睨《にら》んでくるアーサーから視線を逸《そ》らし再び会話を続行する。……何故だ？　いま、何故セドリック王子の名が頭に浮かんだ?!

彼がプライドに好意を抱いているのは間違いないがプライドがどうかはわからない！　確かに今までの可能性がある者の中では比較的親しいがっ……!!

一人がカラム隊長であった以上、もう一人もプライドの親しい相手で埋められている可能性はある。たとえプライドの本命であろうとも数合わせであろうとも、候補の枠に入れられている以上はその人物が世界で最《もっと》もプライドの隣に近い人物となる。……そして、カラム隊長は見事その一人に選ばれた。

駄目だ、考えるとまた会話が止まってしまいそうになる。カラム隊長に関しては正直何の不満もない。ただ、ただっ……、………羨《うらや》ましい……っ!!!!

プライドに、そこまで信頼されたという事実がこの上なく！　しかもどういう理由であろうともプライドが選んだということは、彼女に〝結婚しても良い〟と思われたということにもなる。一体どれほどの幸福者か……!!　十七にもなってこんな子どものような感情を覚えるなどとは思わなかった。ヴェスト叔父様が管理されてるリストさえ確認すれば、カラム隊長がボルドー卿としても招かれていたのかも確認できたというのに。だが、二度とリストを探すことは許されない。今度ヴェスト叔父様にバレたら本当に部屋に入れて頂けなくなってしまう。

『次期摂政の第一王子が野盗のような真似をするな。……十七歳では子どもの仕業とも笑えない』

『もう十七になったんだ、もっと大人になりなさい』

……ヴェスト叔父様の御言葉が、まるでいまこの時を想定していらっしゃったかのように頭をかけ巡る。いや、むしろヴェスト叔父様ならば想定していたとしても不思議ではない。

ステイル様？　とアラン隊長が声を掛けてくれる。なんでもと返すと副団長が「そろそろ我々は……」と切り出して下さった。気を遣わせて申し訳なく思いながら俺からも言葉を返す。……正直、騎士団相手でなくともこのままでは集中力が削《そ》がれたままだろうが。

気がつけば無意識に視線をアーサーへと注いでしまっていた。俺と目が合ったアーサーが一度目を丸くすると、騎士団長達を一度覗き込む。

「すみません、……自分はもう少しだけステイル様とお話をさせて頂いても宜しいでしょうか」

……こういうところがまだ、俺が「大人になりなさい」と言われる所以《ゆえん》だろうか。無意識にアーサーに助けを求めてしまったことを自覚しつつ、笑顔で「僕は構いませんよ」と返す。構いませんどころか、実際は俺が頼んでしまったようなものだ。

騎士団長達が理解したように頷き、アーサーを残してその場から引いていく。給仕に新しいグラスに替えてもらいながら、アーサーが俺に向かい合う。今回の主役でもある俺と話そうと他にも来賓が集っているが、……まぁ少しくらい待たせても良いだろう。

アーサーが俺に向き直り「ンで」と小さく呟きながら、ゆっくりと口を開いた。

「だァから言ったではありませんか。あくまでカラム隊長は家の御都合ですと」

「……ですが、アーサー殿も僕と同じ見解なのでしょう？」

「自分は、……まぁ。ステイル様と違い、短絡的な思考でしか物事を測ることのできない未熟者ですから」

「…………随分と達者な言葉遣いになりましたね。アーサー殿」

「お陰様で」

俺よりも冷静なアーサーに少し腹が立つ。嫌味も上手くなったじゃないかと言ってやりたいが、どうせそれも俺のお陰と返してくるのだろう。むしろ、今の言葉全てにそれが含まれている。この場で瞬間移動を使って放り投げてやりたい気持ちをぐっと堪える。

「アーサー殿はどのようにお考えですか」と尋ねてみれば沈黙だけが返ってきた。やはりコイツとしても複雑な心境ではあるのだろう。敢えてそれ以上聞かず、俺も無言でグラスを傾ける。

何となく視線を投げれば、ちょうどセドリック王子の姿が目に入った。ここからの角度ではティアラは背中しか見えないが、セドリック王子の方は何やら懸命に話し掛けているのだけはわかる。

セドリック王子は俺や姉君と違い、ティアラとは防衛戦の時くらいしか大した接点もない。しかも、ティアラは俺に対してもセドリック王子の話題になると一言「嫌いです!!　知りませんっ！」ばかりだった。あいつがあんなに人を嫌うのも珍しいが、まぁ姉への無礼を鑑みれば当然だろう。俺だってジルベールの過去については許していない。

　そう思えばティアラがこうして誰かを嫌うようになってしまったのも俺の影響かと心配になる。できればプライド同様ティアラにも真っ直ぐに育って欲しいのだが。………ティアラ。

　プライドだけでは、ない。ティアラもまた、婚約者候補を三人決めた。今は誕生祭の催し企画でジルベールや母上達と忙しそうだが、単に気を紛らわせているようにも見える。プライドが十六歳の誕生祭に学校制度で頭を埋め尽くしていたように、アイツも何かでわざと意識を紛らしていると。

　次期女王となるプライドは、婚約者候補とされるのは基本的に王位継承者ではない王族か、貴族だ。だがティアラの場合、女王であるプライドの王位継承を揺るがさない為に他国の王族、貴族が相手とされる。ただし、貴族の場合は確実に身分が下がる。今代の王女は二人しかいないし、好ましいのは王族だろう。何より、他国の王族に嫁げば確実にティアラはプライドの女王継承権を脅かす心配がなくなるのだから。

　プライドとティアラは、年が近い。だが、たとえ女王となったプライドが暗殺されたとしても、ティアラが他の王族の妻となっていれば継承権は得られない。それはそのまま他国にフリージア王国を差し出すことと同義になってしまうのだから。もし、万が一そうなった場合は母上が存命であれば再び母上か、プライドに娘が生まれていればその娘。どちらもなければ一番王族に血が濃い者か、第一優先事項である予知能力の覚醒者が最終的には次の統治者となるだろう。

　だからこそ我が国では、女王以外の王女の嫁ぎ先は第一王位継承者と年の近い者ほど他国の王族となることが多い。ティアラがプライドの命を狙《ねら》うなど絶対に有り得ないことだが、その周囲の思惑に巻き込まれる可能性は皆無ではない。ティアラの望まぬことに巻き込み、渦中へと引き摺り込もうとする輩《やから》も少なからずいるだろう。そういう連中からティアラを、プライドを守る為にもやはり他国の王族に嫁がせた方が安全といえる。…………正直、寂しくないといえば嘘になるが。

　プライドと同じようにティアラとも共に育った。アイツが共にいてくれたからこそ、プライドを支えられると思えた部分も大きかった。兄妹として育ち、アイツの優しさに救われた部分も大きい。俺にとって間違いなく大事な妹だ。

　プライドの隣に立つ者が選ばれ、更にはティアラが嫁ぎ……二年後には俺を取り巻く環境はガラリと変わっているだろう。兄馬鹿かもしれないが、もし欲を言えるならばティアラにはあまり遠くの国ではなくせめて近隣国の心優しい王族と一緒になって欲しいと思う。もっと言うならば、隣国の第一王子であるレオン王子であればとも思うのだが、プライドと婚約解消をしたレオン王子とは難しいだろう。本人達が気にせずとも、外から見れば遺恨まみれの勘繰りを受けるに決まっている。本当に惜しいことをしたと思わざるを得ない。

　もし、それこそレオン王子が当時プライドの婚約者ではなく、婚約者候補止まりであればティアラと婚約することになっても大した問題は残らなかった。本公表さえしなければ知るのはお互いのみ。プライドに別の婚約者が決まったところで、変に見られる心配もなかった。

「婚約者候補……」

　また、頭が同じことを考え出す。駄目だ、今日までにちゃんとカラム隊長のことは心の整理をした筈なのに。実際、ああしてプライドと並んでいるボルドー卿としての彼を見るとどうしても……!!

『お前がもっとプライドやティアラに関心が薄ければ、リストどころか二人の婚約者候補について最初から教えても良かったのだがな……』

ッまたヴェスト叔父様の言葉が!!!!　頭を片手で抱えると、アーサーが「外に出ますか」と尋ねてくる。いや、そんな暇はない。さっさと頭を切り替えて来賓との会話に戻らなければ。折角この場を整えて下さったヴェスト叔父様の顔に泥を塗ることにもなる！

……だが、これぱかりは仕方がない。俺にとってプライドは全て。そしてティアラは大事な妹だ。この二人に関心を持つなと言われても無理な話でしかない。母上や父上と仲の良いヴェスト叔父様にだってそれくらいわかる筈だというのに。大体、それに関心がなければリストをヴェスト叔父様の目を盗んでまでわざわざ探そうと思うものか!!

思わずグラスを割らんばかりに握ると、割る前にアーサーが「替えましょうか」と言って俺の手から没収した。空になった手を見つめながら、何か熱い視線を感じて顔を上げる。すると、先程までティアラと話していた筈のセドリック王子が俺とアーサーを見つめていた。

早々とティアラとは話が切り上げられたのか、恐らく話しかける機会をずっと窺《うかが》ってくれていたのであろうセドリック王子に軽く会釈する。目が合ってしまったものは仕方ない。このままアーサーと会話中ということで他の来賓と同じように遠ざけることもできるが、………急に、彼に尋ねてみたいことも浮かび上がった。

どうも、と名前を呼んで声を掛け、俺とアーサーの間に招く。新しいグラスを持ってきたアーサーは少し驚いて俺に視線を注いだが、なんとか口裏は合わせてくれた。

セドリック王子から挨拶や俺の誕生日祝いの言葉を受け、礼を返しながら適当に会話を重ねる。すると、アーサーが俺とセドリック王子に挨拶をし身を引いていった。押し留めようかとも思ったが、確かにこれ以上は俺との話を待つ来賓の反感をアーサーが買ってしまう。俺からも挨拶を返せば、セドリック王子も「ぜひ、後で宜しくお願い致します」とアーサーへ挨拶をした。

　アーサーの背中を見送った後、改めてセドリック王子と挨拶を交わし合う。話が例の書状でのやり取りの内容に移り、改めて礼の言葉が放たれた。

「本当にステイル第一王子殿下のお陰です。とても聡明で優秀な方だと、改めて思い知らされました。頭脳もさることながら、何より考察力が素晴らしい。次世代の摂政として貴方ほどの器はないでしょう」

　生き生きと語ってくれる彼の瞳に嘘偽りがないことは俺でもわかる。ありがとうございますと返しながら、俺からも彼に話題を振る。

「姉君の婚約者候補については僕も全く存じ上げませんが、その方にも全力で尽くさせて頂くつもりです」

「素晴らしい。ステイル第一王子殿下と共にならば間違いなく安泰と言えましょう」

　……これは遠回しに自分もそのつもりだという意味だろうか。今の熱した頭ではどうしても穿《うが》った見方しかできない。

「そういえば、セドリック王子殿下の兄君方はいかがでしょうか。失礼ですが、まだ婚約などのご予定は……？」

「いえ。兄達はどちらもまだそのつもりはないとのことでした。早くとも、国を開き貿易を円滑にするまでは」

「そうですか。……セドリック王子殿下は、早く陛下方にお相手を見つけて欲しいとは思いますか？」

セドリック王子は少し目を丸くし、次には眉を寄せた。考えるように顎《あご》に指を添え、そして絞り出すように「そうですね……」と口を開く。

「まぁ、私の場合はお恥ずかしながら兄二人に寄り掛かりきりだったところもありますから。……ステイル王子殿下もご存知のことと存じますが」

照れたように笑うセドリック王子だが、彼がどれほどランス国王とヨアン国王を兄として想っているかは俺もよく知っている。

「なので、まぁ……寂しい、と思う可能性は捨て切れません。ほんの数ヶ月前までは兄達だけが、私の世界の全てでした」

……世界の全て。その言葉に、どこか親近感を覚えてしまう。やはり弟としては大事な兄姉にそう思うものか。数ヶ月前という言葉に、今は違うのかとプライドの顔がふと浮かんだが、気づかない振りをして話の続きを促す。

「ですが、それでも、兄達には幸せになって欲しいという思いが強いです。たとえ婚姻が明日であろうと、……十年先であろうとも。私は、構いません。兄が望む未来と伴侶であれば、……もう何も」

そう言って静かに笑むセドリック王子の顔は間違いなく国王を兄に持つ〝王弟〟としての顔つきだった。悔しいことに、お陰で俺にも少し心の整理がついた。

そうだ、やはり姉妹を想ってしまうのは仕方ない。問題はそこで俺がどう動くかだ。二年前にも俺はそう決心した。その為にこうして今も摂政業務と兼ね合わせて王配業務をジルベールから習っている。……やはり、問題などない。たとえプライドの隣に立つのがカラム隊長や、………億が一にもセドリック王子であろうとも俺は。

「……素晴らしい、御心ですね」

ありがとうございます、と笑んで返してくれるセドリック王子が周囲を見回し、俺と話すべく待ち続けている来賓を確認した。そして礼をする。

「それでは、私はこれで。長らくお時間を頂き申し訳ありませんでした」

セドリック王子に対し、以前よりは少し穏やかな気持ちになりながら言葉を返す。そして最後、去り際にセドリック王子は……

「ステイル王子殿下、私は……――――――……」

ツッッッッ?!　ちょっと待て!!!?　予想外の言葉を放つセドリック王子に思考が止まる。だが彼は俺の反応に気づく前に速やかに去って行ってしまった。

待て、ふざけるな、それは、どういう、アレは、まさか、お前がプライドの婚約……?!

この場にはそぐわない発言が喉《のど》までで留まり、そこから出せない。戸惑っているうちにもまた雪崩《なだ》れ込むように次の来賓からの挨拶に阻まれる。これ以上無下にもすることができず相手をするが、頭の中では再びセドリック王子のことばかりが回り続けた。


「こんばんは、カラム殿。いえ、今はボルドー卿とお呼びするべきでしょうか？」

パーティーが中盤に差し掛かった頃《ころ》、多くの来賓に囲まれている彼に僕から声を掛けた。

一応順番は守ったつもりだったけれど、僕の存在に気づいた来賓達が静かに引いていった。

「レオン第一王子殿下……!!」

カラムが僕に目を丸くして、名を呼んでくれる。紅潮した顔と同時に額の汗が大分疲労を窺わせた。新しく中身の入ったグラスを手渡して笑い掛けてみせれば、また緊張したように彼の肩が揺れた。……やっぱり大分疲れているようだ。今までフリージアやアネモネの式典で何度か会ったことのある彼だけれど、ここまで疲弊しているのは初めて見る。まるで、初めて式典に参列したかのような緊張感だ。大変だね、と思わず先に労《ねぎら》いながら挨拶をする。とんでもありませんと言いながら手渡したグラスを一口飲む彼は、それでも少し指が震えていた。

「もうプライド王女殿下以外にも、必要な方々には挨拶を終えましたか？」

プライドと語らっている姿は見たけれど、他の王族への挨拶を僕は確認していなかった。

カラムは緊張と共に軽く息を吐きながらグラスの中身を少し残すと、ステイル王子とティアラ王女、ジルベール宰相には挨拶を終えていないと教えてくれた。僕が気づいた時には恐ろしく囲まれていたし、王族でもない彼には撥ね除けるのも難しいだろう。むしろ、女王を含むトップの三人だけでもちゃんと挨拶を済ませられた手腕に驚く。

そこまで一人で考えたところで、カラムが「お騒がせして申し訳ありません」と僕に謝る。ああいえと返しながら僕から声を潜め、再び笑い掛けた。

「それより、婚約者候補おめでとう。君なら僕も安心だよ」

「ッい、いえ……！　私はただ父の代理で今回参列させて頂いているだけですので……!!」

やはり僕にも隠し通したいのか、慌てる彼に思わずクスリと笑ってしまう。隠さなくても良いのに、と呟きながら彼の真っ赤な耳にそっと囁く。

「大丈夫、僕は君の味方だよ？　………家のしがらみというのも大変だね」

僕はそんな風に思ったことはないけれど、貴族も色々と家の名や威厳の確保、見栄張りなどで大変なのは理解している。少なくとも今まで僕が知る彼は、プライドの婚約者候補になれたからといって一人ではしゃいでひけらかすような人ではなかった。ならば、やはり家長の意向とかなのだろう。

僕の言葉に顔を未だ赤くしたままの彼は、口を強く閉ざしたまま肩で大きく息を吸い込んだ。そのまま深々と僕に頭を下げてくれる彼に、その肩を数度軽く叩く。肯定はできずとも僕が汲《く》み取ったことへの感謝を示してくれる彼はやはり、あのプライドの近衛騎士のカラムなのだと実感する。

頭をゆっくりと上げ出すのを待ちながら、目だけで周りを見回す。多くの来賓がやはり僕と、そして今はカラムに夢中なようだ。

「……騎士団の方には行かないのかい？」

「いえ、行きたいのは山々なのですが……私が行くと余計に騎士団長達の負担が増してしまいますので。事前にお断りもしております」

本当に気遣いのできる人だなと思う。確かに、今でさえ騎士団は多くの来賓に囲まれている。彼が騎士だと知っている来賓から色々探りを入れられているのだろう。そこに彼まで行けば、主役のステイル王子を抜いて人がひしめき合ってしまう。

ふぅん……と相槌《あいづち》を打ちながら眺めていると、ちょうどアーサーもその波に飛び込むところらしい。彼はあまりああいう社交界のやり取りは得意じゃない筈だけど、他の騎士達に全部投げるわけにもいかないと考えたのだろう。そんなことを思いながら、僕はそっとカラムの肩に手を置く。

「……じゃ、行こうか」

「は……?!」

理解ができないように声を上げる彼に、にっこりと笑いかける。彼の片手のワイングラスが揺れ、一瞬中身が零れかけていた。「大丈夫だよ」と笑みで返し、彼と適当に語らいながら共にステイル王子の元へと歩く。多くの来賓に囲まれていたステイル王子だけれど、僕ら二人の存在にすぐ気づいて先に声を掛けてくれた。

少し戸惑い気味のステイル王子も、カラムからの父親の代理という言葉には「それは大変でしたね」と笑みで返した。手短に挨拶を済ませ、その足でティアラの元へと行く。

僕が引っ張るようにしてカラムを連れ出したせいで、本人は未だに戸惑っている様子だった。今まで直接そこまで語らったことのない僕が突然連れ回すのだから当然の反応だろう。

ティアラも僕とカラムが並んでいることに少し驚いた表情をしてこちらを向いてくれた。同時に周りの来賓が僕の姿に道を空け、順番を譲ってくれる。あまりにもすんなりと王族への道が開いたことに少し気が引けた様子のカラムに、僕から一言掛ける。

「あくまで君は僕の〝ついで〟だから」

何も問題ないよと笑ってみせると、僕の意図に気づいたように彼の目が静かに見開かれた。

僕は視線をティアラへ向け、カラムの肩に腕を軽く回して仲良く歩く。人の波が分かれ、ティアラとすぐに挨拶を交わすことができた。多くの男性が集っていた彼女は、疲労のせいか俄《にわ》かに陰が落ちていたように見えた。けれど、僕らが挨拶するとまた明るい笑顔で応えてくれる。「カラム隊長の礼服も素敵ですっ！」と言葉を跳ねさせ、どうぞごゆっくりと言って僕らを見送ってくれた。

最後にジルベール宰相を探す。軽く見回すと僕らの動きに気づいたのか、近づいてきてくれていた。

彼も宰相として挨拶回りに忙しい筈なのだけれど、既に挨拶を終えた僕の動きも把握してくれているのは流石だなと思う。

まるで偶然会ったかのように「これはレオン第一王子殿下」と礼をしてくれる彼に僕からも挨拶を返す。カラムも続くように挨拶を重ねた。それはそれはとジルベール宰相も落ち着いている。

「ボルドー卿にもどうぞ宜しくお伝え願います。カラム爵子は近衛騎士としても優秀な御方と存じております。ボルドー卿も二人も優秀な御子息に恵まれ、さぞかし鼻が高いでしょう」

「恐縮です。どうぞこの先も父と兄を宜しくお願い致します」

「ええ、勿論ですとも。〝たとえ噂《うわさ》の真偽がどちらであろうとも〟カラム殿は私共の大事なプライド様をお守り下さる優秀な近衛騎士殿ですから。…………お任せ下さい？」

最後の言葉に多くの含みを持たせながら、ジルベール宰相は笑う。切れ長な目が妖しく光り、静かな声色が低く僕らをなぞった。一瞬冷たい空気が放たれたけれど、僕やカラムにというよりも周りの来賓に向けられたもののようだ。彼にとってもプライドの近衛騎士でもあるカラムが、必要以上に晒《さら》されるのは避けたいらしい。防衛戦の時から知ってはいたけれど、彼もなかなか深みのある方だなと改めて思う。ジルベール宰相とも挨拶を済ませ、必要な人物と挨拶を終えた僕とカラムは変わらず並んで歩いた。「れ、レオン王子殿下……！」と声を潜めながら僕に言おうとしてくれる彼に、敢えて違う話題を振ってみる。

「ところでカラム殿は本などは読まれますか？」

君とはあまりじっくり話したことはなかったから、と声を潜めて続けると、カラムは少し聞き返した後頷いて返してくれた。場内を共に歩きながら僕は侍女からワインを受け取り、色を嗜《たしな》む。

「僕も昔からよく読むんです。ただ、蔵書や勉学関連が殆どで。カラム殿はどのようなものを？」

「私も騎士関連のものが今は多いですが、文学も時折り嗜んでおります。系統などは問いませんが、好む著者は……」

やはり、さすがボルドー卿の爵子。書物にも通じている。更に騎士としての勉学にまで今も励んでいるなんて素晴らしい。文学、という言葉に僕も少し心が躍った。

「そんなに面白いのならば僕も読んでみたいですね。まだ書籍関連はそこまで貿易でも取り扱っていませんが、やはり需要はありそうです」

「ええ、是非とも。文学関連は特に階級関係なく、民にとって身近な娯楽ですから」

娯楽、そう聞くと更に興味が湧《わ》く。アネモネの民が新たな楽しみを得てくれたらすごく嬉しい。城下に降りて同じ本の話とかできたらどれだけ楽しいだろう。

カラムと本の話題を楽しみながら一点へと誘っていく。彼も向かう先に気づいたのか、少し「レオン王子殿下、こちらは」と声を漏らしたけれど、構わず彼の肩に掛けた手を離さず足を運んでいった。

騎士団の彼らがいる、一角へ。


「！　レオン第一王子殿下。……カラム」

騎士団長であるロデリックが一方向に目を向け、口を開いた。カラムが入城してからボルドー卿として招かれたことに興味や疑念を抱く来賓に、騎士達は質問責めにされていた。その中でも一番身体つきも背もあるロデリックが最初に来賓の奥からレオンとカラムの姿を確認した。ロデリックの言葉を耳聡《みみざと》く聞き取った来賓は振り向き、王族を除くその多くがレオンへと道を空けた。

世界有数の貿易大手国の次期国王。第一王子としても名高いレオンより立場の高い者など、騎士達へと群がった集団の中には一人もいなかった。そもそもが直接カラム本人やプライド本人に尋ねる度胸もなかった者達だ。レオンに道を空けるべく小波のように引いていく彼らは、今はカラムとレオンが並ぶ異様さに驚いた。

「どうも、ロデリック騎士団長殿。先程カラム殿と話が合いまして。……このまま僕もご一緒して、宜しいでしょうか？」

滑らかに笑むレオンに、ロデリックも副団長のクラークも虚を突かれた。勿論ですと返しながら場所を空けるロデリックに、レオンは礼を言う。カラムと並びそのまま躊躇いなく騎士団の中へと飛び込んだ。王子であるレオンが交ざった状態でありながら、自然と騎士達は雑談を交わし合う。

「近衛騎士の方々の御活躍は僕もプライド第一王女から聞いております。流石はロデリック騎士団長殿の育てられた優秀な騎士達です」

「恐縮です。アネモネ王国との新兵合同演習では毎年我が新兵がお世話になっております。今年も宜しくお願い致します」

「アネモネ王国の騎士は特に近年、武器の扱いに長《た》けている者が多いと聞いております。我が騎士も見習うべきところが多いでしょう」

いえそんな。そう笑みながら、副団長であるクラークの言葉に嬉しそうに返していくレオンは、そっと翡翠《ひすい》色の眼差しを他の騎士にも向ける。

「いや〜、本当に大人気だなカラム。さっすがボルドー卿」

「……今はそれを嫌味と受け取るぞ、アラン」

「カラム隊長、アラン隊長、グラス取り替えますか？　大分話されて喉がお疲れなのでは……」

「あ、エリック副隊長！　それなら自分が行ってきます」

すまないなアーサーと、言葉を掛けるカラムからやっと力の抜けた笑みが零れた。気心の知れた騎士達に囲まれたその姿に、レオンは一目確認しただけで全く違うとわかった。

カラムにとって、大広間のどの場所よりも居心地の良い空間だ。やっと正しく空気を取り込めている気さえした。自分が本隊騎士として初めて式典に参列した時以上の緊張が初めて解《ほぐ》される。その様子を確認したレオンは一人小さく笑むと、今度は軽く手を挙げた。ロデリックやクラークがどうしたのかとレオンの視線の先を振り返れば、アーサーだ。

早足ですぐ傍の給仕にグラスを取り替えてもらったアーサーに、レオンは誰にでもわかるように優雅に手を振った。アーサー本人だけでなく、アーサーに話しかけようとした来賓もそれに気づき静かに一歩身を引いた。アネモネ王国の第一王子が呼んでいる騎士を阻むことなどできるわけもない。

ワイングラスを両手にアーサーは何か御用でしょうかと尋ねたが、レオンは滑らかな笑みで「少し呼んでみただけです」と答えた。アーサーが言葉を返し、小首を傾《かし》げてアランとカラムにグラスを手渡すと、レオンは「彼も良い騎士ですよね」と茶飲み話のようにロデリック達へ投げかけた。

それから長らくの会話で途中、クラークが他の来賓との会話は良いのかと尋ねた。だがそれも「ええ、僕はもう話すべき方とは済ませましたから」と柔らかい声で答えるだけだ。

「……では僕はそろそろ」

誕生祭が幕を閉じる手前になってから、レオンは告げて笑った。それに少し慌てたカラムが「レオン王子殿下」と声を掛け、受けた配慮に礼を伝えようとした時だった。

「カラム殿。……また本の話に付き合って頂けますか？」

滑らかな笑みを浮かべ、またカラムの告げようとする言葉を遮った。カラムは第一王子からの不意打ちの言葉に小さく声を漏らしながら「私でよろしければ、喜んで」と戸惑い気味に返す。

満足のいく返答に、レオンは子どものように静かに笑んだ。良かったと呟き、今度は周りに聞こえないように声を潜めて彼の耳へ首を伸ばす。

「流石にずっとは無理だけど〝元婚約者〟の僕といる間は大丈夫。君達も少しは過ごし易《やす》いと思うよ」

ねっ、と。驚愕《きょうがく》に目を見開くカラムへニコリとレオンは笑んだ。いつもの落ち着いた滑らかな笑みとは違い、前もって用意されていたその笑みはずっと計算高かった。

やはり。と、カラムはレオンの笑みと言葉に確信を持つ。

レオンは、自分の存在でカラムとプライドとの噂を望む他の来賓を撥ね除けていた。更にはすぐにカラムの挨拶回りが終わるようにリードし、最後にはカラムだけでなく器用にこの場の六名の騎士全員を噂の標的とならないように守り抜いた。

今も、カラムを含める騎士達へ声を掛ける来賓はいる。更にはアネモネ王国の王子であるレオンと言葉を交わしたがる来賓も多い。だが、その誰もがカラムとプライドとの仲や婚約者候補かを伺うことはしなかった。たとえ直接でなくとも、至近距離にプライドの〝元婚約者〟である彼の傍で〝現婚約者候補〟の話題を出せるわけがない。

「何故、私にそのような御配慮を……？」

　言葉を選びながら、カラムは小声で尋ねた。レオンより遥《はる》かに年上のカラムだが、立場で言えば間違いなくレオンが上だ。そんな彼がわざわざ手を貸す理由がない。むしろ、そうして何度もレオンが自分に語り掛け続ければ、噂好きの貴族の中にはレオンがプライドの婚約者候補に探りを入れ続けている、圧力を掛けていると考える者も出てくるだろうとカラムは考える。頭が良いレオンがそのことに気づいていないわけがないとも理解する。

　それも含めての問いかけなのだろうなと、更にレオンも理解しながら「う～ん……」と少し考えるような仕草をし、笑った。

「僕はプライドの優秀な〝近衛騎士〟と話したかっただけだよ？　話していた内容も聞かれたところで恥ずべきことなんて何もない。だって僕は君と本の話しかしてないのだから」

　とぼけるように語るレオンは、最後に悪戯《いたずら》っぽく笑った。フフッと声が漏れ、初めて悪さをした子どものような瞳をカラムに向ける。

「……プライドにとって、君達騎士は大事な存在だ。だったら少しでも好奇の目や悪意から君達を守りたいと思うのは当然のことじゃないかな」

　潜めた声をそのままに、レオンは目で騎士団一人ひとりを示した。カラムも顔ごと動かして視線の先を一つひとつ確認する。そしてレオンの行動が最終的にはプライドの為なのだと、つまりは婚約者候補である自分に何かしら風評被害などがあればそれがそのままプライドにも響くと気遣っての配慮だったのだと解釈した。やっと理解ができたと思い、自分の不甲斐なさ故にアネモネ王国の第一王子であるレオンに手間を掛けさせたことに改めて謝罪と感謝を伝えようとカラムは頭を下げ——

「それに」

……る前に、またレオンに遮られた。下げかけた頭と既に床へと落とした視線を再び上げれば、滑らかな笑みがそこにあった。それに、の言葉を待つようにカラムが無言で姿勢を正すと、レオンは真っ直ぐに彼の赤茶の瞳を見つめ、笑みを広げた。

「…………二年前のお礼、したかったから」

静かな声色で囁いたレオンは長い人差し指を自身の唇にそっと立てて見せた。その仕草と何より妖《よう》艶《えん》な光を宿した笑みに、相手が女性であれば色香も相まって間違いなく顔を火照らさずにはいられなくなっていた。カラム自身、尋常ではないその気配を直接浴びて身体が一瞬強張った。

〝二年前〟と。その言葉にカラムは、当時弟達に嵌められたレオンをプライドと共に救出した時のことだとすぐに理解した。……だが。

「御言葉ですがレオン第一王子殿下、あれはプライド様の指示のもと我々は騎士として当然のことを行ったまでです。レオン王子殿下が気にされることでは決してありません」

「関係ないよ。他の誰が決めたのではなく、この僕が感謝したいと思ったのだから」

冷静なカラムの言葉を容赦なくレオンが打ち消した。カラムにとって、そして近衛騎士達にとってあの時のことは騎士として当然のことでしかない。プライドからの命に従っただけだと声を潜めて説得を試みるが、それでもレオンは動じない。長身のレオンは騎士であるカラムにも並べるほどだったが、敢えてしっかりと下から覗き込むような姿勢でカラムへ顔を傾けた。

「むしろ、たった一回程度じゃ僕の気が済まない。…………済ませるつもりはないよ」

蒼《あお》い髪が傾けた拍子に彼の目を軽く隠した。しかし、髪の陰から見え隠れする翡翠色の瞳は、反論を許さないように強く光る。「そろそろ行かなきゃ」と呟くと、レオンは一歩騎士達から離れてみせた。改めて挨拶を済ませ、まだ半分残ったワイングラスを軽く掲げる。一人ひとりに目を合わせながら、最後にカラムへと妖艶に輝く瞳を向けた。

「……ですから、どうか僕が〝満足いくまで〟暫く〝本の話に〟付き合って頂けると嬉しいです。……カラム殿」

ではまたと、滑らかに笑んで去っていくレオンの後ろ姿にとうとうカラムは言葉を失った。

アネモネ王国。フリージア王国の隣国であり同盟国。その上レオンはプライドの盟友という立ち位置だ。恐らくこの先も自分が〝ボルドー卿〟として出席しなければならなくなった式典には必ず招かれているだろうと考える。

そして、レオンはこれから先何度でもカラムや騎士団への好奇の目を阻み続ける。今日のように、自分という存在その全てを利用して。

「…………………」

自分の視界ごと額に手を当てたカラムはそのまま少し俯いた。今までどのような異常事態にもできる限り冷静に、的確に対処してきた彼にも今の状況で困惑しないのは難しい。

どうしたんすか、と最初にアーサーが心配そうにカラムへ声を掛けた。更に「レオン王子と何話してたんだよ？」「カラム隊長、そんなに本で意気投合されたんですね」とアランとエリックも声を掛けたが、カラムは暫く誤魔化すことすらできなかった。

第一王子が一介の騎士でしかない自分達の為に動く、とそれだけでも疲弊したカラムの思考を奪うのに充分だった。とうとう純然たる心境のみを吐露した言葉が、カラムの口から滑り落ちる。

「……………………救世主が……」

カラムにしては珍しく脱力し、項垂《うなだ》れる。近衛騎士達だけではなくロデリック、クラークからも心配の声が上がった。

たかだかプライドの護衛として一日だけレオンの件に居合わせただけの、騎士四人のうちの一人。それに対しレオンが返すのは、この先に何度も式典等で招かれるであろう騎士達の為の風除けだ。あまりにも高価過ぎる返礼に、ただただカラムは戸惑いながらも身の内に感謝を留めるだけだった。

レオン・アドニス・コロナリア。アネモネ王国の次期国王と名高い第一王子。本来ならばフリージア王国の王配となる筈だったその青年は、優雅な足取りでその場から離れていった。

「お疲れ様です、ヴェスト摂政殿」

誕生祭が終わりに向かい、女王であるローザの挨拶が行われる数分前だった。自身の役目が一区切りつき、来賓からの挨拶を終えたローザ、アルバートから数歩離れたところだった。新しいグラスを差し出してくる相手に、ヴェストは受け取るべく手を伸ばす。

「……ああ、お前も御苦労だったジルベール」

受け取ったグラスを胸の上に掲げるヴェストは、笑みこそしないがしっかりと目を合わせてジルベールからの労いに応えた。宰相である彼も多くの来賓へ足を延ばし挨拶に回っていた為、優雅な笑みや動作に反して今日の労働量はヴェストよりも遥かに多い。

「カラム爵子、……カラム殿のことは私も些か驚きました。早くボルドー卿が御快復すると良いのですが」

優雅なその笑みに、ヴェストは微かに眉間《みけん》の皺《しわ》を深くして目を閉じた。察しの良いジルベールが、他の来賓が勘付いていることを気づいていないわけがない。その沈黙が何よりの返答となるかのようにジルベールは笑みをそのままに言葉を続けた。

「勿論、私に真偽を確かめる権限などございません。ですが、カラム殿はいずれにせよプライド様にとって大事な近衛騎士殿。私も私にできることを精一杯考じさせて頂きたいと思っております」

探りを入れているわけでは決してと、両手の平を見せられヴェストは静かに息を吐く。「くれぐれもアルバートに迷惑は掛けぬように」と短く返せば、勿論ですともと優雅な笑みで返された。

「……お前の敵にはなりたくないものだ」

「私も同じです」

険しい顔のままのヴェストに反し、常に優雅な笑みを浮かべるジルベールの姿は正に対照的だった。

ジルベールはそっと身をヴェストと触れるほど添いながら囁き掛ける。

「ですので。……一つだけ確認させて頂きたいことが。今から私が挙げる方々はプライド様とティアラ様の婚約者候補〝ではない〟ということを」

殆ど口元すら動かさず囁くジルベールに、ヴェストは溜息で返した。横に並ぶジルベールにではなく、大広間に集う来賓一人ひとりに目線を配る。周りの来賓からはジルベールが話している言葉どころか、目を向けてもただ二人が横並びになっているようにしか見えなかった。

告げ終えたジルベールにヴェストは二度目の溜息を吐き「ジルベール……」と目を向けた。

「お前のことだ、そこまで言うということは察しが付いているのだろう」

「御安心を。たとえ何があろうとも口外するつもりはありませんので。むしろ、その逆です」

ジルベールは大袈裟《おおげさ》に身体全体を使い、礼をする。髪が揺れ、切れ長な目がヴェストを覗く。

「王配殿下にはご相談済みですが。……陛下の片腕たる貴方様からも御許可を賜りたいのです」

何をだと聞かずとも、ヴェストは理解していた。今回のボルドー卿によるあからさまな婚約者候補としての台頭。それをボルドー卿は良しとしていたが、騎士であるカラム自身は望んでいない。

……当然だろう、彼は単なる貴族ではなく危険を冒す職務でもある騎士。護衛される側ではなく護衛する側の人間だ。

そう、ヴェストは胸の中で唸《うな》る。カラムは、普通の貴族よりも標的として暗殺なども企てやすい。

更には彼の周囲の人間も騎士。称号は持ち得ても、家としては王族は勿論、貴族より身分の低い者が殆どだ。貴族や他の王族に強く問われれば、上手く躱《かわ》すことも難しいと思う。

公表は本人や家の自己責任として任せてはいるものの、万が一にもそれが婚約者候補本人やカラムのようにその職務にまで支障を来《きた》すことは望ましくない。新しく制定した婚約者候補制度にすら支障が生じる。

そして何より、プライドの二度目の婚約者選びはこれ以上間違うことも波風を立たすことも許されない。だからこそ、秘密裏に王族は次期王配候補でもあるプライドの婚約者候補を援助する必要がある。……たとえ、少々小賢《こざか》しい手を使おうとも。

それをジルベールも理解し、口端を僅かに引き上げた。薄水色の瞳を妖しく光らせる。

「情報操作ならばお任せ下さい」

まるで既に前科があるような、絶対的自信を持ったその笑みにヴェストの背筋が僅かに冷えた。無言で目を見開き、数拍置いてから腕を組む。

「お前の責任者はアルバートだ。私から言うことは、……ない」

「ありがとうございます」

今日中に王配殿下にもお伺いを立てますと笑むジルベールは、再び頭を下げた。ふと視線を感じて振り向けば、ローザの隣に佇《たたず》むアルバートがギロリと厳しい眼差しを自分に向けていた。

「……では、失礼致しました」

困り笑顔になるジルベールは、アルバートに強制回収される前に身を引いた。

女王ローザによる閉幕の言葉で、ステイルの誕生祭は終わりを告げた。様々な思惑が交錯しながらも、無事甥の誕生祭を終えられたことにヴェストは一人胸を撫《な》で下ろした。……そして、同時に。

カン、カン、カン。上等な床に足音が規則的に響く。

女王や王配への報告も終えたヴェストは、まず最初に自身の執務室へと足を運んだ。

――ヴェストは、今回の件で改めて思う。

扉を閉じ、施錠後に部屋を見回す。自身が部屋を出る前から何も変化が無いことを確認してから、或る一箇所へと足を運んだ。

――〝次〟までには必ず、何かしらの対策が必要だと。

ジルベールの提言を黙認したのもその一つ。先程、ローザとアルバートにも自分から報告を行った。

ジルベールが何をするつもりなのか、そしてある程度の察しがついているだろうことも。

――ラジヤ帝国にまで、婚約者候補の正体が気取《けど》られるその前に。

手を伸ばし、部屋のとある一箇所に掛けて引く。ヴェストの部屋を頻繁に出入りするステイルやジルベールすら知り得ない、隠し場所の一つだ。

――今回のように大きな騒ぎになれば、ラジヤ帝国が手を打ちかねない。

ローザとアルバートにも許可を得て〝婚約者が確定するまでは婚約者候補であることを外部には秘匿せよ〟と婚約者候補の家に改めて釘《くぎ》を刺す旨を、内密に書状で送ることにした。

こうしてたった一人婚約者候補が露《あら》わになっただけでも来賓は強く波打った。貴族や王族であれば、護衛を付けるなど自身を守る為の対処もできる。今回のボルドー卿のように家の名を広めたがる者も多くいるとは予想していたが、やはり早急に改めねばならないとヴェストもそしてローザとアルバートも判断した。

――特に、今回は。

書類を手に取り、今回の招待客リスト等も含めたそれを一度纏めて机に広げる。ラジヤ帝国の皇帝と皇太子も招待客のうちに含まれている。もし今回彼らが出席していれば、カラムの身の危険すらもっと深刻に考えなければならなかった。

そして今回、噂が立ってしまい本格的に講じる必要が出てきた。

――プライドやティアラを狙う、ラジヤ帝国の存在。

プライドの誕生祭で、同盟国ではない為にラジヤ帝国が呼ばれなかった状態だったからこそ「この場に婚約者候補が六名いる」と女王は断じた。ラジヤ帝国は候補者には含まれないと暗に宣言した。

――狙われる標的となり得る婚約者候補。中でもプライドの〝候補者〟は少々異色だ。

書類の中の一枚を摘《つま》み上げ、一番上に載せる。当時、プライドとティアラに渡した、婚約者候補を並べたリストだ。それぞれのリストには一枚につき三箇所だけ印が付けられていた。ヴェストはプライドの方のリストを広げ、婚約者候補の詳細を改めて自分の目で確認した。

婚約者候補はローザとアルバート、そしてヴェストが選出した。そしてプライドが選んだ人物は。

――カラム・ボルドー

伯爵家の次男。家族構成は父、母、兄が一人。ボルドー家は長男が継承する。

特殊能力〈怪力〉を持ち、最年少の十四で騎士団に入団。更に新兵から僅か二年で騎士団本隊に首席入隊。当時三番隊騎士隊長、副隊長が同時に欠けたことにより当時最年少の二十で騎士隊長に就任。

功績を重ね、以降は毎年最優秀騎士に選出される。

第一王女プライド・ロイヤル・アイビーの近衛騎士。

――ステイル・ロイヤル・アイビー

フリージア王国の第一王子。家族構成は父、母、姉が一人、妹が一人（元の家に親族は母一人のみ）。出生は庶民だが優秀な特殊能力〈瞬間移動〉を持ち、齢《よわい》七で王族に養子となる。次期摂政として勉学に励み、優秀な頭脳で頭角を現す。現時点で王配業務にも手を伸ばし、更なる飛躍を見せる。

第一王女プライド・ロイヤル・アイビーの義弟にして補佐。

――アーサー・ベレスフォード

フリージア王国騎士団の八番隊騎士隊長。家族構成は父、母のみ。

父親は同じく騎士団の騎士団長だが、共に出生は庶民。特殊能力〈植物の成長補助〉を持ち、最年少の十四で騎士団に入団、更に新兵から僅か一年で騎士団本隊に首席入隊。齢十九で八番隊副隊長、更にたった一ヶ月程で騎士隊長に就任。カラム・ボルドーの最年少騎士隊長記録を更新する。

第一王女プライド・ロイヤル・アイビーの近衛騎士。

庶民の出だが、次期摂政である第一王子のステイル・ロイヤル・アイビーと齢十三の時から密接な友人関係にある。知識、教養面での不安はあるが現時点で王配業務の習得を得るであろうステイルからの補佐により可能と考え、特別にプライド・ロイヤル・アイビーの婚約者候補リストに加える。


……カラム・ボルドー以外は親類もしくは元の親類は、庶民。

知られれば、容易に狙うこともできる身分の家。過去にも公表前に婚約者の正体が漏れ、その結果、下級貴族の家に上流貴族や他国の王族が圧力を掛けた事例、親類の立場やその身と引き換えにと脅迫や未遂を起こしたという事例がある。

ステイルに関しては、ローザとアルバートから摂政付きとしてステイルを預かっているヴェストが、本人には伝えないことを決めた。プライドから伝わってしまえばその時は仕方がないが、少なくともそれまでかもしくはプライドがたった一人に絞るまでは伝えるべきではないと判断した。せっかく順調に摂政業務と並行して王配業務を学んでいる彼が、それを知れば確実に動揺しその後の学びにも支障を来すことは目に見えている。

……まぁ、少なくとも嫌がりはしないだろうが。

心の底でそう確信しながら、ヴェストは改めて書類を元の場所へと仕舞う。

もともと、リストにステイルとアーサーの名前を入れたのはヴェストだった。今度こそ間違わない為にも単に政治的要因や身分だけでなく、プライド自身が望みそして心から望まれるような人選を含ませた結果だった。そして、見事的中した。

『……これだけは、確認させて下さい。この、婚約者候補は――……』

プライドがこの三人を選んだ時、最後にローザへ何故あんな確認をしたのかは知らない。だが何にせよ、ステイルのアレがなければ到底無理な話だったとヴェストは思う。

静かに息を吐き、数秒間黙祷《もくとう》するように目を瞑る。

ステイルが王配業務に携わり、滞りなく摂政業務と並行させているからこそ可能な人選だった。ローザやアルバートには思い切った人選とも言われたが、それでも説得すれば二人とも納得してくれた。プライドの望む人選になるならばと思い、それに何よりも一番辛《つら》い想いをするであろうヴェスト自身がその内の一人に、ステイルを推したのだから。

……大事なのは、あくまで国と民。そしてプライドの間違いない婚約だ。

自分にとって一番辛い結果となっても、その時は仕方ない。プライドが、そして甥であるステイルが望んだ時は摂政である自分が躊躇うことなど何もない。むしろ養子として王族になったステイルが王配となり望まれてプライドの隣に立てるのならば、叔父として幸いなことでしかない。

「……私の身も、まだまだ健在だ。……問題など無い」

妻も娘も息子も、とっくに手がかからなくなった。そして自分もまだ摂政として、短くとも十年は働けると自負をしている。

……だから、問題ない。全てはプライドが選ぶべきことだ。私のことなど考える必要はない。

幸い宰相であるジルベールには老いの心配もない。問題なのは摂政である己のみ。摂政として生き、そして自ら過去を捨て去った己のなすべきことはただ一つ。

この身が朽ちるその時まで、己が天命を全《まっと》うするのみ。

「……甥の為に叔父が振り回されるなど、よくあることだ」

自分の執務室を眺めながら、彼にしては珍しい笑みが零れた。もともと自分だけの部屋だったそこに、今はステイルの痕跡がところどころ残っていた。この三年近く、毎日ステイルが熱心に自分へ付いて学び続けた結果だ。……自分の後を継ぐ為に。フリージア王国の摂政となる為に。

その為にヴェストもまた自分の持てる全てを惜しげもなくステイルに注いできた。そして、もしプライドが彼を選べばそれが水泡に帰すこともヴェストは覚悟の上だ。その時、今現在の自分の労苦も殆ど全てが無意味になることを。

「……もう十七なんだ、自分の意志で選べば良い」

成人となったステイルが過去のヴェスト自身が考えもしなかった選択を、未来を選ぶのも悪くはないと、そう思う。だからこそ、いま自分が考えるべきは婚約者候補とその親類の身の安全。その為にも婚約者候補の正体は隠し通さなければならない。

「その為にも、体調管理も仕事のうち……だな」

自分に何かあればステイルの選択肢も、プライドの選択肢も減ってしまう。ヴェストの後任はステイルのみ。万が一にも自分が倒れて、勉強不足のステイルに摂政業務を担わせてしまうことになれば死んでも死に切れない。

ヴェストは部屋を見回し、戸締りから物の配置まで自分の目で確認した後に灯《あか》りを消す。ゆっくりと扉に手を掛け、衛兵に挨拶をしてから部屋を出た。

……誰を選んでも良い。カラム・ボルドーでも、アーサー・ベレスフォードでも、ステイルでも。たとえステイルになったとしても自分が痛む分、甥が幸せになるならば構わない。プライドが三人のうちからたった一人を決める時が来る、その日の為に。そして…………その先の為にもと。

……まだ私は、老い果てるわけにはいかないのだから。

「……アーサー、どうかしたの？」

ステイルの誕生祭から三日。午後が過ぎてアラン隊長とカラム隊長の二人と近衛騎士を交代した俺に、プライド様が心配そうに声を掛けてくれた。はっとして顔を上げると、プライド様もティアラも俺の方を見つめている。エリック副隊長も隣から覗き込んできていた。……やばい、任務中なのにすげぇぼーっとしてた。

すみません大丈夫ですと返しながら姿勢を正す。「どうかしたのですか⁇」とティアラが聞いてくれたけど、なんでもないと返した。ここに来る前にエリック副隊長にも聞かれたけど、本当のことは口止めされてたし言えなかった。

何故か今朝、昨日非番で家に帰ってた父上が「暫く家に帰らなくて良い」と言ってきた。騎士団演習場じゃ滅多に親としては話しかけてこねぇ父上が、いきなり朝一番にだ。母上に何かあったのかって聞いたけど、何でもないとしか教えてくれない。父上も俺の特殊能力知ってるし、もし病気とかなら教えてくれないわけがない。非番明けなのに少し疲れ気味に見えた父上のことも心配だ。

「大丈夫なら良いんだけれど……。もし疲れてるなら言ってね？」

心配そうに俺を気遣ってくれながら、プライド様が座ったまま身体を再び机に向ける。ありがとうございますと返したら笑顔でまた振り向いてくれて、それからゆっくりとペンを書状に走らせた。

……セドリック王子への手紙の返事だ。

一ヶ月前くらいからプライド様はセドリック王子と文通を始めた。ステイルの話だと、詳細は言えないけど日常会話とかじゃなくて本当に形式的なやり取りだけらしい。でも、週に何回もプライド様と書状のやり取りを続けてる相手なんて多分セドリック王子ぐらいだろう。……すげぇ、羨ましい。真剣な表情で手紙の返事を書いてるプライド様の横顔を見る度に、何故か心臓が絞られた。

二日前も、ステイルの誕生祭の翌日にセドリック王子は一人で女王に謁見をしてから他の来賓より後に帰国した。国王の代理なのか、それとも書状のことか、……プライド様の婚約者候補としての話なのかはわかんねぇけど。

なんかここ最近、色々あり過ぎて段々頭がついていかなくなってきている気がする。防衛戦があって、八番隊隊長に昇進して、ハリソン隊長と決闘して、プライド様達や父上に隊長昇進を祝ってもらって、プライド様とティアラの婚約者候補制度が発表されて、カラム隊長がプライド様の婚約者候補ってことがわかって。それがたった数ヶ月の間に起こったたってことが、未だに実感が湧かない。いっそハリソン隊長と決闘した後から全部気ぃ失ってる俺の夢だって方がずっと信じられる。

カラム隊長が婚約者候補で、プライド様と並ぶのはすげぇ絵になってた。ステイルが驚いてたのもわかっけど俺は驚きよか、それ以上に物凄く複雑過ぎてわかんなくなった。今も、どんな感情なのかわかんねぇ。しかもすげぇ婚約者候補として完璧なカラム隊長がいるけど、多分プライド様はセドリック王子が好……で。もうそれだけでも頭の中グラグラしてわからなくなる。

騎士団でもカラム隊長のことは察しても、みんな話題には触れないようにしていた。一応、家の都合ってことになってるし、やっぱ他の騎士も相手がカラム隊長だからか、嫉妬《しっと》とか妬みとかじゃなく、羨望《せんぼう》の眼差しの方が強かった。事情を知ってる近衛騎士を入れても、カラム隊長をからかうのはアラン隊長ぐらいだ。誕生祭の翌日には、てっきりあの時みてぇに城内も一気にカラム隊長の噂話で持ちきりになるんじゃねぇかと心配になった。カラム隊長は隠したがってたけど、あんなに誕生祭でも騒ぎになってたから。

でも、何故か実際はカラム隊長の噂話だけじゃなかった。翌日近衛騎士で王居内に入った途端、他国の王子や貴族の名前と噂で持ちきりだった。実はうちの国の公爵家がとか、ヤブラン王国の公爵家がとか。実はライラック王国がとか。他にも色々と噂が錯綜《さくそう》してた。

俺も城内で聞いただけだから本当に一部しか知らねぇけど、それでもカラム隊長以外にも婚約者候補関連の噂がある人は多いんだなと思った。あの時は単に珍しい貴族の格好したカラム隊長が明らかに目立っただけだったらしい。……ジルベール宰相が「流石プライド様、注目の的ですね」って妙に薄気味悪い笑みを浮かべてたのだけがちょっと気になる。

カラム隊長は、自分の噂話が薄まっていたことに胸を撫で下ろしていた。確かに噂を聞けば聞くほど、どの貴族もどの王子もありそうだった。

「……うん、書き終わったわ！」

ペンを置いたプライド様が大きく伸びをした。「お疲れ様ですお姉様」とティアラが本から顔を上げた。プライド様が、書状を慣れた様子で封筒に入れながら笑顔でそれに応える。

「最近やっと手紙も書き慣れてきたみたい。そろそろ書く必要がなくなるのが残念だわ」

確かに、最初の時はすげぇ時間を掛けてた書状が最近はそこまで時間が掛からなくなってた。コツを掴《つか》んだって、プライド様はすごく嬉しそうだった。この前も「これなら他の書状にも毎日返事を書けるかも」って話してたけど、ステイルが「いえ、流石に毎日二桁以上の書状の返事を書いていたら腕を痛めてしまいますし不要です」って止めてた。

「ヴァル達が来るまで時間もあるし、一度外の空気を吸いに行きましょう」

封をし終えた書状を机に置いて、プライド様が立ち上がる。ティアラも嬉しそうに「良いですね！」と本を抱えたまま立ち上がった。

プライド様が背後に控えてた俺とエリック副隊長の肩をすれ違いざまに軽く叩いてくれる。

「庭園に行きましょう！　きっと気分も落ち着くわ」

そう言って悪戯っぽく笑うプライド様に、それだけで一瞬心臓が跳ねた。俺の体調を心配して、わざわざ庭園に行くのを提案してくれたってのはその笑顔でわかった。ありがとうございます、って慌てて返したらティアラが俺とエリック副隊長の手を引いてくれた。エリック副隊長が、引かれてない方の手で俺の背中を叩き手を置いてくれる。……そんな皆に心配かけるほど酷い顔だったのかと思ったら少し情けなくなる。

「まだ庭園の花が綺麗よ。先に皆で見て、ケメト達にも教えてあげましょう！」

でも、心から楽しそうに笑うプライド様に、それだけで胸が軽くなる。はいと返した時にやっと口端が自然に緩んだのが自分でもよくわかった。

「兄様が来るのも楽しみですねっ！」と笑うティアラが回廊に出たら、俺達から手を離してプライド様の腕に飛びついた。手を繋いで歩く二人を眺めながら、俺とエリック副隊長もついていく。

やっぱり、こうしてプライド様の笑顔を見れるだけでほっとする。俺のするべきことも、決意も何も変わらないって何度もそう思える。

この人の傍にいて、この人の笑顔を守り続ける。今、この人が心から笑っていてくれるだけで俺は、充分幸せだ。

たとえその隣にあの人が…………誰を、選んでも。

「……クラーク。やはり今夜は…………」

深夜、馴染《なじ》みの酒場へ友に引き摺られてきた騎士団長のロデリックは、ジョッキを握りながらも重々しく口を開いた。いつもなら一息に飲み切れる量だが、今は安易に飲もうとすら思えない。

「今更何を言っているんだ、ロデリック」

自分の分に酒を注《つ》ぎ、瓶をカウンターに置いた副団長のクラークはロデリックの背中を強く叩いた。バンッ、と叩いた拍子に並々と注いだジョッキが溢れてカウンターに多めに零れた。

「お前がいつまでもそうしているからだ。私に言えないぐらいならば良いが、他の騎士達にまで気取られるのは頂けないぞ？」

取り敢《あ》えず飲め飲め、と更に肩を叩けば仕方がなくロデリックはジョッキを呷《あお》った。グビグビと喉を鳴らし、一度で空にしてからジョッキをカウンターに叩きつける。だが、すぐクラークにより再び並々と酒が注がれる。

「どうしたんだ、友よ。非番から帰ってきてずっとその調子じゃないか。……クラリッサさんに何かあったのか？」

クラークは隣に座り、自分も酒を呷りながら覗き込む。ロデリックが今朝から様子がおかしいのは、騎士達と同じようにクラークも当然ながら気づいていた。更には今朝からアーサーの様子までがおかしい。だからこそ、こうしてロデリックを半ば強制的に酒場に連れてきていた。

ロデリックの妻であるクラリッサの名前を出せば、余計にロデリックの顔は曇った。まさか本当に？　と、クラークが身を乗り出せばロデリックは無言で首を横に振った。

「いや、クラリッサも親類も全くの健在だ。……店も、問題はない」

そう言いながら再びジョッキを空にし、今度は自らの意志で酒を注いだ。なら良いんだが……とクラークも酒を二口飲み込んだ。ロデリックがこの酒場で、更に自分に対しても詳しく言おうとしないということは〝そういうこと〟なのだから。

「じゃあ、夫婦喧嘩《げんか》でもしたか」

最後に軽い調子で言ってみれば、ロデリックはわかりやすくカウンターに額を打ちつけた。ゴン、と低い音が響き、クラークが今度は驚いた様子で「なんだ、本当にそうなのか?!」と声を上げた。

「いや、………私が一方的に叱られただけだ……」

低いロデリックの声に、クラークが少し察したように笑った。それでか、と言いながら慰めるようにロデリックの肩に腕を回し、軽く叩く。「クラリッサさん、怒ると怖いからなぁ」と言いながら取り敢えず飲めと酒瓶を数本ロデリックの前へと並べた。クラークに一言で返しながら、半ばヤケのようにロデリックはジョッキを何度も注いでは空にしていく。

「また隠し事でもバレたのか？」

明るく酒を飲みながら言うクラークに、ロデリックは「そんなところだ」と苦々しく答えた。そうかそうかと笑いながらクラークもまた酒を呷る。出された干し肉を噛みながら、頭を重そうにするロデリックを暫くは眺めることにする。

親友であるクラークへ正直に話せないことを歯痒《はがゆ》く思いながら、ロデリックは苦々しく酒を飲み込んだ。こんなに苦々しく酒を飲むのも久々だと思いながら、長く深い溜息を吐き出した。

……嘘では、ない。

実際ロデリックは家に帰ってすぐ、妻であるクラリッサに詰め寄られていた。ロデリックも最初は何かあったのかと驚いたが、クラリッサがその手に掴んでいたものに今度こそ心臓が止められた。彼女の手には、王族の紋章が入った封筒が握られていた。

ロデリックが不在中、届けられた書状や封筒を代わりに妻が確認することは大して珍しくもなかった。もしそれが訃報や急ぐ内容ならば、騎士団演習場に伝えに行くことはクラリッサの役目だ。

そしてそれが今回は裏目に出た。二日前に城の衛兵から届けられた書状。騎士団長である夫宛てに城から届くのもそこまで珍しくはなかった。更に今回はロデリック宛てではなく、ベレスフォード家への書状。クラリッサは躊躇いなく開き、絶句した。

書状には自分の息子であるアーサーが第一王女の婚約者候補であること。更にはそれを外部には決して漏らさないようにと念押しする旨が記されていた。

仕方なく、ロデリックは事の次第を全て妻にあきらかにした。プライドの誕生祭から数日後にカラムの件で女王に呼び出しを受けたロデリックは、そこで自分の部下であるカラムがプライドの婚約者候補であることに確信を得ただけではなかった。女王と摂政の口から告げられたのは、自分の息子であるアーサーがプライドの婚約者候補として選ばれたという信じられない事実だった。

騎士団長として、部下二人が婚約者候補であるということだけでも歴代稀《まれ》に見る事態だというのに、更にはその一人は自身の息子だ。あまりの事態に、謁見後も暫くは許容量が間に合わず騎士団演習場に帰った後も足元がフラついた。一体何が、どうなっているのか、何故そうなったのかと考えても答えには辿り着かなかった。

　クラリッサも、ロデリックが話してすぐに彼と同じ疑問を繰り返した。しかし当然ながらロデリックもプライド様の御意志だとしか答えられなかった。

　騎士団長としてそれなりの地位や勲章を持っているロデリックだが、彼も妻も生まれは庶民だ。更にはアーサーは王配としてどころか、下級貴族ほどの教養すら身に付けていない。そんな彼がよりによってこの国の次期女王の伴侶候補として選ばれた。

　女王と摂政には、もともと候補者として含まれた経緯も説明は受けた。更には王配が〝どのような人物でも〟支える体制が築かれているとも告げられた。それに、あくまで候補。三人の中から本当にアーサーが選ばれるかは別だ。だが、その三名に選ばれたというだけで、フリージア王国の民としてはどれほどの栄誉か。上級貴族や他の王族すら得られなかった栄誉を、何故庶民の血しか流れていない自分達の息子がと。驚きや喜びを遥かに超えて、疑問しか残らなかった。

　話を最後まで聞いたクラリッサは「アーサーは知っているの？」と尋ねたが、ロデリックは首を横に振った。言えるわけがない。女王直々に通達を受けたロデリックすら、未だに戸惑いを隠せず頭の整理もつかない。それをプライドの近衛騎士として毎日顔を合わせているアーサーに伝えれば、自分以上に戸惑うことになるのは目に見えていた。更に、同じ婚約者候補はアーサーが尊敬し慕っているカラム。アーサーが狼狽《ろうばい》する要素しかない。

　プライドが一体どういうつもりなのかは、ロデリックにもクラリッサにも想像がつかなかった。たとえ本命の婚約者候補がいたとしても、残りの一人をアーサーにする理由が見つからない。カラムは伯爵家の一人だが、自分達は家柄すら基準に達していない筈だ。

『……アーサーとプライド様は本当に、本当に近衛騎士と第一王女というだけなのよね……？』

暫く頭を整理する為に沈黙を続けていたクラリッサは、絞り出すようにロデリックへ尋ねた。何かやましいことは無いのかという意味ではロデリックは間違いなくそれだけだと答えた。だが、実際はそれだけの関係ではない。第一王子であるステイルとは友人関係であり、更には張本人であるプライドとも七年ほど前から顔見知りだ。

クラリッサはアーサーがプライドを王女として慕っていることは知っているが、その本当のきっかけは知らない。それを説明すれば、芋づる式に七年前の崖崩落事件から説明をしなければならなくなってしまう。

夫婦の話し合いは丸一日掛かり、クラリッサは小料理屋も閉め続けた。最終的にはロデリックから誰にも決して話さないように、アーサーにも話さないように、気づかれないようにという頼みも聞き入れはした。届いた書状もロデリックが受け取り、家にも証拠はなくなった。

ロデリックが再び騎士団演習場に戻る頃には、クラリッサも少し気持ちの整理がつき「アーサーは貴方と同じでそういうのに絶対疎《うと》いと思ったのに……」と呟いていた。若干熱っぽく頬を染めていた妻の姿にまさか考え過ぎて知恵熱を出したのではないかとロデリックは心配にもなったが、最後には「大丈夫だから」と背中を押し出されてしまった。

二人で相談した結果、アーサーには暫く家に帰らないようにとも伝えた。あと数日もすればクラリッサは気持ちも完全に切り替えられる。逆に言えば〝あの〟クラリッサさえ数日は必要だという事実にロデリックは改めてことの大きさを認識させられた。

……クラリッサが、あそこまで頭を悩ますなど何年ぶりか。

ハァと溜息をついたロデリックは、無意識にジョッキへ酒を注ぎ続けている自分の右手を見た。クラークが並べてくれていた酒瓶が既に何本か空になっている。

「そんなに怒らせたのか、ロデリック。ちゃんと謝ったのか？」

「……謝った。が、……それで済む話でもない」

今までのように心配をかけて泣かれなかっただけまだマシか。そう思いつつも、知恵熱を覚えるほどに頬を染めていた妻の姿を思い出すと、ロデリックは隠していたことにも若干罪悪感を覚えた。だが、だからこそこんな大き過ぎる事態を妻に抱えさせたくもなかった。

王族からの求婚を自分達の身分で断るなどできるわけがない。ロデリック自身、もしアーサーがこれを知り、万が一にも最後の一人に選ばれた場合にどういう反応をするのか想像もつかなかった。喜ぶか、畏《おそ》れ多いと拒むかそれすらも。ただ、確実に狼狽《うろた》えることだけは確信できた。アーサーがプライドを慕っていることぐらいは理解できている。だが、婚約や婚姻となればまたそれは別の感情だ。ロデリックはそこまでの機微を汲《く》み取ることに長けていない上、自身もそれを自覚していた。

……こういうのは私より、クラークの方が向いている。

更に新しい酒瓶を用意しながら、ちらりとクラークへ目を向ける。「ならば誠心誠意を見せるしかないな」と笑いながらジョッキを傾けるクラークは、まだたった二杯目だ。

彼ならばこの話をすればもっと参考になる意見をくれるだろうと思うが、家族同然とはいえ単なる友人であるクラークに話せるわけがない。妻には隠し通したかったが、同時に悩みを共有してくれる存在ができたことを安堵してしまっている自分もいた。

……それにアーサーの、……気持ちは……。

そこまで考えて、とうとう意識が薄れてきた。考え過ぎている間に大分飲んでしまったらしいとそこで自覚した。今度は本当に酔いで頭をカウンターに沈めたロデリックに、クラークは「とうとう潰《つぶ》れたか」と呟き、くっくっと笑った。悩んでいる時と落ち込んでる時は潰れるまで酔わせた方が早いと知っているクラークは、完全に目を閉じてしまったロデリックを静かに眺めた。ロデリックが唯一酔った姿を見せる相手であるクラークだからこそ知ってる扱い方だ。

そのまま、二杯目のジョッキを一気に空にしながら友人の背を叩く。

「……お前も、私も、……歳をとったな」

昔はもう少し飲めただろうと、独り言のように呟きながらクラークは笑う。酒で顔が火照ったままの友人をこのままもう騎士団演習場に回収するかとも考えたが、あまりにも疲弊しきったその寝顔にもう少しだけ寝かせてやるかと思い直した。大柄な身体のロデリックの団服を慣れた手つきで一度脱がし、潰れた彼の上に羽織らせた。熟睡した友人を横目に、自分ももう一杯飲むか、それとも弱めの酒でのんびり繋ぐかと考えた時。

パサリと、紙らしき音が突然耳に届き視線を床に落とした。

「………？」

何かと目を凝らせば便箋だ。床に落ちた拍子に、封筒からバラリと零れてしまっている。封筒も宛名が上の状態で差出人もわからないが、高級感のある封筒と便箋にそれなりの身分の者だなとは察しがついた。自分に見覚えのないそれに、ロデリックの団服から零れたものだろうと理解する。宛名を見ないようにと丁重に封筒を手に取り、次に便箋を拾う。

二つ折りにされたそれを、他の便箋は落ちていないかと確認しながら手に取った。そして折り目のままに畳み、埃《ほこり》を払った、……その時。

「…………………………なに？」

思わず、一人声が漏れた。気づいた瞬間、自分の目敏《めざと》さを呪った。見えてしまったからだ、便箋の裏面からうっすらと。

〝婚約者候補〟〝アーサー〟というその文字を。

一度見なかったことにするように目を瞑り、そっと今度こそ便箋を封筒にしまう。せめて差出人だけは決して見ないように細心の注意を払いながら、手紙を元の場所であろうロデリックの団服の内ポケットに仕舞い込んだ。

「……………………………………………………友よ……」

同情の意を込めて、クラークは眠るロデリックの背に手を置いた。カラムの特別休暇の件で女王に呼び出された日から今日の様子までロデリックがここまで疲弊した理由、その全てに合点《がてん》がいった。

つまりはそういうことか、と心の中で呟いた。

……恐らく、アーサーはこのことを知らないのだろう。そしてロデリックの話から察するに、クラリッサさんもつい最近それを知ってしまったと。

「……そして、私も知るわけにはいかないな」

相談にでも乗ってやれれば良いが、残念ながらそれはできない。本来ならば自分が知ってはいけない情報なのだから。

ポン、ポンと優しくロデリックの背を叩きながら、疲弊しきったその顔を改めて眺める。自分の息子がまさかの王配候補、しかも相手は自分達にとっても大恩人であるプライド。そして、何よりも。

「お前はそういうのに疎いからなぁ……ロデリック」

しょうがない、と思いながらクラークは頬杖《ほおづえ》をつく。恐らく彼からすれば本当に突然過ぎることだったのだろうと、そこまでも理解する。クラークにとっては「流石プライド様だ」と大笑いしてしまいたい。むしろアーサーのことを考えれば、心の底から喜んでやりたい気持ちでいっぱいだった。だが、今一人悩んでいる親友の横でそうするわけにもいかず、代わりにジョッキへ三杯目の酒を注ぐ。

「アーサーと、カラムか。もう一人は、…………まぁ……順当にいけば」

口の中だけで呟きながらクラークはぼんやりと一人の青年の姿を思い出し、思考を止めた。騎士である自分がこれ以上深追いすべきでないと思い直す。

ジョッキの中身を一気に呷り、空にした後にそっとカウンターへ置く。

「…………さぁ、帰るぞロデリック」

二人分の料金をカウンターに置き、ロデリックの団服をしっかりと着込ませてから肩を貸す。大分泥酔した様子のロデリックがまた譫言《うわごと》を漏らしたが、聞こえないふりをして連れて行く。

「本当に……歳を取ったなぁ、……私もお前も」

……自分の息子の婚約で、頭を悩ませることになるほどに。

そんなことを思いながらクラークはロデリックを連れ、フラフラと酒場を後にした。ロデリックが数ヶ月前にアーサーをこの酒場に連れてきたことも、更には共にどのような未来を描き、どんな話をしたのかもクラークは予想がついている。だからこそ余計に、今の状況はロデリックにとって複雑なものだろうと理解する。

「どちらも喜ばしいことだ。…………そして、どちらも哀《かな》しいな……」

足は動かしてはいるが意識が未だにまばらな友へと笑う。息遣い程度の小さな声でクラークはそのまま天を仰いだ。騎士団演習場へ歩きながら、長く息を吐く。

「まぁ、……安心しろ」

今度は少し大きな声で呟いた。独り言ぐらいの声まで上がり、友と肩を並べながら一人空へと口を開ける。ロデリックが聞こえていないこともわかった上で、むしろその方が良いと思いながら。

「その時は、私が一緒に泣いてやる」

……たとえ〝どちらが〟泣くことになろうとも。

一人、誰も知らない約束を胸にクラークは潰れた友と共に歩き出す。空を仰ぎ、ぽっかり空いた月を眺めながら。

見果てぬ未来に、少しだけ胸を痛めて。

「……お聞きしても、宜しいでしょうか」

目の前の女王に膝《ひざ》を折り、問う。「なぁに？」と軽い口調で返しながら、その目は僕にではなくたった今献上した宝石に目がいっていた。……我が〝州〟で産出された品だ。

「何故、貴方様への献上に、私自らお伺いする必要があるのでしょうか」

僕は、尋ねる。七ヶ月前、チャイネンシス王国を〝属州〟として乗っ取った。そしてランスや僕らを、セドリックと共謀し陥れた醜き女王に。

支配されてから、国も文化も全て奪われた。もう神に祈る民など殆どいない。いたとしても見つかれば違反者として捕らえられ、奴隷として搬出される。最初こそ罪人を奴隷として搬出することで賄《まかな》っていたが、もともと小さい国で閉ざされたチャイネンシス王国に大した数の罪人などいなかった。初めは檻に捕らえられていた罪人、次が過去に重罰を受けた前科者、次が罪を犯したことのある者。段々と、搬出の必要数が足りなくなれば盗みや違反など小さな罪でも犯した者から奴隷として搬出されていった。……違反。宗教活動を、断行する者もだ。ラジヤの属州になった以上、神を信仰しない彼らの文化に合わせなければいけない。宗教活動や神に祈る行為をした者は判明次第〝違反者〟として捕らえるしかない。もう僕らはラジヤの民なのだから。

神にただ祈り、望み願う行為の何が罪なのか。それすらわからないまま、神に祈った者から奴隷にされた。老いも若きも関係なく。…………この、僕を除いて。

「別に良いじゃなぁい。どうせ暇でしょう？　元王様は」

〝元〟と。その言葉に胸が刺されたように痛んだ。今の僕は〝国王〟ではない。あくまで属州の統括者だ。こうして定期的に指定された通りの宝石をフリージアの女王へ届け、機嫌を伺う。その為だけに州を離れ、片道十日はかかる道のりを往復しなければならなかった。

民が必死に掘り出し職人が粋《すい》を凝らした宝石を、女王はまるで小石の如《ごと》く手の中で遊び陽の光に透かして楽しんだ。そして言葉も出ない僕に続ける。

「だって、折角生かしておいてあげたのよ？　なら、ちゃんと顔が見れないと勿体《もったい》ないもの」

フフフッ、と妖しく笑う女王は僕にはもう人にすら見えなかった。宝石から初めて僕に視線を落とし、ねっちゃりと糸の引いた笑みを向けてくる。宝石に飽きると隣に並ぶ摂政へ箱ごと粗雑に放り投げ、頬杖をつきながら恍惚《こうこつ》と紫色の瞳を光らせる。その姿が目に入るだけで吐き気がする。

何故か、女王は僕を殺さなかった。元国王である僕は宗教の象徴でもある。首を刎《は》ね、民の前に晒してこそ全ての終わりを宣告できるにもかかわらず、生かした。統括者として置くようにラジヤへ手を回し、僕だけはクロスの所持も許すどころかそのまま義務付け、……結果、僕は神の象徴を掲げながら神に祈りを捧げる民を奴隷に堕《お》とすこととなった。

それが、矮小《わいしょう》な国であったにもかかわらず大国へ刃を振り上げた僕への報いだった。

「嗚呼っ……、ねぇもっとよく見せて。ちゃんと顔を上げて？　憎くて憎くて堪《たま》らない相手に跪《ひざまず》く気分はどぉ？」

フフッ……ハハハッと楽しそうに笑う彼女は、王座から僕を覗き込む。僕は怒りと憎しみを内側へ抑えつけながら口の中を噛む。血の味を感じながら堪えても、胸の奥は黒く焦げ汚く濁った。

「感謝しなさいよ？　こんな立派なお城、貴方じゃあ一生かかってもお目にかかることすら叶《かな》わなかったわよ」

こんな根城、羨ましいとすら思えない。民の血と嘆きに構築された、醜く欲に溺れた無機物だ。なのに女王は自慢気に両手を広げ、まるで世界で最も高貴な場所だと言わんばかりに笑みを引き上げる。

僕が感情を必死に抑え膝をついたまま見上げれば、女王は王座からゆっくりと立ち上がった。感情を抑えた僕をつまらなそうに睨み、そして一歩一歩近づく。

「ねぇ、ヨアン。………もうこれ以上自分が歪《ゆが》むことは無いだなんて思ってなぁい？」

信じられないほど邪悪なその声に息を引く。意味もわからず心臓が一度止まり、見開かれた目が痙《けい》攣《れん》したように閉じられない。彼女の笑みが引き上がる。怖気《おぞけ》が止まらず残酷なほど鮮やかだった。

僕の顔を覗いた女王は顎に手を添えてきた。自分の方へ下から指先だけで持ち上げるようにし、顔を向けさせる。無抵抗にされるがままの僕へまた恍惚とした笑みを落とした。「たとえば」と、その卑《いや》しい唇がゆっくり言葉を紡《つむ》ぐ。

「貴方の大嫌いな……憎くて憎くて堪らない王子様に、貴方が傅《かしず》くことになったら？」

女王の言葉に、一人の青年の姿を思い出す。この胸に穢れを招いた、消したくても消し去れない裏切り者。僕の大事な親友の心すら殺した彼の弟だ。憎悪に再び支配され、視界が真っ赤に染まる。僕の顔を余すところなく覗き続けた女王はうっとりと満足気に顔を綻《ほころ》ばせた。

「あぁそうだわ。その時は貴方に彼の着替えを任せましょう。罪無き乙女《おとめ》の愛を裏切り、その血に汚れた彼の服も身体も、貴方がその手で清めてあげて？　聖なる国の元王様にぴったりな仕事だわ」

フフッ……アハハハハハハハハッ！　と今から何を想像したのか、背中を反らして高らかに笑い出す。一体何を言っているのか。罪なき乙女？　愛？　血に汚れる⁇　常軌を逸した女王の妄言《もうげん》か。

「楽しみね。……貴方と彼の素敵な再会。今から三ヶ月後が待ちきれないわっ」

そう言って、僕の白髪を撫でた。振り払いたい欲を抑え、されるがままに肩だけを強張らせる。それに気づいた女王が、真っ赤に塗られた爪先で弄《いじ》るように僕の首から肩を擽り、嘲《あざけ》った。あまりの不快感に声が漏れそうになりながら口の中を噛み切る。

「忘れないでね。貴方はたかが属州の統括者、私は大国フリージアの女王。そして彼は――……」

ニタァァアアアアァと今度こそ背筋の凍る、上がった口端が尋常ではないほど引き上がった。歪むように笑んだ彼女に否が応でも目が奪われる。地の底に響くような低い声で。

「貴方に、靴を舐《な》めさせる」

これ以上ない残酷な笑みに息が、止まった。

「どうした、ヨアン。そんなにセドリックのことが気掛かりか？」

……ふと、ぼんやりしていたら声を掛けられた。聞き慣れたその声に顔を上げる。見れば、ランスが少し心配そうな顔を僕の方に向けていた。しまった、少しぼんやりしていたみたいだ。

城で待っているであろうセドリックのことを考えていたら思考が深くなり過ぎたらしい。セドリックを置いての長旅なんて初めてかもしれない。

「ああ、すまないランス。国を出る前に少し落ち込んでいた姿を思い出したら、ちょっとね」

「気にする必要はない」とランスに言われ、自分でも過保護だなと思って笑ってしまう。

今日招かれたパーティー、僕とランスは理由があってセドリックをハナズオに置いてきた。

ランスが苦笑を返してくれた後、ちょうど歩み寄ってくる今日の主役に僕らは同時に声を掛けた。

「本日はお招き頂きありがとうございます、ジルベール宰相殿」

手を伸ばし、ジルベール宰相と握手を交わす。こちらこそ御足労ありがとうございますと笑顔で返してくれるジルベール宰相に、僕とランスも言葉を返した。

フリージア王国の宰相であるジルベール・バトラー殿。今日は彼の誕生日パーティーだった。防衛戦でも多大な貢献をしてくれたジルベール宰相の誕生日パーティーに、僕らハナズオ連合王国も招待された。セドリックも行きたいと望んだけれど、僕とランスが断った。

例の案件の返事まで、ついに残り一ヶ月。既に色々面白いことになっているセドリックをフリージア王国に連れていくのは不安だと、僕ら二人で判断した。パーティー会場が城ではなくジルベール宰相の御屋敷とはいえ、招待客には以前セドリックが多大な迷惑を掛けた第一王女のプライド王女、第二王女のティアラ王女がいるのだから。……だからこそセドリックも行きたがったのだけれど。

「ハナズオ連合王国の国王陛下にお越し頂き身に余る光栄です。どうぞごゆっくりお過ごし下さい」

優雅に礼をしてくれたジルベール宰相は、そう言うと速やかに他の来賓へ挨拶に向かっていった。

流石フリージア王国の宰相ということもあり、来賓も豪華な顔ぶれだった。

プライド王女達だけでなく、フリージア王国の摂政や女王まで招かれていた。王配は女王の代理で城にいる為欠席らしいけれど、それでも豪華過ぎる布陣だ。騎士も来賓としてだけでなく警備として屋敷の至る所に配置されていた。奥にはジルベール宰相の夫人らしき綺麗な女性や娘だろう令嬢も控えている。その少女にちょうどプライド王女やティアラ王女、ステイル王子が声を掛けていた。どうやら三人とも御令嬢とは面識があるらしい。

そこまで眺めていると、プライド王女が僕らの方に気づいてくれた。互いに足を進め、挨拶を交わし合う。少しだけ、プライド王女と苦笑いし合いながら。

「セドリックは不在なのですね」

プライド王女がセドリックの不在を気に掛けてくれる。ええそれがと返しながら、体調不良を理由にして伝えた。あながち大きな嘘でもないのが恥ずかしい。

「ですが、こうしてランス国王陛下とヨアン国王陛下のお顔を拝見できて嬉しいです」

プライド王女の言葉にティアラ王女とステイル王子も頷いてくれる。嬉しい言葉にランスの後、僕からも言葉を返す。

「ありがとうございます、僕もお会いできて嬉しいです。プライド・ロイヤル・アイビー第一王女殿下」

続けてティアラ王女とステイル王子の名も紡ぎ、同じように握手を交わした。こうしてプライド王女の名を口遊《くちずさ》むだけでも、胸が温かくなる。本当にあの日の奇跡が今でも信じられない。……そして、僕らの現状も。

語らいながら曖昧《あいまい》な笑みを浮かべてしまうと、プライド王女とステイル王子が同時に目配せし合った。ごめんなさい、とプライド王女が小さな声で呟いた。

「例の件は、私もステイルもまだ母上から結果を聞いておりません」

「まさかそれで、セドリック王子殿下は知恵熱を？」

「いえまさか」と思わず僕とランスで同時に同じ台詞《セリフ》を返してしまう。ティアラ王女は例の件については知らない為、僕らの会話に少しだけ首を捻りながらも笑ってくれた。セドリックが不在のせいか、前回よりは笑顔が柔らかい。そう思うと余計に苦笑してしまう。

ティアラ王女と目が合うと、彼女は恥ずかしそうに唇を結んで顔を伏せてしまった。

「ところでランス国王陛下、ヨアン国王陛下。金と鉱物の輸出をとうとう他国にも始められるとか」

噂は聞き及んでおりますとステイル王子が微笑《ほほえ》む。流石次期摂政でもある御方だ。摂政と同じように他国の動きにも精通しているらしい。「ええ、お陰様で」と返し、僕らからも近況を伝える。

もともと同盟を結んでいたフリージア王国とは先んじて少しずつ交易を行っていた。サーシス王国の金や金細工、チャイネンシス王国の宝石。フリージア王国と同盟を結ぶ前から国を開く準備を進めていた甲斐もあり、先週やっとその体制が整った。フリージア王国からの協力や仲介、ジルベール宰相やヴェスト摂政の助言なども大きかった。

金脈や炭鉱、鉱山の開発と定期的な産出に必要な人員確保。採掘から加工輸出までの動線構築と安定化。ランスと僕が国王になってから地道に進めてきた取り組みだ。我が国の最大資源である金脈と鉱物。国の利益と民の仕事場を増やし還元できる仕組みをと、この広い世界の国々と対等に渡り合う、その為に。……そしてとうとう僕らは、国を開く。

交易条件を照らし合わせ、取引が成立さえすれば開放された港にはひと月も経たないうちに他国の船が訪れることになるだろう。アネモネ王国との交易や、同盟国であるフリージア王国だけではない。世界との交易、そして交流だ。

「……本当に、本当に貴方方の……フリージア王国のお陰です」

言葉にする度に、感謝が溢れ出てくる。思わず顔が綻んだ。僕とランス、そしてセドリックの夢が叶ったのだから。

いえこちらこそ、ハナズオ連合王国の努力あってこそ、陛下の手腕あってこそです。そう返してくれ、今度はプライド王女が僕らに笑いかけた。

「それに、御礼を言うのはこちらの方です。ハナズオ連合王国の高品質な金や宝石を……あんな破格で取引して頂いているのですから」

声を抑えて僕とランスの顔を窺うプライド王女は、何かを思い出したように若干顔から血の気が引いていた。それを見てステイル王子とティアラ王女が小さく笑う。

「とんでもない、あの程度でお返しできる恩ではないのですから」

ランスは逆に驚いたように即答したけれど。彼女が気が引けてくれるのも、わかる。

僕とランス、ハナズオ連合王国は自国の金と宝石をフリージア王国にだけは輸送と採掘から加工までの人件費を含む必要経費のみの額で取引していた。殆ど無償で提供しているようなものだ。だけど、それは僕らハナズオ連合王国から申し出たことだった。

当時、取引を決めた時にはフリージア王国の女王と摂政も驚いていた。……でも、これは我が国の民の総意でもあった。自国の自由と民の命は、金や宝石では代えられない。取引の値をそれ以上上げようとしない僕らに、最終的には定期的にごく僅かな一定量のみの金と宝石を取引することで互いに合意した。実際、加工における手間や職人技術と時間はさておき、サーシス王国の金脈も僕らチャイネンシス王国の鉱山もその資源は際限がないと言って良い。

サーシス王国なんて、地面を掘れば金が出ると言われたこともあるくらいだ。お陰で百年近くの間にハナズオ国内での金と宝石の価値も大分下がっていた。そのせいで、フリージア王国への金と宝石のほぼ無償提供に、金や宝石〝だけ〟で良いのかと疑問を投げる若い民もいた。

フリージア王国女王と取引が成立した後にも、プライド王女から安すぎると逆に止めに入られてしまった。でも、「セドリックの不敬についての賠償金と思って下されば」と断ったら、すごく狼狽えた後に了承してくれた。むしろ、賠償金としたら少な過ぎるくらいだと思う。

語らいながら、ふと気がついて屋敷の大広間を見回す。

「今宵は、……やはりフリージア王国の方々が多く招かれているのですね」

ランスは流石に気がつかなかったらしく「そうか」と小さく呟いてから、軽く見回した。

今回は外交色の強い王族の式典ではなく、親睦の意図が強いジルベール宰相の誕生日パーティーだ。新しい同盟国である僕らが呼ばれたとはいえ、他の王族で呼ばれている人は少ない。プライド王女の近衛騎士四名やアネモネ王国のレオン王子は呼ばれていたけれど、他は全員式典にも呼ばれるような上流貴族と、……初めて見るような来賓も多かった。セドリックがいたら具体的に誰が何回会ったことがあるかもわかっただろう。

「ええ。今回ジルベール宰相が、あまり関わる機会のない貴族とも交流を図りたいということで」

ステイル王子の浮かべた笑みが、どことなく黒い覇気を纏った気がした。交流のない……つまりは上級貴族だけでなく下級貴族も招いているということだろうか。やはり宰相ともなると国内にも深く携わる必要があるらしい。大国の中でもそこまで手を広げるなんて、やはり尋常ではない手腕だ。すると、ステイル王子が僕の顔色を読んだように笑んだ。

「僕も最近、できる限り多くの貴族と交流を深めたいと思っていたので、嬉しく思っています」

ステイル王子に、何故かプライド王女達の笑みが反比例するように引き攣って見える。

「素晴らしい。私達も見習わねばならんなヨアン！」

ランスが感心するように声を漏らし、僕の背を叩いた。確かに僕らももっと互いに国内の貴族や民と交流の場を設けることも必要かもしれない。これから国を開けばまた民の生活も変わってくるだろうと「そうだね」と笑みを返す。国を開いたからといって終わりなんかじゃない。開いたからこそ、そこから民が自国の生活を他国に理解され、その上で交流を取り世界の流れに触れられるように僕ら王族は彼らの平穏を守らなければならない。貿易、交流、信仰の理解、世界との関わりと治安。すべきことは山積みだ。更にローザ女王から例の件の合意を得れば、僕らは更に忙しくなるだろう。でも今はただそれが楽しみで……わくわくしてしまう僕がいる。

世界の広さを受け入れた僕が、そこにいた。

第四章　無関心王女と王弟

「…………とうとう、来るのか……」

溜息《ためいき》交じりに俺《おれ》は一人小さく零《こぼ》す。「どうか致しましたか」とジルベールが俺に問いかけるが短く返して首を横に振る。纏《まと》め終えた書類を整え、軽く振り返って手渡した。

「どうぞ父上。王都から周辺地域までの貴族調査書です」

父上が俺の書類を手に取り、軽くパラパラと速読した後に最初の一枚目からじっくり読み始めた。今俺は、ジルベールのもと王配である父上の補佐を手伝っている。

調べ上げた書類の一つ目を纏め終わり、一息つく。見ればジルベールは既に次の調査範囲申請を手に父上の判を得ようと控えている。流石《さすが》、手が早い。

「この数年で国内の治安は大分安定したが、やはりその分今度は各地域の統括者に目を向けていく必要があるな。各地の伯爵家にも管理の呼び掛けと、……だが癒着の恐れも……」

「そうですね。やはり時間は掛かりますが、衛兵や騎士の派遣などで秘密裏に足を運び調査をさせることが一番かと。一応、各伯爵家以下の徹底した把握をと公爵家にも呼び掛けておきましょう。少なくとも公爵家と全《すべ》て信用できる者を使って把握に努めております」

調査書を睨《にら》みながら怒っているかのように眉間《みけん》に皺《しわ》を寄せる父上にジルベールが続ける。父上が調査書を睨みながら左手を軽く上げれば、ジルベールは待っていたとばかりに手の中の書類を手渡した。

「いま、公爵家への通達の準備も致しますので」と優雅に笑み、その場から一歩引いた。

「ではステイル様。一度また私の執務室に御同行願えますか」

ええ、勿論《もちろん》です。そう返しながら父上に挨拶《あいさつ》をし、王配の執務室から出る。すぐそばにあるジルベールの執務室に入り、扉を閉めさせた。

「申し訳ありません、ステイル様。ヴェスト摂政の方もお忙しいにもかかわらず、こちらを手伝って頂きまして」

「問題ない。ヴェスト叔父様の方も残すは母上との最終調整だけだと仰《おっしゃ》っていた。今日のハナズオ連合王国の訪問前にさっさと終わらせるぞ」

　全く申し訳なさそうにせず笑むジルベールの言葉を切り、公爵家の通達の準備を始める。その通りですねとジルベールは穏やかな声で書状とリストを棚から引き出した。

「それに、……二ヶ月前の発覚は俺としても腹立たしい限りだった。あんな輩《やから》が他《ほか》にもいるならさっさと排除したい」

　そう呟《つぶや》きながら、また思い出して腑《はらわた》が煮えくりかえる。ふた月ほど前、ジルベールが入手した情報を元に調査が行われ、とある男爵家が処罰された。もともと提供された情報自体かなり明確に調べ上げられていたが、ジルベールと俺で更に調べ尽くせば吐き気がするほどの案件だった。まさか下級貴族の端の端。更には統治していた領地の民にも信頼を寄せられていた男が裏であそこまでのことを犯していたとは今でも気分が悪くなる。

　ジルベールが早急に手を打って処罰まで持っていったそうだが、その結果国内の管理体制について改める必要があるというのが母上を含む上層部全員の総意だった。

　先月のジルベールの誕生日パーティーでも、試しに王都からその周辺地域を統括している下級貴族を招き、俺とジルベール更にアーサーも投下して警告と炙《あぶ》り出しを試みた。……お陰で、それなりの収穫もあった。今後は公式に場を用意して全ての貴族達と直接顔を合わせる機会を順々に作っていくことにもなるだろう。

「私も同意です、ステイル様。国や称号の陰に隠れて手を染めるような輩は――」

「相変わらずの同族嫌悪だな、ジルベール」

ジルベールの言葉を容赦なく叩《たた》き折ってやれば「仰る通りです」と苦笑気味に返してきた。男爵家の件が発覚した時も言ってやったが、その時はなかなかの良い反応だった。

ジルベールの時もそうだったが、やはり権力者の悪業は発覚しにくい上に痕跡すら掴《つか》みにくい。単に権力が大きい者だけではない、俺達王族の手が届く範囲外のものでは流石に気づけない。

ジルベールの掴んでいる情報屋から得られるのも裏稼業関連が殆《ほとん》どだ。アーサーのように腹の黒さを探知するような……いやいっそアーサーが大量にいればこちらとしても楽に調査ができるのだが。

流石にそうもいかない。だからこそ、徹底した調査が必要だ。

「ああ、そういえば。今朝、アネモネ王国からの使者が来まして。三日後、また騎士団へ積荷が届くそうですよ」

ふと思い出したように話すジルベールの言葉に「またか」と言葉を返す。三日後、と思い返してみると順番で考えれば今度はエリック副隊長だろうかと考える。

数ヶ月ほど前から、レオン王子はプライドの近衛《このえ》騎士の誕生日になるごとに騎士団宛てに支給品を贈ってくれるようになった。最初のアーサーの時は武器弾薬。アラン隊長は食料と非常食。いずれも大量に騎士団へ提供しては「友好の証《あかし》に」と添えてくれる。お陰でもともと国から与えられる費用も多い騎士団は更に武器まで大量に手に入り、大いに潤っている。経費を割《さ》くわけにもいかないが、これなら騎士団自体の規模を拡大させるのもと父上がこの前も提案していた。我が国の騎士団は毎年多くの入団希望者はいるが、試験が厳しい為《ため》に本隊入りする騎士は毎年極少人数だ。だが、それでも最近は死者が少ないお陰で団員数は増している。

ジルベールが「今回は酒だそうです」と続けるのを聞き、届いたら騎士団で祭り騒ぎになるだろうと思う。エリック副隊長よりもアラン隊長が喜びそうだ。アネモネの取り扱う酒は種類も豊富な上、質の良いものが多い。

今度はエリック副隊長の戸惑う姿を見られるだろうと思いながら俺は手を動かした。誕生日に大量の積荷が騎士団に届く度、彼らは恐縮した様子だった。最初、アーサーの誕生日に大量の武器が届いた時など、アーサーは驚きを通り越してかなり狼狽《ろうばい》し、落ち込んでいた。「なんか、なんか！　催促したみてぇでっ……!!」と自分の誕生日を容易に話してしまったこと自体を後悔していた。アーサーに続いてアラン隊長の誕生日にまで届いた時には、近衛騎士でどうやってレオン王子の誕生日にお返しができるかと真面目《まじめ》に相談を始めていた。

レオン王子も、お返しなど気にせずに済むように〝誕生日祝い〟ではなく敢《あ》えて〝友好の証〟として騎士団全体へ贈ってくれたのだと思うが。あくまで騎士団に対しての〝友好の証〟だ。アネモネ王国から友好関係の意思を示すことにも繋《つな》がる。……それでも近衛騎士達も返さないわけにはいかないらしい。来月は確かカラム隊長の誕生日も控えているが、次は一体何が送られてくるのか。

そこまで考えてから、時計に何となく目を向ければ意外と時間が経《た》っていた。急いで済まさなければと意識を再び書類に向ける。

「ハナズオ連合王国の馬車がいらっしゃるまでも、恐らくあと数時間。セドリック王子にお会いできるのも楽しみですね」

先程の嫌味の意趣返しか、ジルベールが晴れやかな笑顔で言葉を掛けてくる。俺がセドリック王子に関して色々考えあぐねているのを理解した上でこれだ。

そうだなと返しながら、頭には今日の会談が過《よ》ぎる。セドリック王子からの提案とプライドの……。更には俺の誕生祭で彼が言っていた言葉も思い出された。冷静な頭で判断すれば、我が国でも願ったりのことだ。だからこそ俺も誠心誠意協力を惜しまなかったし、母上もきっと今日の会談で首を縦に振られるだろう。だが、奴《やつ》の本当の狙《ねら》いは恐らく……。

「…………」

考え込んでしまい、気づけば手が止まっていた。ジルベールから呼び掛けられ、急いで手の中の仕事を済ませた。父上の元に戻る準備を既に終えていたジルベールが微笑《ほほえ》みながら「行きましょうか」と先導する。まるで娘のステラに向けるような温かな眼差《まなざ》しが少し腹立たしい。

まぁ、良い。俺も書類を小脇に抱えながら一度眼鏡《めがね》の縁を押さえた。十七になった日に新調した眼鏡は既に馴染《なじ》んだ。ジルベールの後に続くように急ぎ、共に部屋を出る。

この数ヶ月の間に、プライドやティアラの婚約者候補の可能性がある貴族や王族については時間を掛けてできる限り徹底的に調べ上げた。お陰で、平静を取り戻すこともできた。調べた結果、少なくとも悪い気配のするような男はいなかった。やはりヴェスト叔父様や父上、そして母上が厳選して下さった結果だろう。実は裏で暗躍されている可能性もゼロではないが、その時は俺がプライドの代わりに本人を叩き潰《つぶ》すのみ。それに、少なくともカラム隊長の人柄は信用できる。……何故《なぜ》かそれでも胸の内は多少痛みを伴い、引っかかったが。しかしセドリック王子が今後どう動くつもりであろうとも、プライドがあの中から誰《だれ》を選ぼうとも今更何も驚きはしない。

「お待たせ致しました、父上」

　俺の覚悟は二年前、既に決まったのだから。


「…………申し訳ありません。我が妹のティアラが……」

　はぁ……、と私は思わず溜息を吐き出した。目の前には、母上との会合の為にわざわざ足を運んでくれたランス国王、ヨアン国王、そしてセドリックが並んでいる。私も第一王女としてティアラと一緒に近衛騎士のアーサーとエリック副隊長を連れて出迎えた。ステイルはジルベール宰相のお手伝い中で、ハナズオ連合王国と母上の会合が終わる頃には休息時間を得られる筈《はず》だと話していた。

　そして今、セドリックは早速項垂《うなだ》れている。「こちらこそすまない……」と呟きながら金色の髪が垂れて彼の顔を隠した。国王二人が肩へ手を置いて不憫《ふびん》そうに苦笑いをしている。そりゃあ苦笑いもしたくなる。だってセドリック達と挨拶を済ませた後、逃げるようにティアラは部屋に戻っていってしまったのだから。

　うん、今回はセドリックに不備はなかった。それは私も理解している。ただ、今までの行いというか第一印象がアレだったし、仕方ないといえば仕方ないし自業自得ではある。それでもやっぱりここまでティアラに猛烈片思い中のセドリックを知ってしまうと、どうしても同情してしまう。

　防衛戦……セドリックがティアラに告白してから、もう半年以上が経過している。それから式典とかで顔を何度か合わせたセドリックとティアラだけれど、未《いま》だにお友達ポジションすら遠そうだった。私達への赤面癖も、ある程度治った。更にティアラに対しても赤面せずに普通に話せるようにはなったらしいセドリックだけど、当のティアラ本人は未だにお怒り中の為どうしても仲良くお喋《しゃべ》りの域までいかない。二人の会話は一回手助けした時以外は知らないけれど、セドリック曰《いわ》く前と変わらずの一方通行らしい。その上、ステイルの誕生祭の時もティアラの機嫌を傾けてしまったままだとか。

……駄目だ、考えると余計不憫になる。誰とでも分け隔てなく仲良くなれる天使のティアラへ一方通行だなんて、もし私がそうなったら確実に泣く自信がある。

「母上は王宮でお待ちです。是非この後またお話ができれば嬉《うれ》しいです」

　お帰りの時間にご都合が合えばと、そう伝えれば国王もセドリックも是非と頷《うなず》いてくれた。今回はセドリックも含めたハナズオ王族三人と母上達との会談だ。従者や兵士を連れ母上の元へ案内されていく三人を見送ってから、ティアラの様子を確認するべく私は宮殿へと戻った。

「おっ……お姉様ごめんなさい……！　私っ……！」

　玄関から中に入ってすぐ、ティアラが青い顔で出迎えてくれた。すごく慌てた様子のティアラに、専属侍女のカーラーとチェルシーが心配そうに寄り添っている。

　多分、離れた後すぐに無礼だったと我に返ったのだろう。一応挨拶はしてくれたし、ちゃんと断ってから奥に引いたのだからそこまで問題はないのだけれど。敢えて言えばなかなかの露骨っぷりだったので、セドリック本人にでなくてもティアラが彼を避けて逃げたのはバレバレだろうなぐらいだ。

青い顔で謝るティアラに思わず笑ってしまいながら、ゆっくりと私は言葉を返す。

「大丈夫よティアラ、誰も怒ってなんていないから。お部屋で話しましょうか」

ティアラを私の部屋に招く。慣れた場所で寛《くつろ》ぎティアラも少し落ち着いたのか、私が専属侍女のマリーに紅茶をお願いした頃にはソファーに寄りかかりながら大きく深呼吸をしていた。いつものティアラの様子に、アーサーとエリック副隊長もほっとしている。

「………なんだか、セドリック王子はよくわからなくて」

ぽつんと小さなティアラの声が部屋に浮かぶ。私も隣に掛けながら「わからない？」とその言葉を聞き返すと、ティアラは少し甘えるようにこちらに寄りかかりながら頷いた。

アーサーとエリック副隊長が聞いているし直接的な言葉では聞けないけれど、せめて話すことでティアラの気持ちが少しでも落ち着けばと話をそっと促す。

「あの人は、……変です。絶対」

ぷくっと膨らませたティアラの頬《ほお》が可愛《かわい》らしい。怒ったような表情をしながら、手元は穏やかに膝《ひざ》の上へ重ねていた。まぁ確かにねとティアラの言葉に私も苦笑する。セドリックの態度は、変わり過ぎている。特に私やティアラに対しては。何も知らないティアラが戸惑うのも当然だ。

マリーが淹《い》れてくれた紅茶を、カーラーがそっと手渡してくれる。私も自分の専属侍女のロッテから受け取りながらお礼を伝えた。

「お姉様にあんな酷《ひど》いことして、なのに時々……で、泣き虫で甘えて、お姉様を今はお慕いしてて。なのに、…………。それに……今は、時々いじわるです」

途切れ途切れに小声で呟くティアラは、熱々の紅茶の水面をふーっと吐息でひと撫《な》でした。ティアラの言葉をうんうんと聞きながら、ふと最後の一言に首を捻《ひね》る。いじわる?? いつセドリックがそんなことを言ったのだろう。ステイルの誕生祭の時だろうか。

まさか知らないうちに不敬でもと、何を意地悪されたのか聞いたけれどティアラは首を横に振って教えてくれなかった。「不敬とかではありません。……でも」と零し、その後はティーカップにそっと口をつけた。火傷に注意しながら飲むティアラを眺めながら、私はアーサーとエリック副隊長に目を向ける。当然二人もわからないらしく、戸惑うような視線を私に返した。

まさかセドリック、好きな子にいじわるしたくなるとかそういうのだろうか。もしそうなら私からしっかり注意するべきかと少し真面目に考える。

紅茶を一口飲んだ後、一度カップを皿ごとテーブルの上に置いたティアラは私の肩に軽く小さな頭を傾けるようにして載せた。

「ですけどさっきのはあまりに私が失礼だったので、この後お会いした時にきちんと謝ります」

ふぅ……と大きく溜息をつくようにティアラの肩が下がった。まるで怒られた後みたいに眉《まゆ》を垂らした妹の頭をそっと撫でる。セドリック達が今日我が城に来るのは分かっていたことだけれど、なかなか心の準備が間に合わなかったらしい。単純にセドリックからの告白をされたこともそうだけど、これから先のことに不安や心配もあるのだろう。気持ち的に不安定になってしまうのも無理がない。あと二ヶ月後にはティアラの十六歳の誕生日があるのだから。

とはいっても、ティアラの婚約者候補の確定は十七歳になってから。まだ一年ある。それでも、十六歳で女性として認められたら周囲の環境もきっと変わってくるだろう。十六歳になったティアラは、これから私やステイルと一緒に国外の社交会に出席することも一気に増える。

私が十六歳になる頃は、学校制度で頭がいっぱいで細かいこと……どころか婚約者の存在すら忘れていたけれど、ティアラはそれが無かった分色々考えてしまって当然だ。

「大丈夫よ、ティアラ。私とステイルも、……皆がついているわ」

ティアラの頭から長い髪、そして背中を撫でる。そっと反対側の肩に手を添えて抱き寄せると、ティアラはコクンと頷いた。それでもやっぱり不安が込み上げたのか、私からも隠すように小さな細い手で目元を拭った。それから暫く寄り添いながら、私達は時間が経つのを待った。


「お待たせしました、プライド」

ノックの後、少しだけ息を切らせたステイルはプライドの部屋に訪れた。扉が開かれた途端、ちょうどソファーがステイルの目に入る。プライドに寄りかかったティアラが寝息を立てていた。

プライドが口元に人差し指を立てるのと同時に、ステイルも声を抑えようと自分の口を片手で覆った。その反応にプライドは小さく笑みながら、声を抑えて「お疲れ様、ステイル」と返した。

それに一言返しながら、ステイルは足音を消してプライドとティアラに歩み寄る。プライドに凭《もた》れかかりカクンと首を倒したティアラは、口も開けず人形のように眠っていた。

「すみません、待たせ過ぎたでしょうか。このまま部屋のベッドに運ばせますか？」

「大丈夫、うたた寝しているだけだから。この後ランス国王方にも御挨拶したいと言っていたわ」

ティアラの金色の髪を優しく撫でながら笑うプライドに、そうですかとステイルも笑みを返した。

眠っている前髪を指先で撫でながら覗《のぞ》き込めば、ステイルもプライドも見慣れた寝顔があった。

「先程、母上とハナズオ連合王国との会合が終わったそうです。もしお約束でしたらそろそろいらっしゃる頃合いかと。……なので、起こすならそろそろ」

ステイルが笑いながら一歩下がる。プライドは応《こた》えると、そっとティアラの肩を揺すって声を掛けた。ティアラ、ステイルが来たわよ、と優しく言葉を繰り返すうちにゆっくりと目が開かれた。

「……ん、………？　……お姉様……兄様……！」

段々と覚醒し、瞼《まぶた》をぱちりぱちりと開けるティアラは最後にゆっくりと周りを見回した。軽く身体を起こし、プライドに寄りかかったまま眠っていたことに気がつく。ごめんなさいと謝りながら今度はステイルへと視線を投げた。

「……兄様、いつの間に来ていたの？」

「ついさっきだ。母上の会合も終わった。そろそろハナズオ連合王国の方々もいらっしゃる筈だ」

ハナズオ、という単語にティアラがぴくっと跳ね上がる。自分がこれから謝らないといけないことを思い出したのだろうとプライドは理解する。

「まだ来ていないから大丈夫よ」と声を掛けながら落ち着くようにと背を撫でた。

「そういえば、例の案件。無事可決されたらしいですよ」

「！　そうなの。良かったわ！」

ステイルの言葉にプライドの表情が明るくなる。プライド自身も可決するとは思っていたが、それでもステイルの言葉には安堵《あんど》した。可決したことで自分も知っても良いと判断したティアラが気になるように目を丸くして姉兄を見つめる。二人も話して良いだろうと頷き合い、そして……

コンコンッと、ノックの音に阻まれた。

突然のノック音に、過敏になっていたティアラが小さく「きゃあっ！」と悲鳴を上げる。だが、すぐに衛兵だとわかり、ごめんなさいと口を両手で押さえながら顔を真っ赤にした。これには背後に控えていたアーサーとエリックも小さく苦笑してしまう。

衛兵の言付けを預かった近衛兵のジャックは開けた扉を一度閉め、プライド達に向き直った。

「プライド様、セドリック王弟殿下がお会いしたいと客間で待たれているそうです」

何故かハナズオではなく、セドリックのみの訪問にプライドだけでなくその場にいる全員が疑問を抱く。プライドはジャックに返事をしながらゆっくりと立ち上がった。


「お待たせしてごめんなさい、セドリック」

客間に入ると同時にプライドが声を掛けた。隣にはステイル、そして背後にはティアラが続く。近衛騎士の二人が最後に部屋の中に入った後、ジャックにより外から扉が閉じられた。パタンと丁寧に閉じられ、身体ごと正面へと向き直ったセドリックは口を開く。

「いや、俺こそ少し急ぎ過ぎた。すまない、兄貴達はローザ女王ともう暫《しば》し話をしてから来る」

落ち着いた声色に反し額に汗をうっすらと湿らせたセドリックは、椅子《いす》に一度も腰を下ろさず待っていた。プライドが改めてソファーを勧めたが、それでも丁重に断って座ろうとしない。挨拶を終えた後、最後にプライドとステイルの背後に隠れるティアラを気にするように顔を傾けた。

苦笑いするプライドが、背後にいるのはティアラだと頷く。ステイルが退《しりぞ》くように一歩外側に避《よ》けた。俯《うつむ》くティアラの丸くなった背中の後ろに回ったプライドは、そっとその肩に手を添えた。

「ティアラがさっきのことでお詫《わ》びしたいんですって」

優しく仲介するように語るプライドに、ティアラも俯いたまま頷いた。ステイルが「お詫び??」とプライドへ聞き返したが、プライドは笑みだけで大丈夫と返せば了承するように黙した。

ティアラがプライドの助けを借りて一歩一歩セドリックへ歩み寄り、ドレスの袖《そで》を小さく掴む。緊張で僅《わず》かに顔を赤くしながらピンク色の唇が紡《つむ》ぎ出す。

「あの……、……さ……先程は……」

「！　待ってくれ」

ティアラの謝罪を遮るように、セドリックは手を伸ばし声を上げた。突然の言葉にティアラだけでなくプライドも驚いたように顔を上げる。目を丸くしセドリックを見返せば、本人も少し戸惑うように「すまない」と最初に遮ったことを謝罪した。

「……その。……もし願えるのならば、今から俺が話すことを……貴方《あなた》の、……お前の意にそわなければ忘れて欲しい。代わりに今、貴方が謝罪しようとしてくれている件についても俺達は忘れる。……それで、どうでしょうか」

緊張の為少しまた敬語が交ざりながら語る、セドリックの男性的に整った顔には苦悶《くもん》と覚悟が滲《にじ》んでいた。突然尋ねられ、ティアラは何度も瞬《まばた》きをしながらも頷いた。理解よりも、今この場で先程の自分の無礼のお返しになるならばという想いの方が強かった。

ティアラの返事に、ほっと一度だけ柔らかく笑むセドリックはプライド達を目で確認した。窺《うかが》うように「彼らの前で、良いか？」とティアラとプライドに尋ねる。プライドもティアラも振り返った後にお互いに目を合わせたが、すぐに頷いた。近衛騎士もステイルも、彼女達にとっては信頼できる相手だ。

　二人の返事にセドリックは「わかった……」と頷くと、静かに深く息を整えた。最後に吐き切ると胸を張るように再び吸い上げ、静かにはっきりと部屋内にのみ轟《とどろ》く声で意思を発する。

「ティアラ・ロイヤル・アイビー。……俺を、お前の婚約者候補に加えて欲しい」

なっ?! と、一番に声を上げたのはステイルだった。目を見開き、どういうことだと言わんばかりにセドリックとプライド、そしてティアラを見比べる。人前での告白で一気に真っ赤になるティアラと同じように、背後に控えたプライドも全身が真っ赤になる。

ステイルが「それはどういう」と堪《たま》らず口を開け出したところで、プライドは慌ててステイルの口へ手を伸ばし覆った。硬直するティアラの背後からステイルの背後へと移る。むぐ?! と口封じされたことよりもプライドの手が自分に当てられたことにステイルは驚いて固まってしまう。

　硬直するティアラに、セドリックは少し戸惑いながらも言葉を続けた。

「今しがた、ローザ女王陛下から許可と……そして公表も許された。これから先、ハナズオ連合王国とフリージア王国は合同で〝国際郵便機関〟を互いの国に設立する」

　セドリックは、先程成立したばかりの承諾書の控えを服の中から取り出しティアラに掲げた。もちろん本部はフリージア王国だと続けながら、反応を待つ。契約書には確かにその旨と、国王二名、更には女王であるローザの承諾のサインが記されていた。

　初めてそれを知るアーサーとエリックもこれには思わず声を漏らす。国際郵便機関という名と提案こそは三年前から知っていたが、具体的な進行は為《な》されていなかった。……ただ一人、王族専用の

〝配達人〟を除いて。

プライドとステイルも、ハナズオ連合王国との試みは当然知っている。セドリックと書状でやり取りをしながら相談にも乗り、更には女王ローザへの橋渡しまで行ってきたのが二人なのだから。

……何で今の流れでその話をするの……?!

だが、プライドには理解が及ばない。何故?! と何度も疑問が過ぎりながらも、セドリックが当たって砕けるかの瀬戸際状況に邪魔だけはするまいと今は堪《こら》えた。そして、プライドに口を封じられながらも話を聞いていたステイルは、……全て理解した。

驚きのあまり、声も出ないステイルはたとえプライドが手を離そうと何も言えなくなった。あまりにも自分の予想斜め上に及ぶ事態に、頭を追いつけることで精一杯だった。

「……っ？　……そ、それがっ……どういう……?!」

しどろもどろになりながら、ティアラが尋ねる。プライドと同じように、何故セドリックが今そんな話をするのか理解できない。大体、何故いきなりまた告白されたのか。やはりプライド達には部屋を退出してもらうべきだったとまで考える。だがセドリックは、その反応に惑うことなく答えた。

「俺は〝郵便統括役〟として、この国際郵便機関に携わることになった。……ハナズオ連合王国とフリージア王国。広き世界で多くの国々を繋ぐ、その為に」

冗談や軽い覚悟ではない。それはセドリックを前にする誰もが理解した。赤々と揺らめく瞳《ひとみ》の焔《ほのお》は、防衛戦で見せた姿と全く同じだった。

ハナズオ連合王国とフリージア王国の共同機関。ならばその最高統括役がどちらかの上層部の者になることは必然だった。そして、ハナズオ連合王国の王弟であるセドリックには充分過ぎるほどその資格がある。

だが、ティアラはまだわからない。何故、それが婚約者候補に入れろなどという話になるのか。両国の合同機関の代表になったから今なら相応《ふさわ》しいとでも言いたいのかとも考える。しかしハナズオ連合王国の王弟であるセドリックは既にその資格は持ち合わせている。役職が付いたからといって何が変わるのかとティアラ自身その口で問おうとした、その瞬間。

「その為に俺はこの国に生涯根を下ろす」

言い、放った。ティアラもその言葉に息が詰まった。セドリックの言葉を理解しようとしても理解しきれない。自身が言っている意味を彼が理解しているのかとも疑った。

だがセドリックは揺らがない。承諾書を再び丸めて服の中に仕舞うと、真《ま》っ直《す》ぐにその瞳でティアラを捉えた。誰もが驚愕《きょうがく》で言葉もなく静止する中、セドリックだけが緩やかに動きティアラへ右手を伸ばす。……その場の誰もが想像できない言葉を彼女へ告げる、その為に。


「……これでお前は、婚姻してもこの国にいられる」


静かで、この上なく優しい声だった。

その言葉を皮切りにティアラはカタカタと小刻みに震え出す。白く細い四肢を震わせながら唇が何かを言おうと動き、だが頭が言葉も思いつかずただ息だけをぱくぱくと放った。

「ハナズオ連合王国の王弟である俺と婚姻すれば、お前は第二王女としての使命を全《まっと》うしながらも愛する人達と離れずに済む。プライドとも、……ステイル王子とも、愛する家族と共に時を刻める」

真っ直ぐと放たれる言葉にビクリとティアラの肩が上下した。両手で自分の胸を押さえつけ、きゅっと下唇を噛《か》み締める。震えが酷くなりながら、囚《とら》われたように燃える瞳から目が離せない。

「俺を、……愛していなくても構わない。ただ、俺にできること全てをお前に捧《ささ》げたい。もし、お前がレオ……、…………愛した男の元へと既に心を決めているのならば拒んでくれて構わない」

まるで自分を都合良く使えと言わんばかりの言葉に、プライドまでステイルから手を離して胸を押さえつけた。既にセドリックは郵便統括役として決定した。つまり彼はたとえティアラに断られてもその任を全うするつもりだということだ。

「だが、もしそうでないのならば。……俺を、選んで欲しい。お前が人知れず、多くの祝福を受けながら望んで壁の華《はな》となるつもりというならばっ……。……俺の隣で、咲いてくれ」

セドリックに囚われた瞳が、視界が揺らぐ。頬が熱く、火照《ほて》ったせいだけでないことが拭《ぬぐ》わずともわかった。それでもまだ、セドリックから目が離せない。

ティアラの瞳の雫《しずく》に気づいたセドリックの方が先に戸惑い、初めて揺らいだ。彼女の唇が、ゆっくりと動き出す。「どうして」と、息も浅く声にならずに宙を揺蕩《たゆた》った。

セドリックがフリージア王国に根を下ろすということは、同時にハナズオ連合王国から離れるということになる。……折角救えた大事な兄達と国から、彼自身が。

声にならなかったティアラの疑問に、正面からそれを捉えたセドリックだけが口の動きだけで理解した。だが、問い自体を理解できなかった彼は少しだけ眉を寄せ、更に問いで彼女に返した。

「愛する女性に全てを捧げたいことに、理由などが要るのか？」

あまりにも純粋過ぎる問いだけが、その場の空気すら切り裂いた。

当然のように語る自分の言葉よりも、むしろその途端余計に溢《あふ》れ出したティアラの涙にセドリックは狼狽《うろた》えた。それでもまだと、せめて止められるまではと彼は想いを紡ぐ。

「俺は望む者の傍《かたわ》らで、心から笑む貴方を見ていたい。大事な者とずっと笑い続ける……そんなお前と共に在りたい」

溢れた涙がとうとう頬から細い首を伝い、彼女の胸元を濡《ぬ》らした。目も逸《そ》らせず、瞬きを繰り返せばポロポロと涙の粒が絨毯《じゅうたん》に吸い込まれた。ひっく、ひっ……と泣き噦《じゃく》り、声を抑えるようにとうとうティアラは口を両手で覆い、俯いた。

セドリックは彼女の涙を拭こうと伸ばした手を持ち上げ、……そして躊躇《ちゅうちょ》した。ティアラの返事も待たず、その涙を拭う権利すら自分には無いように感じてしまう。伸ばそうとした手で、ぐっと拳《こぶし》を握って耐え、そしてもう一度願うようにティアラの目の前にそっと手を差し出した。

「……ティアラ。別れ際に告げたあの言葉をもう一度、言わせて欲しい」

言葉の出ないティアラに、ただひたすらにセドリックは語り掛ける。しゃくりあげ、言葉の出ない彼女に自分の想いが一方的だと、誰よりも己自身がそう思いながら。

「ティアラ・ロイヤル・アイビー。……貴方に、心を奪われました」

絶対的記憶能力を抱く彼は語る。九ヶ月前、彼女に語った誓いの言葉を一言一句違《たが》わずに。

既にティアラの喉《のど》はしゃくりあげ、口を押さえたままの手が涙を伝らせ袖を濡らしていた。涙が自分の意志で止めたくても止められず、目を瞑《つむ》ってみても耐えられない。

「お前の隣を俺は、……生涯の居場所にしたい」

その言葉を聞いた途端、またひっくと大きく喉を鳴らした。そして震える指先でそっと差し出され

た右手に触れる。手を添え、そのまま静かに自分の頬へと引き寄せた。ティアラの細い指に触れられ、それだけでセドリックの手が強張《こわば》った。それでもティアラに招かれるように彼女の顔へ伸ばされる手の指先が、最後に彼女の涙で小さく濡れた。

「……っ、…………選びます……っ」

雫のような球体の答えが唇から溢れ、弾《はじ》けた。

「申し訳ありません、プライド王女殿下。……またセドリックがご迷惑を……」

重々しく謝ってくれるランス国王そしてヨアン国王に、とんでもないと私は慌てて言葉を返した。

セドリックとティアラの話が終わってすぐ、ランス国王とヨアン国王も客間まで訪れた。泣いているティアラとその頬に手を添わせているセドリックに、今度こそやらかしたと思ったランス国王が大慌てでセドリックを引き剥《は》がしてしまった。

私から説明して誤解は解けたけれど、それでもセドリックがまたティアラに告白、というか求婚したのは変わらないのでランス国王もヨアン国王も開いた口が塞《ふさ》がらないようだった。私も正直まだ衝撃的展開に頭がついていってはいないけれど、今はまず表面上だけでも冷静でなければと必死に自分に言い聞かせる。

「それよりも、セドリックがまさか我が国に永住なんて驚きました。……お二人は、前々からご存知だったのですか？」

話を変える私に、二人は互いに目配せすることなく頷いた。セドリックが統括役になるのは私とステイルも知っていたけれど、フリージア王国に移住するなんて知らなかった。本部は我が国だけれどハナズオ連合王国にも設立はするのだし、てっきりそっちでセドリックは働くのかと思っていた。

「初めにセドリックが僕らに提案した時から、本人が決めていたことですから」

「セドリックが己が意志で外へ出るというのならば、止めはしません。ただ、背を押すだけです」

ヨアン国王に続き「一生会えないわけでもありませんから」とはっきり語るランス国王も曇りのない笑顔だ。私なんてティアラが国からいなくなることを考えただけで寂しくなったのに、やっぱり兄は違うなと思う。ステイルもずっと冷静だったし、もしかしたら私が一番甘えたがりかもしれない。

「ただ、もしプライド王女殿下のご希望とあらば、統括役にするのも検討し直しますが……」

向かいのソファーに座る私とステイルに向かい、ランス国王が口元を手で隠しながら囁《ささや》くように投げかけた。目では警戒するように、部屋の隅で何やら話をしているセドリックとティアラを見つめている。ランス国王に同調するように口元を引き攣《っ》らせながら笑って首を傾けるヨアン国王に、うっかり私も釣られて苦笑いしてしまう。

「いいえ、そんなことは。もう母上やヴェスト摂政も納得の上ですし」

セドリックが郵便統括役になることは母上達も合意している。しかもセドリックは、王族にもかかわらずちゃんと試験を受けての実力採用だ。もともと本人自ら自分が相応しいか試験をして確認して欲しいと望んでのことだった。郵便統括役として必要な知識をがっつり記憶して臨んだ彼は、本人の十八歳を祝う誕生祭の後にフリージア王国、サーシス王国、チャイネンシス王国三ヶ国の摂政により出されたそれぞれの筆記試験にどれも満点合格をしていた。自他共に厳しいヴェスト叔父様まですごく褒めていたぐらいだ。まぁ、セドリックにとっては筆記試験なんて前世で言えばパソコンを持ち込んだ試験みたいなものだから余裕だろう。

しかもセドリックは将来的に全大陸と通じることもできるようにと、現段階でハナズオ連合王国とフリージア王国で把握している限りの異国語まで習得してくれていた。これにはヴェスト叔父様も驚いていた。ヴェスト叔父様やジルベール宰相もいくつかの言語は翻訳できるらしいけれど、流石に全部翻訳できるような人はいない。

さらに言えば国際郵便機関自体は私とジルベール宰相が考案した部分が大半な上、その全てが新しい仕組みと制度だ。ゼロからそれを全て記憶し理解して、そして機関を回すという役割にセドリックは適任だった。

「ハナズオ連合王国としても、世界と交わる為の絶好の機会です。必ずや成功させて見せましょう！」

力強く笑ってくれたランス国王はすごく頼もしい。

当時、セドリックに相談された時は驚いた。でも学校制度が軌道に乗った今、郵便機関もそろそろもっと動かしたいと私もちょうど思っていた。ステイルから聞いたという郵便制度についてセドリックはちゃんと理解してくれていたし、何より多くの同盟、和平国間を行き来して回すのにフリージアから遠く離れたハナズオ連合王国との協同はありがたい申し入れだった。拠点が遠距離に二箇所あれば中継地点にもなるし、サーシス王国には港もあるから一気に活動可能範囲も広がる。配達範囲を分担すれば、各自負担を軽くして配達ができる。……まさか、セドリックにとってティアラにプロポーズする為の必殺技だったとは思いもしなかったけれど。

ティアラは、第二王女だ。歴代の女王とならなかった王女がそうだったように、ティアラも他国に嫁がなくてはいけない。でも、セドリックがハナズオ連合王国の王弟としてティアラと婚姻して、フリージア王国に永住すれば妻となるティアラも当然フリージア王国に住むことになる。

セドリックが何故、そしていつ、どうやってティアラが望んでいることに気づいたのかはわからない。でもきっと、……その為に本当に色々考えてくれたのだろうなと思う。私自身、ティアラと別れることになるのはすごく寂しいし考えるだけで憂鬱《ゆううつ》だったからすごく嬉しい。

ティアラ達の方に顔を向ければ、何やらセドリックが一生懸命声を潜めた様子で話していた。それに泣き止んだティアラが目を丸くして話を聞い……

「ッばか!!」

突然、ティアラがまた顔を真っ赤にして叫んだ。また一体セドリックがどんな恥ずかしい発言をしたのか。もう驚きもせずに私もランス国王達も何とも言えない表情でセドリックとティアラに目を向ける。今度は怒られたセドリックの方が目をぱちくりさせてティアラを見返していた。

「セドリック。……またお前は何を言った」

「同意を頂いたからとはいえ、まだ婚約者候補なのだからね？」

頭が痛そうに片手で抱えながら唸《うな》るランス国王に続き、ヨアン国王も声を掛けた。セドリックは狼狽えるようにティアラから一歩引き「い、いや俺はただっ……」と口籠る。すると両手に拳を作ったティアラが真っ赤な頬を膨らませてポカポカとセドリックを叩き始めた。

「なんで！　貴方は！　そう！　ばかなの！　ですか?!」

ばかっ!!　とまた声を上げるティアラにセドリックが反射的に腕で顔を庇《かば》いながら「す、すまない……?!」と謝った。あまり深刻そうではない様子にほっとするけれど、私とランス国王、ヨアン国王は同時に「すみません、ティアラが……」「申し訳ない、セドリックが……」とお互いに謝ることになった。まさか超完璧王女のティアラのことでこんなに私が謝る日が来るとは思いもしなかった。逆ならあり得るけれど、まさかティアラが。……なんだかセドリックに絡む時だけ、すごくティアラが幼くなっているのは気のせいだろうか。

いつもならティアラに一言止めに入るであろうステイルも、今は私の隣に座ったまま放心していた。完全に心ここにあらずだ。可愛がっていた妹のティアラが目の前でセドリックに奪われてショックを受けているのかもしれない。そんなことを思いながらアーサーに目を向けてみる。こちらは意識こそ保っているけれど、顔色は悪いし考え込んでいるみたいに目が泳いでる。隣のエリック副隊長がティアラとセドリックの熱気にまだ当てられているのか、顔を少し火照らせながらも「任務中だぞ」とアーサーの肩を叩いた。やはりアーサーもステイルと同じようにショックなのか。

　まぁ、二人ともセドリックには食べ物の恨みがあるから、そんな相手にティアラを渡したくない気持ちもわかる。でも、正直勝手ながら私はティアラの相手がセドリックという驚きよりも、ティアラが我が国にずっといられることの方が嬉しい。

　セドリックにポカポカと攻撃していたティアラは、最後に「もう！　知りませんから!!」と大声で叫ぶと両拳を作ったままソファーに座る私達の方に早足で向かってきた。

「お姉様っ！　本当にセドリック王子に郵便統括なんて大役を任せて良いのですか?!」

どうしたの？　と私が尋ねた途端、ティアラはそう叫んで頬を膨らませた。……直後、目の前に兄二人がいることに気がついてすごい勢いで謝り出す。

「？　やはり、婚約者候補のことは白紙か………??」

　ぽつんと壁際に残されたセドリックが狼狽えるように哀《かな》しげに投げかけてくる。まるで捨てられた子犬のような眼差しだ。するとティアラは顔を真っ赤にして彼へと勢い良く振り返った。

「選びますよっ!!　大好きなお姉様と兄様とアーサーとジルベール宰相と近衛騎士の方々とヴァルとセフェクとケメトとレオン王子と一緒にいる為に!!」

　ふんっ!!　とそのまま再び正面を向いたティアラは私の隣に飛び込んできた。ぼすっとソファーに音を立てながら私の腕にしがみつき「これでずっと皆で一緒にいられますねっ！」と嬉しそうに笑った。ちょっと人選が色々引っかかったけれど、それでも嬉しそうなティアラの頭を撫でながら「嬉しいわ」と私も返した。……目の前にいるランス国王とヨアン国王に再び謝りながら。

二人共苦笑いで許してくれたけれど、私はやっぱり少しセドリックが不憫になって目を向けてしまう。また落ち込んでたらと思って見れば、………静かに笑っていた。

　私にしがみつくティアラの後ろ姿を見ながら、嬉しそうに。本当に、ティアラの笑顔さえ見れれば満足なのだなとよくわかる。私の視線に気づくとセドリックはハッとしたように頭を下げ、ゆっくりと歩み寄ってきた。ティアラが怒ったように顔を逸らしたけれど、気にせずに私とステイルに「お騒がせして申し訳ありませんでした」と再び謝ってきた。更にステイル王子殿下、とステイルを呼ぶと目線が高くならないように片膝をついてから話し始める。

「……以前にもお伝えした通りです。私は、貴方やプライドとも近しい存在になりたい。そして、この地に永住したいと願っております」

　突然の妹さんを僕にください発言に、ステイルは珍しく言葉が出ないように瞳をグラグラ揺らし、ぽわりとした返事をしていた。ステイルの惑いを察してか、セドリックが「私でご不安なのは承知しております」と断る。その上で言葉を続ける。

「私はまだ未熟です。だからこそ、何か至らない点があれば遠慮なくご指導頂きたい。フリージア王国の第一王子で在らせられる、貴方に。……ティアラの婚約者候補確定の時までには必ず、貴方にも認めて頂けるように努めさせて頂きます」

　ハナズオ連合王国の王弟としてではなくティアラの婚約者候補として語るセドリックに、ステイルは目を見開いた。ポカンと口を開けたまま少し固まり、最後は小さく笑んで手を差し出した。

「……僕などで宜《よろ》しければ、是非。宜しく御願いします」

その返事に、セドリックの瞳が嬉しそうに燃え上がった。ステイルの手を両手で掴みながら御礼を言うセドリックに、ランス国王とヨアン国王も一安心したようだった。私もステイルが少しでもセドリックをプラスに見てくれたならと、少し胸を撫で下ろす。この場で「お前などに妹をやれるか!!」とか言って大乱闘にならなくて本当に良かった。

すると今度は私に視線を投げかけてきたセドリックは「プライド」と既に訴えるように瞳の焔を揺らした。何故か私に対しては祈るような姿勢で見つめてくる。そんなに私が怒ると思っているのか。

「国際郵便機関を両国の為に繁栄させたいという想いは本当だ。決して邪《よこしま》な理由ではない。必ずお前達が与えてくれた役目は全うしてみせる。……この誓いに賭けて」

そう言って自分の右手を拳のまま私に示してみせてくれた。私に贈ってくれた指輪があった場所に今は一つも嵌《は》められていない。自分の力で必ずやり遂げてみせるという彼の意志に、私も笑みと共に言葉で返した。

最後、帰る時間になったランス国王達を、私達は馬車まで見送った。セドリックが乗り込む瞬間まで怒っていたティアラだけど、馬車が動き出した途端少し複雑そうな表情だった。唇を尖《とが》らせながら見えなくなるまでずっとセドリック達を乗せた馬車を見つめ続けていた。

「あ、の…………プライド様」

ティアラが疲れたと言って部屋に戻った後、ステイルと一緒に私の部屋に戻ったアーサーが久々に口を開いた。すごく躊躇《ためら》うような言葉の詰まらせ方に心配になりながら「どうしたの？」と尋ねると、ステイルも気になったように彼へ顔を向ける。アーサーは一度下を向いた後、意を決するように私を見つめた。

「プライド様はっ……、……その、……セドリック王子がティアラに求婚して、……どう……思いましたか……!?」

すごく深刻そうに言うアーサーに私は小首を傾《かし》げる。もしかして可愛い妹のティアラを取られて落ち込んでいると思って心配してくれたのだろうか。

優しいアーサーに少し心が温かくなりながら、私は笑みを返す。

「確かに突然のことには驚いたけれど……。でも、婚約後はセドリックにもティアラにも沢山会えるようになるなら嬉しいわ。それに、セドリックの片想いはずっと前から知ってたから」

え?!　と、アーサーだけでなくステイルやエリック副隊長からも声が上がった。あまりにもわかりやすい反応に思わず笑ってしまう。ステイルが目を丸くしながら「そ、それはいつから……?!」と尋ねてくるから、ハナズオ連合王国での別れ際にセドリックが告白していたことと、それからちょくちょく恋愛相談もどきに乗っていたことを、ここだけの秘密と約束して少しだけ教えてあげた。

エリック副隊長は少し納得したように大きく頷いたけれど、アーサーとステイルは開いた口が塞がらないようだった。やっと口が動いたと思えば、あの時笑っていたのは?!　とかまさかアレは?!　と質問が飛びまくる。つい思い出して笑いながら答えたけれど、二人はそれに比例してぐったりと脱力していった。色々知らなかったティアラの恋事情を知って疲弊してしまったらしい。

「最後一つだけっ……良いっすか……?!」

最後に両手で頭を抱えたアーサーが絞り出すように問い掛けてきた。私が快諾すると、セドリックの恋事情に恥ずかしくなったのか、アーサーは真っ赤に火照らせた顔を私に向けてきた。片腕で口元を隠すように押さえながらも、私の目をしっかり見て投げかける。

「プライド様、にとって……セドリック王子は……？」

「？　……可愛い……友人……⁇　かしら。なんだか、弟みたいで」

義弟とはいえ本物の弟であるステイルを前に失礼かもしれないけれど。そう続けながら苦笑で正直に答えてしまうと、次の瞬間アーサーとステイルが同時に酷くフラついた。特にアーサーはまた知恵熱か頭から湯気が出た。仮にも一国の王弟を弟扱いすることに呆《あき》れられたのかもしれない。

弁明するべく、ちゃんとセドリックが今は立派に成長しているし郵便統括役としても信用できると思っていると訴えたけれど、二人とも聞こえていないようだった。

エリック副隊長が笑いながらもアーサーにちゃんと立つようにと活《かつ》を入れたけれど、本人は大分疲労困憊《こんぱい》の様子だった。ステイルもその場に一度しゃがみ込むと、抱いた自分の膝に顔を擦りつけて固まってしまった。なんか昔にも同じようなことがあったなと思い、二人に心配を掛けていたらと謝ると「いえ……」「そういうことでは……」と二人とも同時に首を振ってくれた。ならやはり、呆れられたということだろうか。


何故か蹲《うずくま》ったまま動かないステイルと完全に燃え尽きた様子のアーサーで、交代のアラン隊長とカラム隊長が部屋に来る頃には、外が真冬とは思えないほどに部屋の中は灼熱《しゃくねつ》だった。

「…………セドリック……」

カタンカタンと、断続的に馬車が揺れる。溜息交じりに言葉を掛けるランスは、呆れたように正面へ座るセドリックを眺めた。「全くお前は」と呟きながら再び溜息をつく。……両手で頭を抱え、項垂れるセドリックの姿に。

フリージア王国を出てからずっとセドリックは同じ調子だった。セドリックを心配して同乗したヨアンも、ランスの隣に座りながらその様子に苦笑する。セドリックの背を撫で「大丈夫かい？」と投げかける。ティアラと最後に喧嘩《けんか》別れしたことを嘆いているのか、大見栄《みえ》切って今さら郵便統括役に不安が込み上げたのか。いつまでたっても項垂れたまま顔を上げようとしないセドリックに、二人は言葉を掛けた。

数十分の間を置いてから、セドリックは絞り出すように言葉を零した。

「……何故ティアラが怒ったのか……わからん………」

まるで泥のように重々しく言葉が垂らされる。その口調に反して単純過ぎるセドリックの落ち込み理由に二人は肩の力が抜けた。そんなことかとランスが呟きながら弟の背を叩く。

「怒らせる前に一体何をお前は言ったんだ」

「それとも何かしたのかい？」

二人に交互に聞かれ、セドリックは金色の髪を横に振りながら「ただ伝えただけだ」と短く答えた。

伝えた⁇　とヨアンが聞き返すと、セドリックは曇らせた顔を俄《にわ》かに上げた。言いにくそうに唇を結び、固まる。

ランスが「一言一句違わず言ってみろ」とはっきり命じると、その口が再び開かれる。

「……〝お前に他に想い人がいるならば、……その時は俺に気を遣う必要も無い〟と」

「なっ……?!」「えぇっ?!」と、国王二人からあまりに間抜けな声が上がる。直後にはランスからの拳骨《げんこつ》が頭に投下された。ガツンと歯まで衝撃が響き、セドリックは頭を押さえながら「何をする?!」と声を上げた。だがそれ以上の大声でランスに怒鳴られ打ち消される。

「お前は！　求婚した相手に何を言っている?!」

「折角のティアラ王女からの好意を無下にしたのかい?!」

ランスだけでなくヨアンにまで強めに怒られ、思わずセドリックは喉を反らした。何故二人までそんなに怒るのかと思いながら、ティアラとの会話を鮮明に思い出す。ランスによりティアラから引き剥がされた後、プライドからの弁護が入り再び壁際でティアラと話す機会を与えられた時だ。顔を真っ赤にして小さく俯き指先で涙を拭うティアラに、声を潜めて言葉を掛けた。

『……すまない。だが、お前に他に想い人がいるならば、……その時は俺に気を遣う必要も無い』

『え……？』

『お前が、そこまで辛《つら》いと言うならば、……想いを伝えるのも、良いと思う』

『？　……なにを……？』

理解が及ばず言葉が上手《うま》く形成できないまま目を丸くするティアラに、セドリックは真剣な表情ではっきりと伝えた。

『お前が、ステイル王子と愛し合っていようとも……または、レオン王子の好意に本当は応《こた》えたいと思っているのならば俺は構わないっ……。お前が、本当に好きな男と共にいたいと願うならば俺は……!!』

ばか、と。そこでティアラに大声で怒られた。

セドリックにとってはティアラの幸福を想っての誠心誠意のつもりだったが、完全にティアラの導火線に火をつけただけだった。鮮明に思い出し、やはりわからないと考えを巡らせているセドリックに、ランスが今度は頭を鷲掴《わしづか》む。

「何故そのような物言いをした?!　教養もマナーも忘れたか?!」

兄に怒鳴られたセドリックは「それはっ……!!」と声を上げ、そして顔を顰《しか》めた。

「……あんなにっ……泣いていたんだぞ……?!」

真剣に、むしろ深刻そうな声色で訴えるセドリックの表情に二人は目を丸くした。ティアラが泣いていたのは二人も知っている。初めはまたセドリックが何かやらかしてと思い焦ったが、プライドの説明を聞いてからセドリックと並ぶティアラを見れば、それは明らかに……

「俺との婚姻が嫌で!!　あんなにもっ……!!」

セドリックの辛そうな声に、二人は別の意味で言葉を失った。だがセドリックはそれにも気づかず語り続ける。

「ティアラがっ……アイツはプライド達と離れることを心の底で嘆いていた……！　だが、それと俺との婚姻とを天秤《てんびん》にかけられた結果、あんなにも苦渋の決断に苛《さいな》まれるなど！」

セドリック本人はいたって真剣だ。だが、ランスとヨアンはその真面目さが逆に滑稽《こっけい》に見えてしまうほど、目の前の神子《かみこ》に呆れていた。

「それでもっ……泣くほどに嫌いな俺との婚約を選んででも、アイツはフリージアに留《とど》まりたがっていた！　または、やはり本気で想いを寄せる男と添い遂げられないことを嘆いてっ……!!」

拳を握り、自分がティアラを愛する人から引き離してしまったことの罪悪感に苛まれるセドリックに、とうとうヨアンは口元が笑ってしまった。フッ……と笑いを隠すように口を片手で覆いながら投げかける。

「………ちなみに。その〝想いを寄せる男〟に見当はついているのかい？」

ヨアンの言葉にランスも触発されるように「そういえば以前に恋敵がいると……」と口を動かした。するとセドリックは口を絞り、瞳の焔を哀しく揺らしながら言葉を紡いだ。

「……ステイル王子と、アネモネ王国のレオン王子だ」

予想外のセドリックの人選に、二人は絶句した。何故そうなるのか、と聞かれる前に言葉を続ける。

「ステイル王子と相思相愛であろうとも、第二王女として他国に嫁がなければならんティアラは自国の王族とは結ばれん。それに、レオン王子はティアラに好意を抱いているようだった。防衛戦でも援軍として駆けつけてくれ、素晴らしい活躍をされ、更には貿易大手国の第一王位継承者だ。あれほどに素晴らしき王子に望まれて、揺らがぬ女性もいないだろう」

今までの溜《た》め込んでいた不安を吐露するように一気に言葉を零したセドリックは、まるで既に自分がティアラに振られた後かのように、最後は落ち込み伏せ込んだ。能力や人格だけでなくナルシストのセドリックの目から見てもステイルやレオンは認めざるを得ないほどの美男子だった。

「……つまり、君はステイル王子とティアラ王女が愛し合っているか、もしくはレオン王子が好意を抱いていてティアラ王女もそれに揺れていると思っているのかい？」

そうだ、と。ヨアンの問いに一言で返すセドリックは完全に沈み込んだまま上がる様子がなかった。ヨアンはセドリックが見ていないのを確認しながら、手で隠してランスに耳打ちをする。

「……まさか、セドリックはプライド王女とレオン王子のことを知らないのかい……?!」

同盟を結ぶ前からランスは港を通じて他国の情報、特に交易相手であるアネモネ王国のことは知っていた。当然、レオンがプライドと婚約解消をし今は友好関係を築いていることも耳にしている。そしてヨアンもランスからなるべく諸国の話は聞いていた。だが、当時勉学から逃げ続け、時には国王二人からも捕まる前に逃亡していたセドリックは当時それを聞かされていなかった。

ヨアンの言葉に頷いて答えるランスは、腕を組む。プライドと婚約解消したレオンがティアラに求婚は有り得ない。むしろ、恋愛には絶対進展しないからこそティアラもレオンも肩の力を抜いて打ち解けていたのではないかとランスは考える。更に言えばステイルとティアラに関しても、ランスとヨアンは首を傾げるばかりだった。確かにステイルが妹として可愛がっているのは二人にも明らかだったが、どう見ても恋愛には結びつかない。むしろステイルはプライドを……、とそこまで考えて二人は思考を止めた。以前、セドリックがプライドに恋をしていると勘違いした二人は、自分達の判断を信用できない。

だが確信と確証をもって、セドリックの不安が見当違いであることは知っていた。

落ち込み沈み伏す弟を、膝に頬杖《ほおづえ》をつきながらランスは眺める。ヨアンもとうとう困り果てたように笑いながら腕を組んだ。

「………どうする？　ランス」

「もう良い、そのまま振られてしまえ」

考えることを放棄したように大きく息を吐き出すランスはとうとう背凭《せもた》れに倒れ込んだ。良いのかい？　と言いながらも笑うヨアンは落ち込むセドリックの頭をそっと撫でる。

「せめて〝アレ〟だけは教えてあげたらどうだい？」

「要らん。今のうちに頭を悩ませておけば、ティアラ王女の為にも今後の良い薬になる」

「アレとはなんだ……?!」

少し厳しめに言い放ったランスに、セドリックが顔を上げる。まさかティアラの本命がまた別にいるのかと、鼻先が触れるほど顔を近づけ問い質《ただ》す。しかしランスはそれを片腕で押さえ込んだ。

「今は己の失言についてよく考えろ馬鹿者《ばかもの》！」

「だから何故失言なのかわからんと言っている!!」

叫ぶランスとセドリックに、ヨアンはとうとう声を上げて笑った。

「本当にそんなで郵便統括役なんて平気かい??」

腹を抱えながらも問い掛けるヨアンに、セドリックが顔を向ける。「そんなとはどういう意味だ?!」と訴えるが、ランスは片腕で捩《ね》じ伏せたまま「今のところ色恋の鈍さ以外は問題ない」とだけ言い切った。実際、セドリックはプライド達すら気づかなかったティアラの憂いの片鱗《へんりん》に一人だけ気づけたのだから。ただその理由をランスとヨアンが聞いても、セドリックはティアラに恋した理由と同じく明確に答えようとはしなかった。

「教えろ！」

「ならばティアラ王女に恋をした理由を明確に話せ」

今も声を上げるセドリックにランスが珍しく意地の悪い笑みで言ってみれば、彼は唇を固く結んだまま顔を赤くした。

「ッ弟の色恋で遊ぶな兄貴！」

「色恋を理解してからものを言え馬鹿者」

二人の兄弟喧嘩にヨアンは笑いが止まらない。ティアラのことで真剣に思い悩み、未だに自分が嫌われていると思っているセドリックに、心の中で穏やかにこう思う。

……せっかく両想いなのになぁ。

そしてまた、笑いが際限なく込み上げた。プライドの誕生日の翌日、女王であるローザに招きを受けたランスとヨアンは既に知っていた。同盟国としての会合と銘打たれ、ローザと摂政のヴェスト、王配のアルバートに迎えられた彼らは確かに告げられた。

『我が第二王女のティアラが、〝ハナズオ連合王国〟との婚約を望んでおります』

本来ならば、ランスとヨアンは別々に告げられても良い立場だった。だが、ローザは〝ティアラから〟二人にそう伝えて欲しいと望まれた。誰、とは指定せずに三人の婚約者候補をハナズオ連合王国で括《くく》って伝えて欲しいと。政治的な婚約としては全く問題もない。第二王女であるティアラは国王とも王子とも婚約できる立場にいるのだから。

最初、二人はティアラがハナズオ連合王国との結び付きを強固にする為だけだとも考えた。だが、……すぐに察した。セドリックとの婚約が嫌であれば、ハナズオ連合王国に婚約者候補三人全てを当て嵌める必要など無い。たとえセドリックを避けてランスとヨアンだけを指名しても、誰も気にはしない。大国の第二王女が国王との婚約を望んでいた、第二王子では力不足だったというだけの話になる。むしろ、既にティアラへ意思表示をしていたセドリックをまるで紛れ込ませるように婚約者候補に加える理由が、彼女の本命という理由以外見つからなかった。

そして先程までのティアラの反応を目にし、ヨアンにはもし婚約者候補にセドリックを確定させても「ハナズオ連合王国との結び付きの為ですからねっ！」と真っ赤な顔で言い張る彼女の姿ばかりが頭に浮かぶ。

伝えられた時はランスもヨアンもセドリックに教えるべきか悩んだ。しかし既にプライドとティアラに多くをやらかしているセドリックに再び暴走の点火になりそうな情報は控えておこうという結論に至った。

婚約者候補に選んだことを国王二人が知らされたと察したティアラは明らかにセドリックだけでなく、ランスとヨアンに対しても挙動不審になっていた。セドリックの自分への好意を兄二人が察していると確信してからは余計にだ。国王二人には自分がセドリックの好意を受け止めていることも、更にはそれを〝誤魔化《ごまか》す為に〟国王二人まで婚約者候補に巻き込んだことも知られているのだから。

ランスもヨアンも、ティアラのその心情を知っているからこそ、彼女に対して知ってしまった申し訳なさで苦笑いばかりが零れてしまった。そして今、国王二人の頭に浮かぶ疑問はただ一つ。

「何故、好きになったのかな……」

……セドリックも。ティアラ王女も。

笑いが落ち着いたヨアンから零れた疑問に、セドリックは「今は言えん‼」と声を荒らげた。

抵抗するようにランスの腕を両手で掴み、やっと自分の頭から下ろさせた。

「なら、聞ける日を楽しみにしていようかな」

にこりと柔らかく笑んだヨアンは、そう言って細縁の眼鏡の位置を直す。今はただ、可愛い弟の想いが実ったことに小さく心を躍らせた。

「ッツわっっっけわかンねぇ…………!!!!」

ゴンッ!!　と勢いよく額をテーブルに叩きつける音が部屋に響く。

セドリック達が帰国した夜、アーサーはアランの部屋で酒とは別の理由で顔を真っ赤に火照らせて叫んだ。両隣にはエリック、そして摂政業務を終えたステイルが腰を下ろしてその言葉に頷いた。

「……俺も、流石にあの展開は予想外だった。まさかあのようなことに……」

テーブルに頬杖をつくステイルはいつもより酒を飲む量が増していた。若干本当に顔色まで酒気を帯びながら頷く様子は、近衛騎士達の目にも珍しかった。アーサー越しにそれを覗いたエリックは小さく苦笑いしジョッキを呷《あお》る。完全に三人横並びに潰れ、酔い、呑《の》む姿は酔っ払いそのものだ。

アランとカラムは、テーブルの向かいの席から互いにはっきりと苦笑いしながら顔を見合わせた。いつもは自分から飲み過ぎないように抑えている三人の悪酔いに、どうしたものかと考える。更にそのうちの一人はこの国の王子だ。

顔を見合わせた後、とうとうアランが恐るおそるその口を開く。「あの～……」と遠慮がちにステイルへと声を掛け、その声にアーサーとエリックも顔を上げた。

「……で、結局……何があったんですか……？」

三人はすぐに目を逸らし、押し黙った。

この二年で完全に近衛騎士とステイルの集い場所として馴染んだアランの部屋だったが、今回はアランも少し焦った。エリックとアーサーこそ本人に断りを入れてアランの部屋を訪れ、交代の時の灼熱地獄の理由を聞けるならとアラン自らカラムも誘って部屋に招いた。そして四人でアランの部屋に入った時には、……既にステイルが施錠した筈の部屋の中で寛いでいた。

扉を開ける前には部屋の中の気配に警戒したアラン達だったが、侵入者よりも中にいるのが第一王子だったことに思わず声を上げ、その後は他の騎士に見られる前にと急いで扉を閉めた。ステイルが来ることを予想していたアーサーだけが、開口一番に相棒へ「呑むぞ」と言い放ち隣に座った。

それからは、いつもの笑顔もなく不貞腐《ふてくさ》れた表情のステイルにアーサーが酒を注《つ》ぎ、更にいつもは一歩引く筈のエリックすらアーサーの隣に座ってアランの酒を拝借し出した。

三人に酒を提供しながら、アランもカラムも最初は開いた口が塞がらなかった。その結果、カラムだけでなくいつもは呑んだくれるアランまでもが今夜は三人の面倒を見る立場にいる。

「……すんません、守秘義務が……」

無言を貫くステイルの代わりに、アーサーがアランに謝った。俯かせた顔がまたテーブルに付くほどに落ち込んだ。王弟であるセドリックから王女ティアラへの求婚と、更にはティアラの了承。婚約者候補自体が秘匿事項である以上、酒の席でも安易に話すわけにはいかない。

沈んだアーサーの声と続けてエリックが謝ってきたことで、カラムとアランも何も聞けなくなる。その隣には次期摂政の第一王子もいる。質問を変えようとアランが頭を捻り出すと、酒を一口飲んだ後のカラムが窺うように口を開いた。

「またセドリック王子がプライド様に何か不敬でも……？」

少なくともセドリックが関係しているだろうと当たりをつけたカラムの言葉に、エリックが「いえ、そういうことでは……」と返し、アーサーとステイルは同時に首を横に振った。見事に振り出す方向からタイミングまで揃《そろ》った二人に、アランは口を隠して笑ってしまう。

「ップライド様は何も無かったンす……!!　それが、もォなンか……なんか!!!!」

ぐあああああ……とジョッキから手を離し頭を両手で抱えるアーサーは、悶《もだ》え髪を掻《か》き乱した。長い髪が乱れ、結った部分からぶわっと盛り上がりぐちゃぐちゃになる。ステイルはそれを横目で見ると、無断でアーサーの髪紐《ひも》を引っ張り解《ほど》いた。盛り上がった髪が重力に従い、綺麗《きれい》に下りる。

「僕の予想の斜め上をいかれまして……。……まさか狙いが別の本陣だったとは」

どこか屈辱感すら漂わせるステイルは、少し複雑そうにまた酒を呷った。ぐいっと飲み込み、珍しく少し乱暴にテーブルへ叩きつけた。表面上だけでも落ち着けようと、アーサーの髪紐を片手の指先でクルクルと遊びながらも目は完全に据わっていた。

アーサーとステイルの言葉と、更にエリックも何か思い出したように顔を赤らめて両手で覆う。その様子を眺めたアランとカラムは、再び互いに目を合わせる。アランの口元が引き攣り、カラムも自身の前髪を指先で整えながら無言で頷いた。

……ああ、セドリック王子とティアラ様のことがバレたんだな。

そう、結論を揃わせる。既にセドリックがティアラに恋をしていることを察していた二人からすれば、充分な情報だった。プライドとセドリックとの関係を明らかに気にしていたアーサーの取り乱す姿が何よりの答えだ。三人が隠そうとする以上、アランとカラムは下手《へた》に慰めることもできずそれぞれ酒と水を勧めた。特にアーサーは酔うと面倒な為、厳重にカラムが水で管理する。

カラムに水を注がれ、アーサーは礼をしながらもまたテーブルに視線を落とした。

………プライド様……全ッ然気にしてなかった……。

祝勝会でプライドのあの笑顔と笑い声がセドリックへ向けられてからずっと、プライドの心がセドリックにあると信じて疑わなかった。そんなアーサーにとって、あまりにも今回のことは衝撃だった。最初こそセドリックがティアラに告白した時は驚き、展開もさることながら何よりもプライドの心情が心配で動揺が隠せなかった。だというのに、結果としてプライドはセドリックを異性としては全く見ていなかった。それどころか恋愛相談にすら乗っていたと言う。

ステイルと質問責めにし、謎《なぞ》が解ければ解けるほど、自分が思っていたプライドの姿が全部ただの勘違いだとわかってしまった。

……ほんっっとに……ステイルに言わねぇで良かった……!!!!

また、レオンが婚約者として来た時の二の舞になるところだったとひしひし思う。あの時のように自分の不確かな思い込みでステイルを動揺させていたらと思えば死ぬほど羞恥が込み上げる。

誤解だとわかった時には本当に頭がグラつき、気を失わなかったのが奇跡だった。プライドからセドリックのことを弟みたいだと屈託も嘘《うそ》偽りもない笑みを向けられたところで、アーサーは自分の間違いを確信できてしまったのだから。それがわかっただけでも、今夜浴びるほど酒を呑んでしまいたい衝動に駆られた。その上、更には。

「……ティ…………ッ…………とか……!!」

ゴン、ゴンと何度も短くテーブルに額を打ちつけるアーサーを途中でカラムが止める。「明日も演習があるのを忘れるな」と、そっとアーサーの銀髪ごと頭に手を添えて持ち上げた。

カラムに促されたことで、大人《おとな》しく自分から顔を上げたアーサーの額は顔以上に赤かった。すんません、と謝りながら視線は未だテーブルに落ち続けている。カラムから水を再び差し出され、一度に全て飲み込んだ。そこで今更になって自分の髪が解けていることに気がつく。髪紐がどこかに落ちていないか見回し、ステイルの指で遊ばれていることにやっと気づき乱暴に取り返した。

アーサーが紐を回収したことで、グラスを再び傾けるステイルが口を開く。

「…………俺も、勘違いしていた」

ぼそりと呟くステイルにアーサーが「アァ？」と聞き返した。やっぱりステイルもプライドがセドリックに想いを抱いていたと勘違いしていたのかと思い、彼の顔を覗き込む。だがステイルは遠い目で考え込むと、一度酒の手も止め黙してしまった。

……てっきり、プライドの婚約者候補としてフリージア王国との密接を図ったのかと思ったが。

ステイルも、セドリックが郵便統括役になることは知っていた。試験にも見事文句無しで合格し、摂政であるヴェストにも認められた。恐らくはこのままハナズオ連合王国ではなくフリージア王国を拠点とし、フリージア国内での立場すら確立するつもりだろうとも予想していた。プライドの婚約者候補となる為、もしくはそこから婚約者に選ばれる為に。次期王配としての実績を積む為の足掛かりのつもりだと思っていた。

……まさか、足掛かりどころか生涯骨を埋《うず》める覚悟だったとは。

完全にセドリックを見誤っていたと、ステイルは自分を恥じる。今は良き王弟だと頭では理解していながらも、それまでの行いからどうせプライド目当ての台頭だと完全に思い込んでいた。だが、実際にはセドリックは王配になど、プライドの隣になど興味はなかった。ティアラの隣に並ぶ為、本気で郵便統括役を担うつもりだった。しかも、その理由はティアラをフリージア王国に残す為だ。

『いつか私は、プライド第一王女……そしてステイル第一王子殿下、貴方ともっと近しい存在になりたいと望んでおります』

わかってしまえば、以前の祝勝会でセドリックが言っていた当時の言葉も頷ける。ティアラと婚姻したら、自分達は義兄弟になるのだから。セドリックの告白からもう何十と繰り返した理解が、アルコールと共にステイルの頭に回る。

さらに今度は、自分の誕生祭で最後に彼が言い放った言葉も思い出した。

『ステイル王子殿下、私は……この素晴らしきフリージア王国の民の一人になれればと。そう、願っております』

あの一言があったからこそ、ステイルはセドリックが国際郵便機関を理由にフリージア王国に身を置こうとしていることも予想できた。ただし、ティアラではなくプライドの為にだと。

……別に、セドリック王子のプライドへの罪は許していない。ジルベールやヴァル同様に許してやるつもりなど永遠に無い。…………………だが、しかし。

そう、ステイルは一度過ぎった思考を今度こそジョッキの酒ごと飲み干した。悔しいと、セドリックへの複雑な感情を溢れさせながら。

「…………実に腹立たしい」

再び呟いた言葉は、近衛騎士達の耳に確かに届いた。怒りというよりもまた不貞腐れるような表情とその声色に、正面からそれを見たアランとカラムは必死に笑みを堪えた。今のステイルは見事にアーサーと同じ表情をして並んでいた。そしてその表情はまるで――

「……まァ良い」

酔いが回り、口調が妙に乱れながらやっとステイルは笑った。不穏すら感じるその声にアーサーもエリックも顔を向ける。片方の口端を引き上げ、悪い笑みを浮かべるステイルは合わせるようにアーサーへと顔を向けた。お互い正面から顔を向き合わせ、赤らんだ顔から相手が大分酔い出しているなと自分を棚に上げて思う。

アーサーと虚《うつ》ろな目が合ったステイルはジョッキをテーブルへ乱暴に置くと、その手でアーサーの肩に腕を回した。バンッと雑に置かれた肩へアーサーは目を向け、そしてまたステイルを見返した。ステイルの悪い顔から、酔いのせいで「フフッ」と笑い声まで溢れ出す。アーサーの戸惑いの表情を至近距離で満足するまで堪能した後、ステイルは口を開く。

「これで……名実共にセドリック王子を殴る理由もできた」

酔いで赤らんだ顔と据わった目に反し、その声ははっきりと放たれた。ステイルの爆弾発言に一度は目を見開いたアーサーだが、すぐに今度は同じ悪い笑みを返した。

「……そォだな」

自分もまた、同じようにステイルの肩に腕を回す。がっちりと肩を組み合った二人は、無言でジョッキを鳴らし合い、一気に中身を飲み干した。

二人の酔っ払いの様子を眺めながら、今度は隠さずにアランもカラムも笑みを浮かべた。さっきまでのステイルとアーサーの表情と、終《しま》いには相手を殴る発言で肩を組み交わす二人はどこからどう見ても、……可愛い妹を取られた、兄の姿だった。

アーサーとステイル、そしてそれを微笑ましく見守る隊長二人をエリックは静かに眺める。酒がいつもより進み、目の前で見せつけられてしまった王族同士の恋愛模様を思い出しては息を吐く。しかし彼一人だけは、事情を知りながらも気持ちは比較的に穏やかだった。プライドやステイル、そしてアーサーにとっても親しく、更には自分達近衛騎士にも温かく接してくれるティアラがフリージア王

国に居続けてくれるのは嬉しい。そして何よりも……

……完全にだだ漏れだったからなぁ……ティアラ様。

今朝、セドリック達が訪問してきた時のティアラの姿を思い出し、エリックは一人笑いを堪えた。

ハナズオ連合王国の訪問で、ティアラは明らかにセドリックを意識していた。挨拶をされただけで顔を火照らし唇を震わせ返す言葉も裏返り、セドリックがティアラに笑いかけただけで彼女の身体は跳び上がりそのまま逃げていった。国王であるランスやヨアンにも緊張した様子であったが、セドリックに対してはその反応が顕著だった。

しかし、それに気づいていたのは国王二人と自分だけだろうとエリックは理解する。プライドと、セドリックまでもがティアラが怒ってその場を去ったということを前提で話を進めていた。

「………………………鈍いんだなぁ……」

口の中だけでそう零しながら、エリックはジョッキを傾けた。横目を向ければアーサーと肩を組み交わすステイルの姿も入り、この人も鈍いのだろうかとぼんやり考える。

「…………今日の酒は苦くて美味《おい》しいですね」

のんびりと笑いながら、独《ひと》り言《ごと》のように投げ掛けるエリックに、全員が酒の味を確かめた。感じた味は様々だったが、少なくとも「苦い」だけの感想の者は誰一人いなかった。

適材適所と言えなくもない

「これとか。派手だし良いんじゃねぇ？」

「アラン。今夜の目的を忘れるな」

市場の商品を手に取る同僚に、カラムが僅《わず》かに眉《まゆ》を顰《ひそ》める。アランの手に掲げられている物体はあまりに不適当だった。

プライドの誕生祭が行われた翌日、城下の市場は前夜の盛り上がりが嘘《うそ》のように日常へと戻っていた。王都の街など店は軒並み閉まった時間帯だったが、屋台やテントの店はまだランプを吊《つ》るし営業も続けている。食べ物や酒の他《ほか》にも雑貨や生活用品、安物の武器から装飾品まで市場で取り扱う品は幅広い。特に仕事帰りの手持ち資金を持った客を得る為《ため》に、夜も可能な限り営業する店は少なくない。王都に近い城下であれば街灯もある分、安心して営業できる店も多い。時にはこうして、演習を終えた騎士が城から下りてくることもある。

「なんだよカラム！　花瓶には違いねぇじゃんか！」

「アラン隊長、確かに素敵だと思いますが一輪挿《ざ》しだとこの大きさが良いかと……」

むっと唇を尖《とが》らすアランに、エリックは小ぶりの花瓶を手に取りながら笑いかける。市場で彼ら騎士三人が足を止めていたのは、花瓶や陶器の店だった。ワゴンいっぱいに積まれ、棚や足下まで出店の屋根からはみ出るほどに飾られ広げられた花瓶を物色する騎士三人は、それぞれ真剣ではあった。

プライドから渡された薔薇《ばら》の花束と、そして一輪を飾る為に。

「でも、でかい分には良いだろ？　一輪挿しだと一本用にしか今後も使えねぇし」

「今の今まで定期的に花を飾る習慣すらなかったお前が何を言う」

大体既に花束用の花瓶は持っているだろうと。大は小を兼ねると言わんばかりのアランに、カラムは容赦なく指摘する。物によっては間違っていない考え方だとは思うが、今回ばかりは違う。折角プライドから貰《もら》った薔薇だ。花束の方は大きい花瓶で良いとしても、一輪だけを適切に飾る為には一輪挿しが最適であることは間違いない。

　大きければ確かにその後も用途の範囲は広いが、一輪だけを飾れば花が傾き負荷もかかってしまう。寿命の短い生花をそんな粗末に扱っては意味がない。今、アランが手に持ち翳《かざ》した花瓶は、明らかに机の片隅に置けるような物ですらなかった。花束をまるごと飾れるほどの大きさだ。薔薇一輪挿したところで、花瓶の中に埋もれてしまうとカラムは考え、溜息《ためいき》をつく。

「流石《さすが》はあの御方から頂いた薔薇を酒瓶に突っ込んでいただけはあるな」

「いや大きさが本当ちょうど良かったんだって！」

「なら、花瓶も酒瓶と同じ大きさにしましょう……？」

　相変わらず一歩も引かないアランに、エリックも思わず苦笑いしてしまう。

　近衛《このえ》騎士の任務中にプライドから渡された薔薇、それを飾る為に演習後市場へ下りることにしたエリックとカラムだが、アランにも声を掛けることにしたのは偶然演習場の門で鉢合わせしたからだった。外出しようとする互いに、目的まで一緒であることを確認すれば、自分達と同じように薔薇を貰ったアランにも声を掛けてみるかという流れになるのも当然だった。一度引き返し、アランを見つければまさかの花瓶を買うという選択肢自体が本人になかった。生花を貰ったら、なるべく長持ちするように手を打つのが普通だというのにまさか置きっぱなしか、それともあの大きい花瓶に花束と一緒くたに放り込むつもりなのかとカラムが聞けば「酒瓶あったから」だった。アネモネ王国から賜った色の変わる薔薇を、赤色になった後とはいえ酒の空き瓶を花瓶代わりにするアランに、カラムは本気で頭を抱えた。

「ていうかカラムとエリックは小さい花瓶も持ってるかと思ったぜ。そういうのしそうなのに」

「一輪挿しは持ち合わせていない。あの薔薇では高さも合わなかった」

筒状の花瓶を手に持ちながら、反対の手で前髪を払う。値段よりも薔薇との調和を考えながら吟味するカラムは、自室に花瓶を一つ持ってはいる。そちらに薔薇の花束の方は既に飾ってある。本隊騎士の部屋を得た際に、もともとインテリアの一つとして備えてはいたが、薔薇一輪を飾る為になど想定していなかった。だが、プライドから貰った花を一緒くたに混ぜて飾るのも気が進まない。それなら市場の安物であろうとも、きちんと一本用を新たに新調した方が良いと判断した。

「自分も大きいものしか……。実家には一輪挿しもありますけど」

「！　ああそうだよエリック、お前買わなくても実家に取りに行けば良いんじゃねぇ？　近いんだし」

「いえ、それは……。折角の薔薇ですし、新品を買いたかったので」

小さく首を傾けるエリックは眉を垂らしながらアランに返す。手に持っていたシンプルなツボ型の花瓶を一度棚に戻してから一呼吸ついた。

アランの言う通り演習後すぐに向かえば、帰れる距離に実家があり花瓶もある。しかし突然一輪挿しの花瓶を貸して欲しいなどと言えば、家族にどう聞かれるかもわからない。王女から賜ったなど言えるわけもなく、言い訳をする労苦を考えれば最初から市場で買う方が賢明だった。実家にいる弟にもからかわれたくはない。

そこまでの心情はこの場で呑《の》み込んだエリックに、アランは「そうか？」と首を捻《ひね》る。酒の空き瓶を花瓶代わりにしようとしていた自分と比べれば、使い古した花瓶もそれはそれで愛着も味もあって良いなと思う。気にしねぇで良いのにと零《こぼ》しながら、そこでもう一人の近衛騎士を思い出す。

「アーサーも多分実家から持ってくるだろ？　ほら、今日ちょうど薔薇担《かつ》いで帰ってるんだし」

「あー……。そういえば、演習後に馬も使わずに走っていきましたね……」

　自分達と同じように薔薇を貰ったアーサーだが、彼の場合はそれだけではない。プライドからご実家にもと、土付きの植木ごと受け取っていた。その為、今夜演習後一番に植木を担いで門を飛び出した彼は、エリック達が誘う暇もなかった。一度実家に帰るのならば、そこでついでに余っている花瓶を一つ借りるくらいは自然な流れだとエリックも理解する。エリック自身本音は新品にこだわっているわけでもない為、それはそれで良いと思う。

「まぁ、こうして自分は来たことですし買って帰ります。アラン隊長、こちらの花瓶とかはいかがで……、……アラン隊長。赤い薔薇を飾るのですから、赤色以外の方が良いかと……」

　さらりと話を流したエリックは、また一つ花瓶を手に振り返ってからそこで固まる。今度はきちんと一輪挿しの花瓶を選んでいたアランだが、真っ赤に塗られた花瓶だった。さっきから狙《ねら》っているかのような選択ばかりのアランに、エリックもたまらず突っ込んでしまう。「いやだってあの人っぽいし」と屈託なく笑うアランは半ば本気だった。騎士同士で買い物に行くことは珍しくないアランだが、花瓶を選ぶなど初めての為つい楽しんでいた。今部屋にある花束用の花瓶に至っては、同じ騎士の仲間に譲られたものだ。

「アラン。お前は黒か暗色にしろ。どうせ汚すのだから目立たない色が良い」

「ていうか薔薇飾り終わったらもう使わねぇかもだけどな」

「わかりませんよ。あの御方のことですし、もしかしたらまた薔薇とは言わずともどう機会があるのかも想定しておいた方が良い気がします」

　あはは、とエリックは笑いながら言ってしまう。周囲に聞かれても良いようにプライドの名前は出さずとも、それがティアラではなく彼女のことを指していることは二人にもすぐにわかった。

　カラムの指摘も正しければ、アランの言い分もその通りだとエリックは思うが、驕《おご》りではなくプライドという人間を考えての正直な感想だった。自分達が、というよりもただただプライドなら身近な近衛騎士を相手に、きっかけさえあれば「良かったら」と摘んだ一つをお裾分けしてくれるような人だと思う。エリックの言葉に、アランとカラムも容易にその光景が思考に浮かんだ。期待するなど図々しいとは思うが、しかし備えておくに越したことはない。そう考えれば、もう決めかけていたカラムだけでなく、アランもやっと真面目《まじめ》に花瓶の棚に目を向けた。

　確かに、かもなぁ。と、カラムとアランがそれぞれ独《ひと》り言《ごと》のように呟けば、エリックも自分で言っておきながらじわじわと一人顔が火照《ほて》ってしまい、手の甲で拭《ぬぐ》う。照れを隠すように、視線を花瓶の棚へと向ければアランも「で、さっき言ってた花瓶って？」とエリックの横に並んできた。エリックがそこでシンプルな花瓶を指させば「おぉ」と声が上がる。一輪挿し用に筒型の花瓶は、漆黒に塗られ、ランプの灯《あか》りが反射し光沢を引き立たせていた。汚れは目立ちにくく、そしてプライドの凛《りん》とした輝きを印象だたせているのもアランには好ましい。良いな！　と正直に笑うアランは、片手でそれを鷲掴《わしづか》み手に取った。

「流石エリック！　良いの選ぶな。俺これにしても良いか？　お前は⁇」

「気に入って頂けて良かったです。自分はこちらの方が気に入ったのでお気になさらず」

折角の良いデザインを自分が取ってしまうことを気にしてくれるアランに、エリックは一段上に置いてある花瓶を手に取った。一目見た時から気になっていたツボ型の花瓶は、つるりとした陶器の白色というシンプルな色合いだった。花瓶の下部に蔦《つた》の絵が一本描かれているところが気に入り、即決だった。アランも「良いな！」と笑う中、しかしやはりアランは黒の方が良い。カラムの言う通り汚れが目立たない方が粗雑な自分には合っている自覚もあった。

カラムは？　と、言葉には出さずアランが顔を向ければ、エリックも目を向ける。エリックの発言から、改めて精査し始めたカラムは硝子《ガラス》製の花瓶二つで悩んでいた。手に取るまではいかず、棚に並べられた花瓶それぞれを首ごと動かし交互に見つめるカラムに、アランとエリックも笑んでしまう。

硝子製の花瓶自体、割れやすく高価な為に市場に置かれているのは珍しい。その中で赤の薔薇が映えるように青みがかった花瓶と、どの花にも調和が取れる透明の花瓶で悩んでいた。

「カラムっぽいのは色無しかなー。けど、お前そういうの実家に捨てるほどあるんじゃねぇ？」

「ッ捨てるほどはない。……まぁ、重複はしているかもしれないが……」

アランにもバレるほどわかりやすく悩んでしまったことに、カラムは少し顔が熱くなる。一度アランへ振り返り、しかし一理あると思う。貴族出身のカラムは実家に帰れば花瓶も当然有り余っている。この店に置いてあるどの花瓶よりも高価で上等な花瓶だ。自分も兄もシンプルなデザインを好む為、硝子製の花瓶はわりとある。

今後も使い回すならばと硝子をとも悩んだが、確かに今回は薔薇優先でもしもの時用に備えるのであれば近々休息日にでも実家へ取りに行けば良いと思い直した。まさかアランに背中を押されることになるとは前髪を指先で整えながら、口の中を噛《か》む。しかし、最終的には青みがかった花瓶を選んだ。

お互い決まって良かったなと笑いかけてくるアランに、やや気恥ずかしさを感じて表情筋に力が入ってしまう。しかし、アランはアランで部下であるエリックに選んでもらったと思えば、気を取り直せた。そこでふと、疑問が浮かぶ。

「そういえばアラン、お前は実家では花を飾ることはなかったのか」

「あーいや飾る時もあった気はするけど。俺の担当じゃなかったからなー俺に任せてたら革靴にでもぶっ挿してたかも」

笑い混じりに言うアランに、カラムもエリックもなんとも言えず視線を交わし合う。革靴、というあまりにも前衛的な発想に冗談とも思うが、アランならやりかねないとも考える。そう思えば酒瓶に挿そうとしたことは、アランにしてはまだ薔薇を大事に飾ろうとしていた方なのだなと認識を改める。そもそもプライドから貰った花をアランが雑に扱うわけがなかった。

「……アラン、言っておくが花瓶が欠けた場合は買い直せ」

「一輪挿しに無理矢理複数本押し込むのもやめてくださいね……？」

「わかってるわかってる」

基本的に任務でも騎士同士の社交でも何事も頼りになることの方が多いアランだが、花の扱いにだけは自分達が気に掛けておこうとカラムとエリックはそれぞれ胸に刻んだ。二人の心中も知らず、花瓶を手にアランはチャリンチャリンと一番に代金を支払い終えた。

「騎士団全体に贈呈された薔薇も結構人気だったよな～。やっぱあの人からのっていうのがでかいんだろうけど」

「確かにそれもあるとは思いますけど。やっぱり青い薔薇というのは騎士達の目にも珍しいからというのもあったと思います」

　プライドから薔薇を贈られたのは、近衛騎士である自分達だけではない。騎士団演習場にも正式に贈呈された薔薇は、プライドが派遣した庭師達とそして新兵の協力によって演習場の片隅に植えられた。今後は庭師に手入れの方法を共有された新兵達が世話を行うことになる。演習場を出る前にも、薔薇の前に騎士達が集まっていたのをアラン達は目撃していた。

「普通の薔薇ならばまだしも、青い薔薇など上級貴族でも目にできるものではないからな。エリートの騎士達にも興味深いものだったのだろう」

　アランとエリックのやり取りに、カラムも代金を支払いながら言葉を返す。騎士団には自分と同じような貴族出身者も珍しくないが、薔薇を見に来た騎士の中に彼らの割合も多かったと思う。カラムに続いて花瓶の代金を支払うエリックも、確かにと笑ってしまう。庶民出身の自分は珍しい薔薇という感覚が強かったが、上級層の人間ほどあの薔薇の価値がわかるのだろうと考える。

「あの逸話も面白かったよなー。ほら、張り出されてるやつ」

　薔薇が植えられた場所に、張り出しも立てられていたことをアランは思い出す。そこにはアネモネ王国から贈呈された薔薇という旨と、生態と逸話についても記載がされていた。プライドからも聞かされたが、やはりあれは完全に告白や求婚用の物語だなと思う。

「それを知った上で直接薔薇をくれるのも流石あの人だけど。カラムもすげぇ赤くなってたよな」

「ッお前の方こそ固まっていただろう」

　いやだってさあ、と恥ずかしげもなく笑い話にするアランに、カラムが眉を吊り上げて睨《にら》む。その場にはいなかったエリックも今の会話だけで二人の様子が目に浮かぶようだった。

エリックとアーサーと同じように、近衛騎士任務を交代したアランとカラムもまたプライドから直接薔薇を贈られていた。エリック達のように驚かせることがないように、逸話も生態もきちんと伝えた上での薔薇だったが、それでも充分二人の心臓に悪かった。意味も逸話も自分の口で言った上で、花のような笑みで薔薇を差し出してくるプライドに落ち着き払えるわけがない。

　薔薇を手に歩み寄ってくるプライドにガチガチに固まったまま大きく背中を反らしてしまったアランは、受け取った薔薇を茎から握り潰《つぶ》さなかったのが奇跡だった。

　カラムに至っては、たった数歩歩み寄ってくるだけのプライドが、逸話を頭の中で反芻《はんすう》したせいで女神のように錯覚させられてしまった。顔が上気し、彼女の笑みから目が離せなくなった。

　高熱が回る中でもプライドに感謝を伝えられた二人だが、薔薇が色が変わる瞬間を今はあまり思い出せない。思い出そうとすれば薔薇よりもプライドの笑顔の方が強く頭に焼き付いてしまっていた。

「いや口説《くど》く為みたいな薔薇と逸話付きであんな笑顔されたら誰でもやばいって」

　片手をヒラヒラ振りながら今も思い出して僅かに顔を赤らめて笑うアランに、これにはカラムもエリックも否定できない。確かにあの時は心臓に悪かったと思うのは全員の総意だ。買った花瓶を大事に両手で持ちながら、店を後にする。

「あの薔薇、騎士団長が無断で持ち出し禁止にしたけどさ、使いたいやつ多そうだよな」

「仕方ないだろう。薔薇の方が先になくなってしまう」

　騎士団には大勢所属し、全員が男性だ。当然逸話と、運命の相手で色が変わるといわれているという張り出しを見れば、騎士も試してみたいと思う。

「意中のお相手がいる人ほど欲しそうでしたよ。アラン隊長の仰《おっしゃ》る通り、告白や求婚にはぴったりの花ですから」

「あ～、そういやスティーブとかハンネスも欲しがってたな。あとブライスも」

「ブライスは妻子にだろう。騎士団長と副団長に三本譲ってくれと交渉していた」

「そういえば、騎士団長の家にだけでなく副団長も貰っていましたね」

騎士団長であるロデリックの分はアーサーがプライドから受け取りそのまま持ち帰ったが、騎士団とは別に騎士団長と副団長にも贈呈されたことは騎士団も周知の事実だった。副団長であるクラークへの分が騎士団宛てと共に届けられ、その際にロデリックの分はアーサーが預かっていることもプライドが使者に言付けした。騎士団長をさしおいて副団長だけが個人的に王女から贈呈されたと誤解を生まない為の配慮だったが、結果として騎士達に羨《うらや》ましがられる数を増やすことになった。

アランとカラムの会話に、エリックも思い出してつい笑ってしまう。騎士団長も副団長も妻帯者だが、きっと妻である女性は喜ぶのだろうと思う。あの二人が青い薔薇を差し出す姿を想像してしまう。

逸話を語り聞かせ、運命の相手に色を変える青い薔薇としてあの薔薇を差し出せば、心が揺らされる女性は多いだろうと思う。愛する男性からであればこの上ない。

「もしさ、本当にあの薔薇、運命の人がわかる～ってやつだったらどうする？　使うか？」

「う～ん、どうでしょう。自分はちょっと怖いかもしれません。もし、好きな相手がいても自分の運命の相手ではないとわかったらその場で終わってしまって悲しいですし」

アランの唐突の投げかけに、慣れたエリックは眉を垂らしながらやんわり返す。運命の相手にだけ色が変わるというのも夢があるとは思うが、薔薇に自分の気持ちや双方の行方《ゆくえ》を左右されて欲しくはない。一緒になるのも離れるのも、互いの意思でなければ心から納得できないと思う。

エリックの返答に口を閉じたまま無言で頷《うなず》くカラムと違い、投げかけた本人であるアランは「そうか？」と軽い調子でエリックに振り返った。

「俺は使うかな～？　わかりやすいし、相手によってはむしろ色が変わるようになるまで頑張ってみるのも面白くねぇ？」

「運命を実力でねじ曲げるのかお前は」

凄《すさ》まじくアランらしいとは思いながら、カラムは片手で前髪を払う。ねじ曲げるというよりも、切り開くという言葉の方が実際はアランに合っているとは思う。しかしその「相手によっては」という言葉の含みの意味は、カラムもエリックも敢《あ》えて指摘はせずに呑み込んだ。アランが惚《ほ》れた相手が王族でなければ、彼は最短距離で突き進める人間だと確証はなくても確信する。そう考えれば確かに薔薇の色が変わらない程度で諦《あきら》める人間ではないと納得もできた。

お前は？　と流れるように続けて笑いかけられ、カラムは少し視線を浮かす。運命の人物がわかるというならば試してみたいような気はする。しかし、エリックの意見も一理あると思う。

「求婚の際であれば使う価値はあるだろう。結局は双方の為になる。婚姻した後に気づくよりは悲劇も少ない」

たとえばプライドとレオンとの婚約時のようなと、頭には浮かんだがそこは全員口を噤《つぐ》む。しかし、実際にもし青い薔薇の判別方法があっても国同士や家同士の婚姻はどうにもならないようにもカラムは思う。運命の相手の定義にもよるが、両者の気持ちよりも利益が優先される。運命の相手でなくとも、ひとまず関係締結が優先されてしまうかもしれない。

優秀な兄のお陰で自分はそういった家同士の婚姻に巻き込まれずに済んでいるカラムだが、もし家同士の都合で婚姻させられることになって、その上で薔薇の判定があればどうするかと考えると少し難しい。抗《あらが》いようがない以上知らない方が幸せな気もすれば、知った上ならば諦めもつくと思う。そしてもしそこで運命の相手だと結果が出れば、……とまで考えて思考を止めた。

結局、何も変わらないと結論付ける。

「それ、本命相手でも言えるか？」

「…………………………………………」

まるで心を透かしたかのようなアランの的確な追及に、カラムは思わず口を閉ざす。アランにプライドへの心境がバレていることは今更だが、今の今まで家同士の婚姻という想定しか考えてなかったことまで読まれていた気がする。そして〝本命〟と言われてしまうとなかなかに心境が変わってしまうことを自覚する。

もし本命相手に婚姻前青い薔薇をと言われれば、もうそれはその時の関係性次第だと思えてきた。アランのように運命を切り開くほどの精神的強靭《きょうじん》さがある自信もなければ、エリックのように失敗だけを想定するのではなく僅かながら期待してしまう自分もいるだろうとわかる。婚姻した後も運命の相手ではなければ縛り付けるような真似《まね》をしたくないとも思えば、……きっと運命の相手であるのだと決定打も欲してしまう。

そこまで思考が及べば、もしかするとアランもだからこその答えだったかと気づく。無言のままに視線が向いてしまう。全く翳《かげ》りもなくむしろニヤニヤと楽しそうな笑みを向けてくるアランに、カラムは眉間《みけん》をぐっと狭めて返した。完全に面白がられていると理解する。カラムからのその眼差《まなざ》しを返事として受け取ったアランは、花瓶を両手に掲げたままぐっと大きく伸びをする。

「あ〜〜こっちから渡してみたらあの人、逆に照れたりすんのかな？」

「あぁ……配達人が。そういえばやってましたよ。そして普通に受け取ってました」

マジで?!　と、エリックからの証言にアランもつい声を上げてしまう。カラムも興味深そうに視線を注ぐ中、エリックは苦笑をしながら当時のことを話し出す。近衛騎士は自分とアーサーだけだったが、最初はなかなか心臓に悪かった。あの時はまだ、アランの例え話そのもので〝運命の相手にだけ花の色が変わる〟と思っていた時だった。結局自分達への当てつけと嫌がらせだったが、あまりにも唐突な現場を目撃させられてしまったと最初は本気で思った。あのヴァルにしてやられたと思えば、若干の憤りも覚えたくなってしまう。

「配達人が渡せるなら俺らも機会あったら薔薇一本くらい許されねぇかな？」

「アラン。不敬の塊《かたまり》である配達人を私達が見本にしてどうする」

「だってよ、ちゃんと言葉にして渡せばあの人すっげぇ喜んでくれると思わねぇ？」

「言葉にするんですか?!」

カラムからの注意にさらっと爆弾発言とも取れる言葉を返すアランにエリックは栗色の目を白黒させる。とうとう自分までアランと同じような大きな声が出てしまった。

他でもないアランの、プライドに対しての発言だと思うとどうしても深読みしてしまう。ただでさえプライドへの想いを騎士団でも全く隠さないアランだ。驚くエリックに「いや普通に感謝とか褒め言葉とかだって」と笑い声混じりに返すアランに、カラムは深く溜息をついてしまう。そんなことを言っておいて、その時になったらアランがどんな暴投をするかわからないと本気で思う。

「そりゃ青い薔薇貰えたのもすっっげぇ嬉しかったけどさ。やっぱ渡す側の方がしたいじゃんか」

恥ずかしげもなくあっけらかんと言うアランに、もうエリックもカラムも何も言えなくなる。「逸話もそうだったし」と付け足されれば、もうぐうの音《ね》も出ない。彼らも騎士として、そして男としての理想はそれなりにはある。プライドから薔薇を直接渡してもらえただけでも身に余る想いだったが、渡す側か渡される側どちらが良いかと言われれば、やはり前者だ。

実際にはやらないけど、と思いつつアランも自分の発言を自分で思い返す。花のような笑みで薔薇を差し出してくれた彼女と色の変わる薔薇も良かったが、もし自分が渡した薔薇をどういう意味に受け取られようとも笑顔で貰ってくれたら、それだけで自分もきっと笑顔で返してしまうだろうと思う。薔薇に対してあまりロマンも魅力も感じたことのなかったアランだが、今は結構良いものだと思うくらいにはプライドからの笑顔は焼き付いた。近衛任務後に演習場に戻ってすぐ花瓶代わりの酒瓶に水を入れて挿したくらいには。

「…………確かに、あの御方は渡される側の方がお似合いだろうが」

暫《しばら》く歩き続け市場を離れてから、やっと次にカラムが言葉を漏らす。プライドに薔薇を貰った時でさえ彼女が女神に見えてしまった自分だからこそ余計に思う。女神の逸話をそのまま再現したいというわけではないが、しかし焦がれないと言えば嘘になる。彼女が笑って受け取ってくれたら、自分は熱が上がるどころか、本当にずっと彼女から目を離せないだろうと思う。考えれば考えるほど、つい花瓶を抱えたまま割ってしまわないように指先まで意識を張り巡らせた。

「お似合い、でしょうねぇ。運命なんてどうでも良くなってしまうくらいには、渡せるだけで幸せだなとは自分も思います」

あはは、と柔らかく笑い声を漏らして、カラムに続きながらエリックは夜空を見上げて笑ってしまう。薔薇一本でも、自分が直接渡すことになれば恥ずかしさで目を合わせるのも苦労しそうだと思う。しかし、プライドが受け取ってくれて、その途端に色が変わる薔薇を想像すればそれだけで胸がぽかぽかと熱くなる。目の前にいる二人の隊長はきっと男らしく渡せてしまうのだろうとは思うが、自分はきっと蒸気を上げて真っ赤になって渡すと思う。それでもきっと、彼女は呆《あき》れることも幻滅もしないでただ笑って返してくれると、それだけは確信できた。

三人ぼんやりと夜風に吹かれながらも体温だけが上がっていく中、城へと通じる大通りを歩きながら数秒の沈黙がまた流れた。互いが何を思い巡らせているかもわかってしまいながら、心に仕舞う。

とうとう城門が見えてきた時に、自分から会話を切るようにアランはぼやけた声で二人に投げかけた。

「……青い薔薇。そりゃあ、女いる奴らは欲しがるよな」

「だな」

「ですね」

原点回帰と言わんばかりのアランのぼやきに、カラムとエリックも深く頷き、肯定だけを返した。

「一輪挿しの花瓶も差し上げるべきでしたね」

そうステイルが呟いたのは、夜の庭園だった。普段だったら自室で休んでいる時間帯だった私達だけれど、今夜だけ少し違う。近衛兵のジャックを含む衛兵達が護衛で付いてきてくれる中、私の隣にはステイル、そしてティアラが並んでいた。夜風で風邪《かぜ》を引かないように私たちはそれぞれきちんと上着を羽織ってはいるけれど、その下はばっちり寝衣だ。庭園を歩きながらそこで思い出したようにステイルが話題にしたのは、日中に薔薇を受け取ってくれた近衛騎士達のことだった。

そうね、とステイルの言葉に私は少し肩を狭めてしまう。薔薇を贈ることしか考えてなかったから、その後の保管方法まで頭が回っていなかった。薔薇の花束の方は、いつもの花瓶に使い回せただろうけれども。

「明日にでも皆に用意しようかしら？」

「大丈夫です！　きっともう皆さんなら大事に保管してくれていると思いますっ！」

「ティアラの言う通りですね。アーサーも実家に帰っているのなら用意できるでしょう。他の近衛騎士の方々にも明日聞いてからで遅くはないと思います」

確かに。既に持っていたら、明日渡したところでありがた迷惑になってしまう。城には花瓶も有り余っているから良いかと思ったけれど、薔薇一本なんて最悪グラスでも代用できる。

ふと、気づけば視線が思うままに背後に控えてくれるジャックに向く。すると無言のまま笑みと頷きで返された。どうやらジャックも花瓶の心配はないらしい。専属侍女のマリーとロッテにも明日一応聞いてみよう。

「そういえば兄様はどんな花瓶にしたの？」

「専属侍女に任せている」

ティアラの問いかけにステイルは眼鏡《めがね》の黒縁を指で押さえる。二人が頻繁に集まってくれる私の部屋と違って、ステイルの部屋は私もティアラも訪問する機会はあまりない。「ふ〜ん？」って悪戯《いたずら》っぽく笑うティアラに、ステイルからそれ以上のヒントはないようだった。私もちょっと気になる。

少なくとも受け取った後のステイルが「姉君から貰った大事な薔薇なので」と言って専属侍女に預けてくれたから、きっと大事に飾ってくれているのだろう。ステイルだもの。

「！　あっ、あそこですねっ」

楽しそうにステイルの横顔を眺めていたティアラが声を跳ねさせた。少し早足になってしまいながら庭園の一角を指す。王居の庭園で、薔薇が集中して植えられた薔薇園の一角だ。そこに今は昨日までは存在しなかった薔薇が咲き誇っている。レオンから贈られた青い薔薇だ。

綺麗な青色の薔薇は見事に他の薔薇とも調和していた。庭師達の腕によって薔薇園の中でも特別な配置に植えられた薔薇は、闇に薄く溶けて夜を演じて見えた。

「綺麗ね。やっぱりティアラの提案通り今夜見にきて良かったわ。折角の満月だもの」

「この位置からだと月と重なってより幻想的ですよ」

本当?!　と、ステイルの言葉に私とティアラは揃《そろ》って振り返る。薔薇の正面に立った私達と違って、少し斜めに外れて二歩下がった場所に立っていたステイルへと駆け寄った。並んで立ってみれば、青い薔薇のちょうど後方で満月が輝いている。いつまでも眺めてられるほど魅惑的な光景に思わず溜息までついてしまう。本当に今夜を逃さなくて良かった。前世みたいにカメラ機能がついた文明機器があったら間違いなく連続でシャッターを押している。

今のままでもすごく綺麗だけど、もっと満月の真ん中に薔薇が見える角度でも見たくなってついつい首をステイル側に傾けてしまう。多分、ステイルの立っている位置がベストポジションだ。うっかり夢中になって、頬《ほお》がくっつくまで寄ってしまうと、息の詰まったような音を漏らしたステイルが一歩後方に下がってしまった。場所を譲ってくれたのがわかって、無理矢理場所を奪ってしまったことに慌てて謝る。「俺はもう充分見たので」と手の甲で口元を隠しながら言ってくれたけど、ステイルが下がった途端に今度はティアラにぶつかっちゃったから多分私とティアラ両側にぐいぐい挟まれていたのだろうと思う。大人気《おとなげ》ない姉妹で本当に申し訳ない。ティアラもステイルに謝ったけれど、最終的には私とティアラで肩をくっつけ合って暫くは薔薇を眺め続けた。

『満月に照らされる青い薔薇なんて絶対綺麗ですっ‼』

今夜、青い薔薇を観賞しに行こうと提案してくれたのはティアラだった。夕食の時、青い薔薇が無事庭園に植えられたという報告を受けてからすぐの提案だった。ちょうど満月の夜だったから、今夜見たら絶対綺麗だと言うティアラに私も大賛成だった。

……そういえば、ゲームでも夜の薔薇にティアラが誘った攻略対象者がいたような。

誰だったかしら。ふと思い出したキミヒカのゲームのイベントをぼんやりと頭に思い巡らせる。主人公のティアラは攻略対象者との青い薔薇のイベントが全員一回は存在した。

確か、ステイルは攻略ルートに入る前からティアラに贈ろうとしたことがあるという設定だった。

ゲーム開始の何年前かまではわからないけれど、離れの塔で生活していた頃《ころ》にステイルから青い薔薇の話を聞いて、ずっと憧れていたとティアラが懐かしんでいた。ゲーム開始後に、やっと自分の目で咲いている青い薔薇を見ることができて喜ぶティアラへ「実はあの時、お前に贈ってやろうか何度も悩んだ」と打ち明けるステイルに「ありがとう」「気持ちが嬉しい」と、稀少《きしょう》な薔薇で、プライド女王に怒られるから渡せなかったのだとしかティアラは思っていなかった。そして真意に気づかれないステイルは切ない笑みを浮かべていた。更に、その場面でもステイルは青い薔薇をティアラに贈れなかった。ティアラが他人事《ひとごと》として青い薔薇の逸話を語ってしまったから、余計に渡し辛《づら》くなっていた。天然ティアラのフラグたたき折りはなかなかにステイルが不憫《ふびん》だった。最終的にステイルが薔薇を差し出せるのは、ティアラを城から逃がした後だ。

『ずっと、憧れていただろう？　…………やっと、渡せた』

　逃亡生活で不安を覚える彼女を元気づけたくて、庭園からこっそり摘んだ青い薔薇を差し出した。色が変わる薔薇に見惚《みと》れて目を輝かせるティアラと、そのティアラの横顔にじっと見惚れるステイルは本当に絵になった。

「黒？　じゃあ青？　うーん……陶器？　硝子？？」

「…………硝子で、緑と黒の合色だ」

　そのティアラとステイルが、今は私の後方で絶賛戯《たわむ》れ中だ。私が考え事をしている間に気づけばステイルの隣に下がっていたティアラは、こしょこしょとステイルとお話し中だった。上手《うま》く聞こえないけれど、両手を口元に添わせながらステイルに耳打ちするティアラとステイルはとっても仲良しだ。

「素敵っ」と小さくぴょんっとウサギのように跳ねたティアラに、ステイルは両腕を組みながら肩を落としていた。とりあえず、仲良しなのは変わらない。

　……アーサーは、ティアラとお庭を歩いていた時だったかしら。

青い薔薇に再び視線を戻せばぼんやりと思考もゲームに戻ってくる。確か、少し仲が良くなった頃だっただろうか。ゲームでは薔薇園もここまで広々としてなくて、青い薔薇の数ももっと少なかった。薔薇園ともちょっと離れた位置に植えられていて、王居の庭園を巡ったことがないアーサーに、ティアラが付き添ってもらっていた。青い薔薇自体初めて目にした彼に、ティアラが逸話を教えた。「憧れます」と呟くティアラを、意味深にじっと無言で見つめるアーサーがまた焦《じ》れったくて。ティアラに渡したくなったけれど、まだ恋心の自覚もしていない上に騎士という立場から遠慮していた。

アーサーもその場では渡さなくて、……ああそうだ、確か特殊能力が判明した後だ。距離が空いてその後ぐっと縮まって、ある夜突然会いに来たと思ったら薔薇を差し出してすぐに去ってしまう。

『いえ、今夜はもう遅いので。これを渡しに来ただけです。……では、良い夢を』

薔薇の色が変わるのにティアラが驚いているうちに、本人は色が変わるのを目撃する間もなく逃げるようにだった。貴重な青い薔薇を勝手に折って来たのだし、それに加えて照れくささもあったのだろうけれど、今思うとなかなかお父様である騎士団長っぽいと思ってしまう。騎士団長は絶対庭園の薔薇を勝手に折る人ではないけれど、こういう不器用な愛情表現は今のアーサーというよりも騎士団長のイメージだ。……奥様に薔薇を差し出す騎士団長、やっぱりすっごい見たい。

「……アーサーは、すんなり渡してくれそうよね」

「？　この薔薇をですか??」

思わず零してしまった呟きに、ティアラがぴょこんと覗き込んできた。つい声に出てしまったことに口を片手で一度押さえながら息を呑む。ええそう、とは返したけれどまさかゲームのアーサーと比べてなんて言えない。少なくとも今のアーサーなら、ティアラが「憧れますっ」と言ったらその場で手に取って差し出してくれると思う。王居の薔薇という一点だけは躊躇《ちゅうちょ》するだろうけれど。

「いえ、アーサーはそこまで器用ではありませんよ。すんなりどころか、プライド相手には畏《おそ》れ多いと往生際悪く遠慮して、それでも頼まれてやっと覚悟を決める男です。高熱を上げて差し出す指先まで震わせる姿が目に浮かびます」

「兄様、人のこと言える??」

ん゙ん゙!! と直後にステイルが思い切り喉《のど》を詰まらせた。いつの間にか、ティアラにではなく私に渡す想定での話になっていることに笑ってしまう。でも確かに、アーサーが妹みたいに可愛《かわい》がっているティアラに対してはともかく、私相手では萎縮してしまうだろう。

「兄様だって絶対絶対照れちゃうでしょ? 眼鏡曇らせてぽこぽこ真っ赤になって、目も合わせられないくらいで。アーサーよりも絶対上手く理由付けて逃げっ……むぐうっ!」

話途中で口を両手でステイルに封じられたティアラが、細い眉をぎゅっと寄せて首を振った。それでもしっかりと掴《つか》まえて振りほどかせないステイルは「それ以上はもう良いティアラ」と顔を火照らせていた。ステイルもお年頃だし、女性に渡すとなると流石に照れるのだろうか。少なくとも社交界でモテモテのステイルなら、好きになった異性にもゲーム以上に素敵な演出で渡してしまえるだろう。

……そう考えると、ジルベール宰相はなかなかの大人の余裕だった。

ゲームでは十三歳の少年〝ジル〟だけれども。隠しキャラだったジルが、ティアラに薔薇を渡すのは、身分を隠しているティアラが町の子どもへお話を聞かせてあげたのがきっかけだった。青い薔薇の逸話を聞かせて「本当に実在するんですよ」「憧れます」と無邪気に笑うティアラに、翌日贈ってあげていた。深夜に帰ってきた自分を迎えたティアラに「どうぞ」とそれはもうストレートに、手に持っていた薔薇をそのまま差し出していた。

『偶然手にしましたので。私のような者よりも、貴方のような女性にこそ相応しい』

ティアラも前夜に想いを馳《は》せていた薔薇に驚いていた。フリージア王国でも城の庭園にしか咲いていない筈の薔薇をどうして貴方が?! と尋ねるティアラに上手く流すジルは流石ジルベール宰相だと思う。正体に繋がる良い伏線だった。……ただし、本ッ当に恥ずかしげもなく渡して終わったけれど。良い雰囲気だったのは間違いないし、ティアラもすごく喜んでジルも「喜んでいただけて何よりです」と満足そうだったけれど、なんというか手慣れ過ぎていて。そういうところがジルルートが恋愛要素も内容も薄くて印象に残らなかった原因の一片だと切実に思う。今だってティアラが「憧れます」なんて言ったらすんなり渡してくれると断言できる!!

「レオン王子には改めてお礼言わなくてはなりませんねっ。私、この光景をお姉様と兄様と見れてすっごく幸せです！」

ぴょこんっと嬉しさのあまりまたその場で跳ねたティアラに、私も同意しながら可愛くて笑ってしまう。本当に、レオンは贈り物も何もかもが完璧だと何度でも思う。

……そのレオンが、攻略対象者ではむしろティアラに色々と面倒みてもらってたと思うと。

フッと気づけば少し目が遠くなってしまうのを自分でも感じる。今でこそ完璧王子様なレオンだけれど、ゲームでは凄まじい初対面スタートだったから。心を病んで部屋に閉じこもっていたレオンの手を取って庭園にティアラが連れ出したのが薔薇イベントのきっかけでもあった。久しぶりに太陽の光を身体いっぱいに浴びたレオンが、庭園の花を愛《め》でながら彼女と穏やかな時間を過ごす場面はとてもロマンチックだった。特に、青い薔薇はレオンにとっても思い入れがあるから自分から足を止めていた。

ご存じなのですか？　と尋ねるティアラに自国だったアネモネ王国で栽培に取り組んでいる薔薇だと、懐かしそうに語っていた。ただ、ゲームだと大量栽培のお裾分けではなくてあくまで〝アネモネ王国でも稀少な薔薇〟という扱いだったから、たぶん女王プライドがアネモネ王国から無理矢理寄越させたとかなのだろうなと思う。……うん、ラスボスプライドなら絶対そうだ。

レオンは逸話も当然知っていて女神の逸話に憧れると話すティアラに……そういえば、その場で渡していた。レオンは病んでいてもやっぱりレオンだと、今更ながら思う。バレたら女王プライドに罰せられるかもしれないとレオン自身もわかっていたのに。

『大丈夫。……君に贈りたいと思ったから贈るんだ。それ以上の理由なんか要らないよ』

儚《はかな》げに微笑むレオンは、本当に王子様だった。まだ変わらずラスボスプライドがトラウマのまま恐怖の対象だったのに、それでもティアラを喜ばせてあげたいという気持ちが勝ったのだから。「二人だけの秘密」とティアラの口元に人差し指をそっと当てる仕草も素敵で……本っ当にレオンルートは糖度が高かった。流石はお色気担当。

そのレオンが、今はこうして両手いっぱいでも抱えきれない数の薔薇を私達に贈ってくれたと思うと、ちょっぴり不思議な気分にもなる。なんだか逸話の女神の花というよりも、彼の幸せの象徴という印象の方が強く感じられてしまう。今の彼は薔薇一輪とは言わず、私達に分けてもあまりあるくらいたくさんの愛に包まれているのだから。

ここまで思い巡らせて、気づく。そういえば、今のところ誰も夜に連れ出されている人がいない。

ティアラが庭園に連れ出したといえばレオンかなと思ったけれど、よくよく考えれば彼が外に出たのは太陽の出ていた時間帯だ。アーサーは夜に渡したけれど、その時は庭園に一緒には行っていないし、ステイルも薔薇を一緒に見に行ったのは夜ではなかったような。……ということは。

……セドリック。

失礼ながら、本当に失礼ながら。彼のことだけはここで思い出すと頭が痛くなる。思わず片手で頭を押さえるとティアラとステイルに同時に心配されてしまった。でも仕方がない、彼だけは現在進行形でゲームと同じくティアラに片思い中の人なのだもの。しかも、好感度はゲームより遥《はる》かに低い。

ゲームではティアラに夜の青い薔薇に連れ出してもらった幸せ者の、セドリック。確かまだティアラに自分へ恋をさせようと躍起になっていた頃だっただろうか。ティアラに夢中になってもらうことで必死で、自分のことよりも彼女中心に振る舞っていたセドリックが珍しく興味を示したのがきっかけだった。

庭園で二人きりの散歩をしていた時に、珍しい青い薔薇を見つけてティアラが逸話を聞かせていた。青い薔薇なんて初めて目にする、そんな逸話がと楽しそうに話を聞いてくれたセドリックの反応が、ティアラも嬉しかった。ずっとティアラ中心に動いていたセドリックの素顔の部分だったからこそ、ティアラも心を動かされたのだろう。始めて目にする薔薇の青さに見惚れたセドリックが……。

『今夜の満月に照らされる光景は、さぞかし美しいのだろうな』

それを聞いてティアラがセドリックに「宜しければ」と自分から初めて誘って連れ出した。婚約者だから一緒に夜の庭園に出ることも咎《とが》められなかった。二人で月明かりに照らされる薔薇を眺め、純粋に感動している姿はとても良い雰囲気だった。……ただ、セドリックはその場で薔薇を渡せていないけれども。いくらそれがティアラをときめかせる絶好の機会だとわかっていても「運命の相手に渡すと赤色に変わる」という話をティアラに聞いたセドリックは、逆に渡すことができなくなった。

ティアラを自分の手で殺す為に恋をさせようとしていたから、自分がティアラの運命の相手だという自信がなかった。ここで薔薇を渡して色が変わらなかったら、自分の醜い気持ちと正体に気づかれてしまうと思って躊躇《ためら》っていた。最終的にセドリックがティアラに青い薔薇を渡せたのは、終盤だっただろうか。ラスボスプライドを倒してめでたく平和が訪れて、そこで改めてティアラに渡していた。

「あの時は薔薇の色が変わらなかったらと思うと恐かった」「改めてお前に愛を誓う」と、プロポーズをして手渡していた。薔薇は見事赤色に変わりハッピーエンド……という、王道攻略対象者らしい薔薇エピソードだ。こうしてゲームの世界に転生した今思えば、結局どんな条件下でも薔薇は赤色になるのだけれども。そう考えると、薔薇の運命の人診断を信じるセドリックはゲームでも純粋だったなぁと思ってしまう。

現実でも彼が、片思い相手であるティアラに青い薔薇を贈ることができる日はあるのだろうか。私がお裾分けした時も、渡したそうではあったけれど話すことにすらいっぱいいっぱいだった彼だ。応援したい気持ちはもちろんあるけれども……。

「……ティアラは、どういう風にならこの薔薇を渡されたい？」

「えっえっ?!　わっ、わたっ私ですか?!」

思いついたまま脈絡なく尋ねてしまう私に、肩を上下させたティアラが金色の目を水晶のように丸くした。ぽっと頬が染まっていて、やっぱりちょっと恋バナっぽかったかしらと反省する。恋の話には興味津々のことが多いティアラだけど、いきなりの質問はやっぱり焦るようだ。ステイルも興味深そうに目を向ける中、ティアラは熱そうな頬を自分で挟みながら私達から顔を逸らす。「そっそうですねっ」と言いながら、目をきょろきょろ左右に揺らしていた。

「もっ、もしっ、ならっ……ややややっぱり、好っ、好きになった人に、好きって気持ちと一緒に渡して欲しいですっ……。おっ、お姉様から聞いた逸話みたいにっ、たったとえばですけれど、求婚と一緒にとかっ……あっ、憧れます……よね……？」

　何度も早口になったりひっくり返った声になりながら教えてくれるティアラが、最後にはちょっと自信なさげに私を上目に覗いてきた。乙女《おとめ》のティアラらしい素敵な理想だ。私からも「そうね」と笑ってみせれば、共感者がいたことにほっとしたのかティアラは大きく息を吐きながら胸を撫《な》で下ろした。薔薇と一緒にプロポーズなんて、憧れる気持ちもわかる。……そしてセドリック。ゲームの貴方だったらドンピシャな渡し方ができていたのに。そう考えると、ティアラの初めての薔薇を贈る相手に私がなってしまったことは多方面に申し訳ないことをした気がしてきた。

「最初の一人目が私でごめんなさいね。でも、大好きって気持ちは本当よ」

「！　そんなことありませんっ！　私すっごく嬉しかったです！　お姉様に貰えた薔薇、ちゃんとお部屋で可愛い花瓶に挿して大事にしていますよっ‼」

　苦笑しながら言ったら、ティアラが大慌てで否定してくれて今度は嬉しくて笑ってしまう。本当に可愛い妹だ。拳《こぶし》をぎゅっと握りながら力一杯「本当に本当にっ！」と繰り返してくれるティアラに私も「ありがとう」と言葉を返した。

「おっ、お姉様はいかがですかっ?!　是非お聞かせ頂きたいですっ！」

　まさかの矛先が綺麗に返される。けど、これは自分が投げた以上は覚悟するべき問いだった。そうね……と言いながら早々に口が引き攣《つ》ってしまう。ステイルからも視線が注がれる中、私は目を泳がせながら言葉を選んだ。頭の中で必死にゲームの薔薇イベントを思い返す。

「わ、私も逸話みたいなのが、憧れる……かしら？　逸話をお互い知っていて、その上でどうぞ……みたいな流れとか素敵よね。改めても素敵だけど、何気なくサラッと渡してくれたりとか……」

「つまりはあのヴァルのような渡し方が理想ということになりますが……？」

ゴホッ‼　とやや低めた声のステイルの突っ込みに、私が咳《せ》き込んでしまう。まさかの角度から刺されてしまった。慣れない理想系恋バナを話しているだけで顔が熱くて一人で顔を扇《あお》いでいたのに、当たり障りない理想図がまさかの履修済みだったことに一番私が衝撃を受ける。ヴァル！！！！　あの人は‼　もう！！！

確かにサラッと渡されたなと思い返すけれど、実際は全く恋愛イベント感もなかったのが急に悲しくなる。理想と現実の違いというものをこんなところで痛感させられることになるとは思わなかった。いや彼にそもそも恋愛イベントの気が皆無なのだから当然だけれども！　あの時は彼がケメトやセフェクでもなく私に花をくれたことの意外さが前に出てしまった。結局なんでくれたのか。

今思えば差し出してくれた薔薇と彼自体は、なかなか堂に入っていたとは思う。なんだかんだ乙女ゲームの神絵師が描いたキャラだったこともあって、顔が整っている人ではあるもの。あの悪人顔さえしなければ。

彼が攻略対象者とかだったら、ティアラにどう薔薇を渡すのか。……駄目だ。全く想像がつかない。主人公ティアラの必殺「憧れますっ」も、情緒もへったくれもなくその場でパキリと折ってポイッと投げ渡す図しか想像できない。そもそもあの人王族嫌いで、ゲームでもティアラに対して良く思っていなかったもの。いや、最悪の第一印象から始まる恋っていうのも大定番といえば大定番か。そこま

で考えると、むしろあの時はヴァルにしては丁寧に渡してくれたなと今思う。

思わず咳き込んでしまった私の背中を撫でてくれたティアラにお礼を言いながら、丸めた姿勢を元に戻す。

「確かに……。やっぱり、少なからず雰囲気あってのものかしら。それで素敵な理由と一緒に渡してくれると嬉しいわね」

前言撤回と心の中で叫びながら、なんとか言い直す。サラッと渡されるシチュエーションに憧れがあるのは変わらないけれど、やっぱり乙女ゲームみたいに雰囲気がないと意味がない。これにはステイルも納得してくれたらしく「そうですね」と肩が下りるほどに息を吐いていた。ティアラも「わかりますっ!!」と目を輝かせて力いっぱい頷いてくれる。さらには近衛兵のジャックまで小さくうんうんと頷いていて、まさか何かの参考にするつもりなのかしらとどっきりする。お願いだから見本や手本や参考にするならティアラにして欲しい。

「渡してもらうなら、どきどきしたいですよねっ！　私、小さい頃からずっとそういう本を読んでいたので、やっぱり今も憧れちゃって……」

「ティアラはお姫様と王子様のお話大好きだったものね。あとはサプライズとかも嬉しいわよね。目の前に広がるくらいの数の薔薇を用意してもらうとか……」

「今日のレオン王子からみたいにですか??」

レオン!!　ティアラからの指摘に、心の中で二回目の叫びを上げる。恋愛経験が無に等しい私の想像なんて、完璧王子様レオンは軽々と飛び越えてしまう。地面に手をついて打ちひしがれたい気持ちをぐっと堪《こら》え、両手で顔を覆う。いや、レオンは悪くない。むしろこの上なく素敵な贈り方をしてくれたのを再認識しただけだ。ただ、……自分の発想の乏しさをザクザクと思い知らされる。

「そろそろ戻りましょうか……。あまり長居し過ぎても身体を冷やしてしまいますし」

私を見て居たたまれなくなったのか、ステイルが気遣うように声をかけてくれる。私も賛成の言葉を返しながら、若干ヨロつく足を踏み出した。仮にも乙女ゲームの登場人物だった人達に囲まれた私は多分一生分の理想イベントを済ませているのだろうなと俯瞰《ふかん》したような気持ちでぼんやり思う。

「今度あの薔薇の前でお茶会しましょうっ！　レオン王子もご一緒の時に！」

兄様もっ！　と私を元気づけてくれるように日だまりの笑顔を向けてくれるティアラの提案に、私も自然と胸が温かくなる。今夜の薔薇は特別だったけれど、太陽の下で見る薔薇も綺麗なのは間違いない。皆であの薔薇を眺めながらのお茶会なんてきっと素敵だろう。

これからもいつでも目にできる青い薔薇を最後にもう一度振り返って目に焼き付けてから、私達は宮殿に戻った。いつか、それこそキミヒカみたいに、青い薔薇が愛し合う二人の間で交わされる時が来れば良いなと理想を浮かべながら。……あっでも。

それもきっと、今頃は。

「ただいま」

おかえりなさいませと、声が掛けられる。開かれた玄関で恭《うやうや》しく迎える侍女達だけではなく、近づいてくる足音に彼は早くも柔らかな笑みを浮かべた。トントントンと落ち着いた足音と共に現れた女性は、次の瞬間目を丸くする。

「ジル。……どうしたの？　その薔薇は」

「ただいまマリア。プライド様から頂いたんだ。……君こそ、ステラはもうベッドにいる時間だと思ったのだけれども」

屋敷に戻った自分を迎えてくれるマリアンヌに、ジルベールは青い薔薇を植木ごと抱えながら自分も少し驚かされる。今夜は荷物が大きい為、城から馬車で送らせたジルベールだったが、仕事がいつもより遅くまでかかってしまった。既に愛娘《まなむすめ》であるステラも眠っている時間だ。それなのに、愛する妻がそのステラを抱きかかえながら現れたのは予想していなかった。

うっかり膝《ひざ》の上で眠ってしまったステラが可愛くてそのままにしていたのだと話すマリアンヌに、ジルベールも顔が緩んでしまう。薔薇の植木を持っているせいで、自分が抱けないのが残念なくらいだった。迎えてくれた侍女が「お持ちします」と言ってくれたが、ここで手を空けたところで土汚れのついた手で、これからベッドに入る娘に触れるわけにはいかないと今夜は我慢する。

マリアンヌに経緯を説明しながら屋敷の奥へと進むジルベールは、一度居間のソファーの前に見やすいように薔薇を置いた。妻が娘を抱いたまま再びソファーに腰を下ろしても間近で眺められるようにする。

「本当に綺麗な色……。アネモネ王国の薔薇なんて貴重なものを頂いて良かったのかしら」

「他にも近衛騎士や騎士団にも贈呈したそうだ。世話の仕方も聞いたから、あとで共有しよう」

自分がいない間も侍女達が世話をできるようにと、言葉を続けるジルベールに侍女達も嬉しそうに笑んだ。お任せくださいませと声を合わせる彼女達に、ジルベールも笑顔で言葉を返した。

「プライド様から色々伺ったよ。手入れの仕方以外に、興味深い逸話もね」

そうして始まる二人の会話に、母親の腕の中でステラがぼんやりと目を覚ます。目をこすり、楽しそうに話す両親を交互に見上げてから「とーさま」と呟いた。

抱っこして欲しくておもむろに父親へ手を伸ばしたが、今は服が汚れているからとジルベールは肩を竦《すく》めて断る。マリアンヌが「ほら見て」と娘の気を逸らそうと薔薇の植木を指してみせれば、幼い子どもの丸い目がパッと開かれた。完全に目が覚めてしまったステラに微笑みながら、ジルベールはパキリと一輪薔薇を折る。プライドの説明通り、指で摘《つま》んでいるかぎりは青色のままだ。

彼女達の座るソファーの前に、片膝をついたままその薔薇を差し出した。

「マリア、ステラ。……君達に」

薔薇を渡されたその意味を正しく受け取ったマリアンヌは、慎重にそれを指で摘み取る。ステラも小さな手のひらいっぱいに掴もうとしたが、薔薇には棘《とげ》が付いている。父親に言われ、その通りに母親の摘む指へ重ねるだけで満足した。

ジルベールがそっと指を離した瞬間、青い薔薇が赤色へと瞬《またた》く間に色を変える。わっと嬉しそうに声を上げるステラと共に、幸福に顔を綻ばすマリアンヌもその一瞬に目を奪われた。

色の変わる薔薇よりも、ジルベールには二人のその反応の方が遥かに愛《いと》おしく、そして目を離しがたい光景だった。

あとがき

こんにちは、天壱です。

この度は「悲劇の元凶となる最強外道ラスボス女王は民の為に尽くします。8」略して「ラス為8」をお手に取って頂き、誠にありがとうございます。

皆様のお陰でまた鈴ノ助先生とお仕事をすることができ、とうとう婚約者候補まで物語は進むことができました。三巻の婚約者編が懐かしく、今回の物語は再びプライドの婚約がテーマとなっております。題して〝婚約者候補編〟として内容自体は決して変えず、読者の方に読みやすくなるように再編成させて頂きました。

プライド、そしてティアラの婚約者候補を主軸に物語が展開していきます。プライドの選択と、ティアラの婚約問題についてあっと驚いて頂けましたら嬉しいです。

また、もう一つのテーマとして「青い薔薇」も今回は楽しんで頂けたらと思い、番外編を書き下ろさせて頂きました。鈴ノ助先生により美しく描かれた薔薇で彩られた表紙と共に楽しんで頂ければと書かせて頂きました。

もし今巻までを読み、お気に召したりご興味を持って頂けたエピソードや登場人物が居りましたら、是非「小説家になろう」様掲載のWeb版にもいらっしゃってみて下さい。書籍とは別の進行や様々な登場人物のエピソードも掲載されております。

鈴ノ助先生、今回も美しいイラストの数々をありがとうございました。特に表紙の薔薇の変色演出が麗しく、カラーだからこそ堪能できた美しさでした。三人の並びがまた乙女ゲームのジャケットのようで大変ときめきました。

昨年放送頂きましたアニメや再始動致しましたコミカライズＴＴＳをきっかけに、手に取って下さった方もいらっしゃるのではないでしょうか。こがわみさき先生とかわのあきこ先生によるコミック一巻が二ヶ月ほど前に発売され、魅入る構成、そして美しく格好良く登場人物達を描いて頂いたお陰で多くの方々に本作を知って頂くことができました。まだご覧になっていない方はそちらも是非。とても魅力的です！

素敵な方々とばかり共にお仕事をすることができ、作者は本当に幸せです。

最後に、この本を取って下さった皆様。Web版を見守って下さっている読者の方々、鈴ノ助先生、こがわみさき先生、かわのあきこ先生、ファンレターを送って下さった方、一迅社の方々、出版・書籍関係者の皆様。本作を販売し、店頭に置いて下さった営業様、書店の方々、そしてサポートして下さった担当様、支えてくれる家族、友人、全ての方々に心からの感謝を。

心優しい皆様に、また再びお会いできる機会がありますように。

IRIS NEO

『家政魔導士の異世界生活
～冒険中の家政婦業承ります！～』

著：文庫《ふぐるま》 妖《よう》　イラスト：なま

A級冒険者のアレクが出会った、『家政魔導士』という謎の肩書を持つシオリ。共に向かった冒険は、低級魔導士である彼女の奇抜な魔法により、温かい風呂に旨い飯と、野営にあるまじき快適過ぎる環境に。すっかりシオリを気に入ったアレクだったが、彼女にはある秘密があって——。冒険にほっこりおいしいごはんと快適住環境は必須です？　訳あり冒険者と、毎日を生き抜く事に必死なシオリ（＆彼女を救った相棒のスライム）の異世界ラブファンタジー。

『転生したら悪役令嬢だったので引きニートになります
～チートなお父様の溺愛が凄すぎる～』

著：藤森フクロウ　イラスト：八美☆わん

5歳の時に誘拐された事件をきっかけに、自分が悪役令嬢だと気づいた私は、心配性で、砂糖の蜂蜜漬け並みに甘いお父様のもとに引きこもって、破滅フラグを回避することに決めました！　王子も学園も一切関係なし、こっそり前世知識を使って暮らした結果、立派なコミュ障のヒキニートな令嬢に成長！　それなのに……16歳になって、義弟や従僕、幼馴染を学園を送り出してから、なんだかみんなの様子が変わってきて⁉

『マリエル・クララックの婚約』

著：桃 春花　イラスト：まろ

地味で目立たない子爵家令嬢マリエルに持ち込まれた縁談の相手は、令嬢たちの憧れの的である近衛騎士団副団長のシメオンだった!?　名門伯爵家嫡男で出世株の筆頭、文武両道の完璧美青年が、なぜ平凡令嬢の婚約者に？　ねたみと嘲笑を浴びせる世間をよそに、マリエルは幸せ満喫中。「腹黒系眼鏡美形とか‼　大好物ですありがとう！」婚約者とその周りにひそかに萌える令嬢の物語。WEB掲載作を加筆修正＆書き下ろしを加え書籍化‼

悲劇《ひげき》の元凶《げんきょう》となる最強外道《さいきょうげどう》ラスボス女王《じょおう》は民《たみ》の為《ため》に尽《つ》くします。8

2024年4月5日　初版発行

初出……「悲劇の元凶となる最強外道ラスボス女王は民の為に尽くします。～ラスボスチートと王女の権威で救える人は救いたい～」小説投稿サイト「小説家になろう」で掲載

著者　天壱

イラスト　鈴ノ助

発行者　野内雅宏

発行所　株式会社一迅社
〒160-0022 東京都新宿区新宿3-1-13 京王新宿追分ビル5F
電話　03-5312-7432（編集）
電話　03-5312-6150（販売）
発売元：株式会社講談社（講談社・一迅社）

印刷所・製本　大日本印刷株式会社
ＤＴＰ　株式会社三協美術

装幀　AFTERGLOW

ISBN978-4-7580-9630-0

おたよりの宛て先

〒160-0022 東京都新宿区新宿3-1-13 京王新宿追分ビル5F
株式会社一迅社　ノベル編集部
天壱《てんいち》 先生・鈴ノ助《すずのすけ》 先生